平戸萌
Hirato Moe
私が鳥のときは
河出書房新社

contents

デザイン　坂野公一（welle design）

装画　丸千代

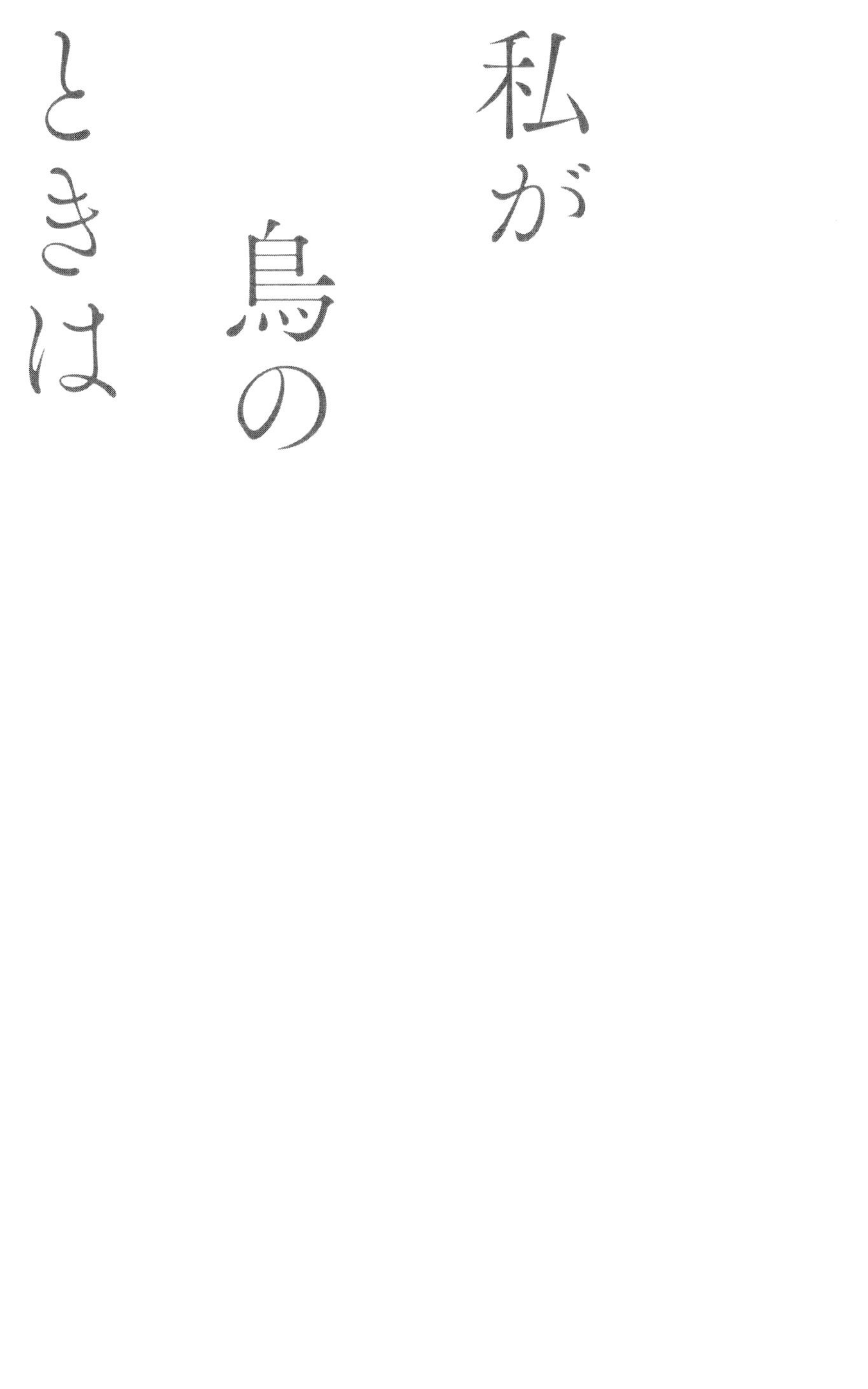
私が
鳥の
ときは

私が鳥のときは

母がその人をさらってきたのは、蒼子（そうこ）が中三のときだった。

一日がかりの模試から帰ってきたら、そういうことになっていたのだ。

珍しく和室の襖（ふすま）があいていて、のぞいたら見覚えのある顔があった。忙しそうに立ち働いていた母が振り返り、こちらの質問に先んじて言った。

「さらってきちゃった」

母の隣でその人もあっけらかんとして言った。

「さらわれてきちゃった」

それで話がすんだとばかりに二人がまた部屋を整え始めたのだから、知らなかったのは自分ばかりだと勘違いしたのも無理はなかったと思う。実際には話はなんにもすんでいなくて、弟と父も帰ってきてからそれぞれに同じようなやりとりを繰り返すことになったのだけれど、とりあえず蒼子は彼女がトイレに立つタイミングを見計らって母に抗議を試みた。

「ふつうそういうのって、家族会議とかしてから決めるもんじゃないの」

家族会議なんてしたことがないにもかかわらず蒼子はそう詰め寄った。廊下に通じる扉をちらちらと気にしながら台所の隅に突っ立って、ひそひそ声で。

「あんたたちに迷惑はかけないわよ」

母はわし摑みにした大根をごりごりとおろしながら答えた。刻んだあさつきがまな板に載っていて、バットには俵型に成形されたひき肉がみっしりと並んでいる。夕飯は和風ハンバーグだ。やった、大好物。

「だってあたし受験生なんだよ。ふつうそういうときにそういうことする？」

「あんたの部屋に入れるわけじゃないんだから関係ないでしょうよ」

「だってあの人うちに泊まるってことなんでしょ？　関係ないわけないじゃん」

「ただ和室を貸しただけじゃない。あんたたちふだんお母さんの部屋になんか入らないでしょう」

「だってそしたらお母さんどこで寝るのよ」

「隣にふとん敷いて寝るわよ。そしたら何かあってもすぐわかるし」

「はあ？」

声が大きい、と母が顔をしかめる。

「だってお母さん看病なんかできないでしょ、素人なんだし。だいたいなんで連れてくる必要があるわけ、おうちの人もいるんでしょ」

「ちゃんと書置きしてきたわよ」

「そうじゃなくて、だって――家族の人、うちにいてほしいんじゃないの」

なんとなく濁したら、母は「返してほしけりゃ取り返しに来るわよ」とめんどくさそうに言った。

「だからってさあ」

食い下がろうとしたとき、トイレを流す音が聞こえて蒼子は口をつぐんだ。まもなく現れた彼女が母の隣に蒼子を認めてぱっと破顔し、「ごめんねえ」と大きな声で言った。

「あ、いえ……」

あいまいに笑ってちょっと頭を下げると蒼子はその人の横をすり抜け、階段を駆け上がって二階の自室に逃げこんだ。大変なことになったと思った。


唐突にわが家にやってきたその人はバナミさんという。あだ名ではなく、本名だ。芭波と書くらしい。近所のスーパーで働いている母の仕事仲間だ。帰りにしょっちゅうおしゃべりに来ていたから面識はいちおうある。

蒼子は彼女のことが好きではなかった。声が大きすぎてなんだか下品だったし、遠慮のないところが気持ち悪かったからだ。食卓の父の席に陣取ってお茶菓子を食い散らかしつつごはんどきになるまで居座って、大きな声でガハガハ笑って、帰宅した蒼子に「おかえり」なんて笑いかけたりして。きらいとまではいえない気がして、でもやっぱりいやなので「なんであの人しょっちゅう来るの」と母にちくちく文句を言ったことだってある。

「近所だからでしょ。職場じゃ話せないことだってあるし」

「だったら別の人だっていいじゃない。だってあの人、四丁目でしょ。山下って人のほうが近いじゃない」

「山下さんとは気が合わないのよ」

自分だってさして気が合うわけでもないくせに、母はそうごまかした。

実のところ、友達ですらないはずだ。母の友人はもっと穏やかで物静かな人たちで、バナミさんとはまったく別のタイプだ。いつだって会話はバナミさんの一方的なおしゃべりであるし、母はそれを聞き流しながらとくに楽しそうな顔もせず淡々と夕飯の支度なんかをしていたりする。ここはおまえの実家じゃない、と心の中で憤りながらバナミさんのどっしりとした背中の後ろを何度通り過ぎたことか。そういえば、彼女は両親を早くに亡くしているのだとか。一回りも年上の母に懐いているのはそういう理由もあるのかもしれない。でも、お母さんはおまえの母親じゃない、と蒼子は反射的に腹を立てる。そして、腹を立て続けている。

どういうつもりなんだろう、あの人。それに、お母さんも。

蒼子は無意識にむっと口を尖らせたままベッドの上で考え続けた。

なんでうち。なんで今。なんでこの期に及んで、家族のもとを離れたんだろう。

まったくわけがわからなかった。彼女の声が大きいのと、うちの壁が割と薄いのと、虫食い状態の不完全な情報を補完するために母からちょこちょこ聞き出したりしていたために（断じて好奇心からではない）、蒼子はバナミさんの事情についてかなり詳しく知っていた。先月ついに仕事を辞めたということも（だからもう同僚ですらないのだ）、病気の進行具合も、夫の人は公務員でいつも定時に帰ってくることも、息子が一人いるということも。

諸々考え合わせると二人の決断は完全に不合理で、意味不明だ。どう考えてもそうはならないだろうとしか思えない。もしかしたら他の理由があるのかもしれない、さらってくるほど母が彼女に執着していたとは思えないけれど、何かそうするだけの理由が。たとえばバナミさんの夫の人が宝くじで十億円当てたので身代金が欲しいとか、あるいは実は暴力男でバナミさんが逃げてきたとか、もしくは幽霊の類が出るので家にいたくないだとか。

しかし母の様子はさらうという言葉の不穏さとはかけ離れていたし、バナミさんも何かから逃げてきたふうには見えなかった。だからもうお手上げだ。自分は理由もわからないままあの人と同じ家で暮らすことになるのだ。

「最悪」

蒼子は声をひそめてつぶやいた。快く受け入れようという気持ちには到底なれなかった。だってそうだろう。こう言っては悪いけれど、もうすぐ死ぬとわかっている人と一緒に暮らすなんて誰だっていやに決まっている。

まさか中学最後の夏休みをこんな形で迎えることになるとは。

蒼子は抱えた膝に顎をうめて長い長い溜息をついた。

バナミさんはその日、父の椅子で夕飯を食べた。父の帰りが遅くなったからだ。いつもは八時くらいまでは待っているのだけど、バナミさんの薬の時間が遅くなってはいけないので先に食べることになった。彼女も母も家族みたいに食卓を囲むことを何も不思議に思ってはいないみたいだった。バナミさんがテレビを見ながら楽しそうにしゃべり続ける向かい側で、蒼子は一言も口をきかずに食べ終わった。弟の青矢は戸惑った様子だった。テレビが彼の好きな番組に設定されていないことが理解できないらしかった。かといってお客さんが見ているチャンネルを変えるわけにもいかず、しだいに視線を下げ、わかりやすくしおれていった。力なく皿をつついている青矢をバナミさんは「ハンバーグきらいなの？　珍しいね」とおかしそうにからかった。青矢は罰を受けているみたいにハンバーグを食べ進め、皿の上をきれいにすると一目散に自分の部屋に走っていった。

「五年生だっけ。シャイだよね、あの年頃は」

バナミさんは蒼子に向かって言ったけれど、蒼子が返答を考えつく前にまたテレビの内容についてしゃべり出していた。

翌朝もその調子だった。バナミさんがうちで暮らすということが完璧に決定事項になってしまったような空気があった。平然としている二人の大人の女の人を前に蒼子は敗北感と、それから少しの怖さを覚えた。彼女たちは一夜にして何かを乗り越えたのだ。

◆

こうしてバナミさんとの生活はしごくスムーズに始まった。

「何も変わらないでしょ」と母が言うとおり、バナミさんがいようといまいと夏休みであることにも受験生であることにも変わりはなかったわけで、蒼子は当初の予定どおり家と塾を往復するだけの物足りない夏休みに突入した。とはいえ本当に何も変わらなかったわけはなく、実際には細かい変化は無数にあった。結局のところ、変わったことを無視することでしか「何も変わらない」は達成されないので、蒼子たち家族にとっては変わったことを無視することが肝要だった。みんな、あらゆる変化をよそいきの顔で受け入れた。全然なんでもないことみたいに、最初からそうだったみたいに。

一つめ。蒼子はピアノを弾くのをやめた。受験生だからとレッスンを休んでいるけれど、十年近く続けた趣味だ。バナミさんが来るまでは気分転換にしょっちゅう弾いていたのだが、うるさいし、振動が病人にはよくないのでと蒼子のほうから申し出た。母はバナミさんがいいと言うなら弾いても構わないのではないかと首を傾げたけれど、自分のピアノが刺激になってバナミさんの体に何かが起こったらと思うと怖かった。知らずに引き金を引いてしまったら取り返しのつかないことになる。引き金を引くのがいやというより、それを自分がすることになるのがおそろしかったのだ。

二つめ。ごはんが、なんというか、薄くなった。食べられなくなってきているバナミさんのために消化のいいメニューでなければならなくなったからで、うどんとか素麺とかそういうものばかりになり、逆に揚げ物や肉料理は食卓に上らなくなった。物足りないと文句を言っても母は取り合ってくれなかった。脂っぽい料理を作るとにおいで吐き気を催してしまうらしいからだ。かわりにお惣菜を買ってきてくれるようになったけれど、おいしいと思えなかった。

父はだんだんと帰りが遅くなり、外食してくるようになった。蒼子は受験勉強を口実に夜食としてレトルトカレーやカップ麺を部屋に持ち込むことが多くなった。青矢は毎日のようにコンビニでチキンナゲットを買い食いし、ポテトチップスを机の引き出しに隠していた。

三つめ。テレビを諦めた。バナミさんに譲った形だ。彼女は居間に隣接した和室の襖をあけ、ベッドの上で一日中テレビを見ている。彼女が見ているときには好きな番組を見られないし、テレビが消えているときには寝ているということなので、つけることもためらわれた。みんな色あせた絵か何かみたいにテレビをスルーするようになり、これまでのように夕飯のあとテレビを見ながらだらだら過ごすこともなく、さっさと自室に引き上げるようになっていった。後片付けをしている母と、画面を眺めながら陽気にしゃべり続けるバナミさんを残して。

　四つめ。トイレやお風呂さえ使いづらくなってしまった。これもほかと同じような理由だ。むやみに家の中を歩き回って安静を邪魔してはいけないというのと、トイレにこもりがちになる彼女の妨げになったらまずいというのと、それから、彼女のあとに使うのが怖いような気がして。うつるような病気ではないとわかっているのに、それでもなんとなく避けてしまう。バナミさんに悪いなあと思いながら、やましい気持ちで階下の気配を探るのだ。

　五つめ。寒がりのバナミさんに合わせてエアコンを設定しているために部屋が暑い。

　六つめ。嘔吐の音がしょっちゅう聞こえて気持ちが悪くなる。父がこっそりみんなのぶんの目立たない耳栓を買ってきてくれたけれど、そのせいで母と言い合いになった。父と青矢はつけている。つけようとしない母がかわいそうな気がして蒼子はつけるのを迷っている。勉強に集中するべし、さすればきっと雑音など耳に入らなくなるであろう。そう自分に言い聞かせているものの、集中力なんて一朝一夕でどうにかなるものでもなかった。

「はあー、まじ憂鬱」

　蒼子は塾で隣の席のヒナちゃんに毎日グチった。

「しょうがないんだけどさあ」

「うんうん、かわいそう、かわいそう」

　ヒナちゃんに雑に慰められながら、持参のおにぎりにかぶりつく。お昼休みだ。午前クラスで帰る人や下のコンビニに買い出しに行く人が一斉に出ていったので教室は閑散としていた。午後の授業は一時からだ。それまでに食べ終えて、次の授業の宿題の答え合わせを二人でしておくつもりだった。

　ヒナちゃんはお弁当をつつきながら「でも考えようによっては好都合じゃない？　余計なこと考えないように勉強に集中できるじゃん、うちみたく」と人の悪い笑みを浮かべた。

「ヒナちゃんちほどヘビーじゃないよ」

「いや、なかなかきついと思うよ。うちはほら、家族だからまださ」

「いやあ家族のほうがきついんじゃないかなあ。結局は他人だから耐えられる気がする。もしかしたらあの人、自分の家族に追い出されたのかもしれないと思うもん」

「なんで？」

「いや、わかんないけど……うるさいから？」

「うるさいからって末期（まつき）の人を追い出すもんかな」

「だって何も言ってこないんだよ、あの人の家族。近所だし、うちにいるってわかってるのにさ」

　蒼子は「返してほしけりゃ取り返しに来るわよ」と言った母の声を思い出しながら答えた。

翌日には来るだろうと思っていたお迎えはいまだない。

「非情じゃない？　非常識じゃない？　ふつう夫の人とか迎えに来るよね」蒼子は鼻息荒く息

巻いた。「息子だっているんだよ。死にかけた母親がひとんちにさらわれても知らん顔ってどうなの。家族でしょ、連れ戻しに来るでしょ」

「ふつうに家出したと思ってるんじゃないの。手紙置いてきたんでしょ？」

「家出だとしてもだよ。めんどくさくなったらほっとくなんておかしいよ。だいたいうちに迷惑がかかるって思わないのかな」

「うん、でも、よっぽどの事情があるのかもしれないよ。蒼子たちが知らないだけで、家ではものすごいひどい母親なんだとかさ。そういうのはわかんないもんだよ。うちだって、あんなんで外では優しい先生やってるんだから」

ヒナちゃんはふうっと大人びた溜息をついてデザートのさくらんぼを蒼子にも勧めた。

「どこもいろいろあるんだよ。うちらが知らないでいられるだけでさ」

「いろいろかあ。そうかもしんないね」

もぐもぐ口を動かしながら蒼子はしぶしぶ頷いた。ヒナちゃんに言われると、そうなのかもしれないと思えてくる。

ヒナちゃんのお弁当はいつも豪華で手が込んでいる。今日は殻付きの海老や貝がごろごろ載ったパエリヤだ。おかずは色鮮やかなスペイン風オムレツにチキンのトマトソースがけ、ローズマリーポテトと温野菜のピクルス。お母さんが毎朝作ってくれるのだそうで、前日の残りや冷凍食品が入ることはないのだという。焼売もスコッチエッグも全部手作り。栄養も彩りもばっちりの愛情こもったお弁当だ。

ところがその一方で、彼女の家はとにかく激しい。殴り合い、怒鳴り合いはしょっちゅうで、パトカーが来ることもあるという。そういうときはいつもイヤホンでガンガン音楽を聴きながら勉強に集中しているそうで、結果として塾の成績はぶっちぎりの一位だ。かといって行きたい私立に行かせてもらえるわけではないから勉強なんてたんなる暇つぶしなんだけどね、とクールに言い放つヒナちゃんは蒼子などよりずっと大変なのだから、つらいのは自分だけみたいな顔はできない。だからそのぶん、気楽にグチを言えるのだった。

「でもその人、病人なんでしょ？　お部屋で静かにしてるんならそんなに邪魔でもないんじゃないの」

「そうでもないんだよ。薬飲んだあとはつらそうだけど、ふだんは言うほど具合悪そうでもないの。声がでかいからふつうにうるさいよ。それにあの人の部屋って居間の横の和室だから、襖あけてると一階全部テリトリーって感じで。ほら、うちＬＤＫだし」

「ＬＤＫじゃ、そうかあ。ＬＤＫじゃあねえ」

何がおかしかったのか、ヒナちゃんは笑い出した。ツボに入った様子でＬＤＫと繰り返し、笑いすぎて箸を置くほどだった。笑いごとじゃないよ、と文句を言いながら蒼子もつられて笑い出した。

「こんなことなら合宿申し込めばよかったなと思ってさ」

「後期ならまだ申し込めるんじゃない？　でも蒼子が合宿行っちゃったらつまんなくなるな」

とヒナちゃんは教室を見回した。

蒼子もヒナちゃんも、この塾には親しい人がほかにいない。蒼子にとっては学区外だから知り合いもいないし、ヒナちゃんもここでは孤高を貫いていたから。塾だから友達なんていなくても問題はないけれど、お弁当のときなんかにちょっと話せる人がいてもいい。そうやって隣の席どうし手をのばし合うようにして二人は仲良くなったのだった。

「お金かかるから行けるかどうかわかんないよ。だいたい、あたしが行っちゃったら、うち困ると思うし」

蒼子は慌てて言い足した。

「ほら、うちお母さんがシフト増えちゃって、いま一日いないからさ。あの人ずっと一人で置いておくのも心配だから様子見ないといけないし。倒れてたりしたら怖いから」

「ああそっか。けっこう責任重大じゃん」

「そうなんだよ。もう、まじ憂鬱」

「憂鬱だねえ、かわいそうかわいそう。ところで憂鬱の鬱って書ける？」

「書けるわけなくない？　え、それ入試に出る？」

「知らないけどあたし書けるよ」

「まじか。薔薇も書ける？　髑髏（どくろ）は？」

「書ける書ける」

さっそくノートを取り出した。あれもこれもと、難しい漢字を思いつくままひねり出して挑んだけれど、ヒナちゃんはどれもさらりと書いてしまう（たぶん合っているのだろう）。なんで書けるのー、と笑いながら、蒼子は頭の片隅のちりちりとした違和感に気を取られていた。なんだかさっき、ヒナちゃんにひどく残酷なことを言ってしまったような気がする。不安になって必死に会話を思い返してみたけれど、あの会話のいったいどこにそう思ったのかわからなくなっていた。ただの錯覚だったらいいのだけれど。いつもどおりの横顔をこっそりとうかがいながら、蒼子はぼんやりとした罪悪感とともに願った。


「あ、おかえりー」

「どうも」

帰宅するとバナミさんは起きていた。ベッドの上で横向きに寝そべり、リモコンを突き出している。何度もボタンを押しているのに、うまくチャンネルが変わらないようだ。

「ねえこれさ、ボタンの効きが悪いみたい。全然変わんない」

「はあ」

「電池かな？　単三ある？」

「さあ……」

蒼子は冷蔵庫にまっすぐ向かって麦茶を取り出し、続けて二杯飲みほした。三杯目をついでから、「麦茶いりますか」と尋ねる。

「ううん、大丈夫。それより電池、買い置きないの」

「知らないです。どっかにはあるかもしれないけど」

「ちょっと探してみてくれる？　そのへんの引き出しとか、勝手に見るわけにもいかないからさあ」

知らないって言ってるじゃん。

と、もちろん声には出さないで、しかたなくありそうなところを適当にあさる。食器棚の一番端の引き出し、テレビ台の上の雑然としたかご、カウンターの小物入れの缶。

「ないですね」

「そっかあ」

残念そうなバナミさんの声にいら立ちながらテレビの脇に立ち、本体のボタンでチャンネルを変えた。

「見たいのどこですか」

「あ、ありがと、じゃあね、ちょっと回してて。ゆっくりめに」

BS、CSと三周して、ようやくストップがかかったのは最初に見ていたチャンネルだった。とんだ時間の無駄じゃないかと蒼子は愛想笑いを引きつらせながら台所に戻った。テーブルの上にはかぴかぴになったおかゆの皿が無造作に置いてある。蒼子たちが風邪をひくと母が作ってくれるたまごのおかゆだ。ラップもかけずに半分以上残されているのを見て、ほとんど憎しみみたいな熱い怒りがおなかの中に沸き出してくるのを感じる。お母さんのおかゆをこんなに残しやがって。再放送の刑事ドラマを背中に聞きながら蒼子は冷えたおかゆをビニール袋にあけ、捨てる。皿を洗い、麦茶を持って部屋に引っ込もうとすると、バナミさんがテレビの画面に釘付けのまま声をかけてくる。

「あ、蒼子ちゃん、悪いけどそこのチラシ取ってくれるかな。あとね、もうすぐ雨降りそうだから洗濯物入れちゃったほうがいいよ」

蒼子は黙って新聞から引き抜いたチラシを渡し、ベランダの洗濯物を取り込んだ。畳んでおいたほうがいいだろうかと迷い、しかし父のワイシャツを見て怖気（おじけ）づく。アイロンなんてほとんどやったことがない。かごに入れたまま置き去りにした。今夜はお皿洗いをしようと思った。

◆

青矢がおばあちゃんの家に行くことになった。父も一緒だ。遠くはなるものの通勤できる距離だし、青矢が一人では心細かろうという理由で（「ついでに親孝行もできるしさ」と、父は鼻歌でもうたいだしそうな調子で言った）。夏期講習がびっしり入っている蒼子は当然のように数に入れられておらず、気づいたときには大きな荷物で出かける二人を玄関先で見送っていた。

蒼子はまじかとつぶやいた。まさか、行くか残るか聞かれもしないとは思わなかった。出発の朝まで知らされないとも思わなかった。なぜ誰も聞いてくれなかったのだろうと落ち込んだ。たとえば両親が離婚することになったら、自分と弟はこんな感じで振り分けられるのかもしれない。そう、うちの親は意外とそういうことをするのだと、つい最近知ったばかりではなかったか。いまさらこんなことで驚くほうがどうかしているのかもしれない。

「蒼子ちゃん、共栄（きょうえい）受けるんだって？」

人数の減った食卓でバナミさんが言った。

「いいじゃない、あそこ制服かわいいよね。あたし娘がいたらあそこに入れたかったんだ」

「べつに制服がかわいいから行きたいわけじゃないです」

「そうなの？　蒼子ちゃん頭よさそうだから、ぜったい清松（せいしょう）だと思ったんだよね。でもあえて共栄なのは制服がかわいいからなのかなって」

「べつに頭よくないんで」

蒼子はいらいらとパンをちぎった。バナミさんは白茶(しらちゃ)けた顔で野菜ジュースをすすっている。

「近くにしてほしいって私が頼んだのよ。電車通学はなんだか心配で」と母がとりなすように言って、バナミさんは「女の子だもんねえ」と笑った。

「うちは男子だからさ、清松入ってくれればいいなって思ってるんだ。あたしに似ないでできる子だから期待してるんだけど」

「まだ早いんじゃないですか」

「なに言ってんの。うちの息子、蒼子ちゃんと同じクラスだよ」バナミさんはきょとんとした顔で言った。「野球部の佐藤って、知らない？」

「はあ？」

ケタケタ笑うバナミさんを蒼子はぽかんと見つめた。だってこの人、そんな大きな子供がいるような歳じゃない。しかも、息子、同じクラス？

知っていたのかと母を睨(にら)むと、母は「そうよ」とのんびりと頷いた。「ほら、小学校も一緒だったじゃない。二年生だか三年生だかで同じクラスだったはずよ」

「……そんなの覚えてないよ」

うつむいた蒼子にバナミさんは追い打ちをかけた。

「模試でもいい判定出てるみたいだからいちおう安心はしてるんだ。野球ばっかりしてるくせにわが子ながら不思議なんだけど」

「すごいですね」

蒼子は怒りを抑えて愛想よく返した。母がちらりと時計を見た。バナミさんはきげんよく話し続けている。

「だからさ、ママにも教えてよって頼むんだけど、もう全然。照れちゃって口もきいてくんないの。受験生の邪魔しちゃ悪いからあたしも無理にとは言わないんだけどさ。男の子って寂しいよね。蒼子ちゃんみたいな娘もほしかったな、あたし」

「あたしも受験生ですけど」

蒼子はとうとう言った。

「ん？」

「同じクラスって知ってるならわかりますよね。あたしもおたくの息子と同じ受験生なんですけど。邪魔しちゃ悪いと思わないんですか。もしかしてあたしが清松受けると思ってわざとうちに来たんですか。息子のライバル蹴落とそうとでも思ったんですか」

「蒼子」母が鋭い声で遮（さえぎ）った。「そんなわけないでしょ」

「じゃあどういうつもりなの。お母さんおかしいよ。意味わかんない」

蒼子はパンを半分残したまま席を立ってリュックを摑んだ。スニーカーをつっかけたとき、ごめんね、と母の謝る声が小さく聞こえた。蒼子にではない。バナミさんにだ。バナミさんの返事が聞こえる前に蒼子は乱暴に扉を閉めた。

塾についたらヒナちゃんに速攻グチろう。そう思っていたけれど、ヒナちゃんの顔を見るなりそんな気持ちは急激にしぼんだ。いつもと同じ声で「おはよ」と言ったヒナちゃんの左目の周りが大きく腫れあがっていたのだ。驚き、言葉をかけあぐねた蒼子を気遣うようにヒナちゃんはちょっと笑った。

「きのうは逃げそびれた」

「大丈夫なの？　病院とか行ったほうがいいんじゃないの」

「うん、黒板も見えるから。保冷剤いっぱい持ってきたし」

　ヒナちゃんはハンカチに包んだ小さな保冷剤をそうっと患部におしあてた。覆いきれない赤黒い痣にどうしても視線が引きよせられてしまう。不思議なことに、先生たちはヒナちゃんのけがにも、保冷剤をおさえながらノートを取りづらそうにしていることにも気づかないようだった。午前午後合わせて五人の先生がすぐそこでみんなを見下ろしていたにもかかわらず、誰一人として。

「このあとどうする？」蒼子は授業が終わったあと、ヒナちゃんに尋ねた。「今日も自習室行く？」

「あ、いや、今日は早めに帰ろうかな。さすがにこの顔でラッシュの時間にうろうろしたくないからさ」

　ヒナちゃんは顔を歪めて笑った。腫れはますますひどくなっているように見える。

「大丈夫？　送ってこうか」

「大丈夫、大丈夫。じゃあまた明日……」

　教室を出て行こうとしたヒナちゃんに、一人の男子が近づいてきた。ちがう学校の子だ。その子は怒ったような顔で小さな袋を突き出した。

「これ使って」

固まっているヒナちゃんに袋をおしつけ、その子は不器用に机にぶつかりながら逃げるように教室を出て行った。下のコンビニで買ってきたのだろう、貼るタイプの冷却シートだ。ヒナちゃんはちょっと迷ったあと、箱から二枚取り出して貼ってくれるよう蒼子に頼んだ。

「知り合い?」

ぷよぷよした痣をシートで慎重に覆いながら尋ねると、ヒナちゃんはううん、とうなるような声を出した。

「この前、告られた。一中の人だって」

「まじで?」

大声出さないでよ、とヒナちゃんは眉をひそめて答えた。

「そう。模試の帰り。ほら、うちら県立コースだから蒼子より後に帰ったじゃん」

「ああ」蒼子はぼんやりと思い返す。県立コースは私立コースより科目が多いのだ。「え?それで?」

「それでもなにも、ふつうに断ったよ。知らない人だし」

「なあんだ」ちょっとほっとしたような気持ちで蒼子は息をついた。冷却シートを貼り終わる。見た目はひどいけれど、保冷剤も溶けてしまったし、これで少しはましだろう。

「——断ったのに、くれたんだ」

「断ったのに、くれたね」

ヒナちゃんは気味悪そうに冷却シートの箱を見つめ、しかししっかりリュックに突っ込んで、じゃあねとかったるそうな足取りで帰っていった。

今日は一緒に自習室で勉強してから帰ろうと思ったのだけど。

少しだけがっかりしながら蒼子はとぼとぼと自習室に向かった。

あの人のために早く帰らなければいけないと思うと癪だった。というより、なんだかもう、帰るのがいやだった。やる気もなくノートを広げながら、ヒナちゃんをうちに誘えばよかったのではなかったかとふと思った。ちがう学区で家は遠いし、連れて帰ったところで居心地のいい家ではないのだから全然いい思いつきではなかったけれど、それでも誘うくらいしてみればよかったかもしれないな——と。

二時間ほど自習して帰宅の途についたときには、不安でいっぱいになっていた。

帰ったらバナミさんが死んでいたらどうしよう。自分が遅くなったせいで誰にも助けを求められず苦しみながら待っていたら。取り返しのつかないことをしてしまったかもしれない。いや、そうにちがいない。

不安はいつしか確信に変わり、蒼子はほとんど絶望しながら必死で自転車を飛ばし、ばたばたと家に飛びこんだ。おかしい、いつものテレビの音がしない。この時間なら夕方のニュースを見ているはずなのに、寝ているのだろうか？　あるいは——どうしよう、もう死んでるかもしれない。

「あら、おかえり」

勢いよく居間の扉をあけると、台所に立っていた母が振り返って言った。バナミさんも「おかえりー」とソファの上でひらひら手を振る。

大丈夫だった……。

ほっとした瞬間に力が抜け、蒼子は床にへたりこんだ。とめどなく汗がふきだし、心臓は爆発しそうに早鐘を打っている。へとへとだ。靴下をはがして投げ捨て、シャツの首元をばたばたとあおいでいると母が麦茶を持ってきてくれた。

「どうしたの、そんなに汗かいて。急ぎの用事でもあった？」

怪訝そうな母に首を振って答え、荒い息をつきながら扇風機を抱えこむ。暑さと喉の渇きで頭ががんがんしている。こっちのほうが死にそうなんだけど、と蒼子はソファの上でポテトチップスをつまんでいるバナミさんに恨めしげな目を向けた。

なんだ、全然元気じゃないか。心配して損した。もっと塾で自習してきたって大丈夫だったじゃないか。こっちはひとりで倒れてないか気になってちっとも集中できなかったのに、のんきにマンガなんか読んで……。

「ていうかそれあたしの！」

バナミさんの手元を指さして叫ぶと、バナミさんはにこにこと言った。

「あ、ごめんねえ、借りてた。退屈で」

「はあ？」

「私が借りたのよ」母が急いで口を挟む。「だめだった？」

穏やかな口調とは裏腹に、ちょっとくらいいいじゃない、という目つきで母は蒼子を牽制した。瞬時に頭が沸騰し、「勝手に部屋に入らないでよ！」と叫んで蒼子は二階に駆け上がった。「蒼子！」という怒声を背中に浴びながら。

自室のドアを力任せに叩きつけ、蒼子はベッドに体を投げ出した。無性に悔しく、悲しかった。

は？　怒られた。

バナミさんのせいで怒られた。ふだん怒られることなんてないのに。自分のものを勝手に触ってほしくないと思うのはそんなにいけないことなのか？　借りたいなら持ち主に許可をとるべきじゃないのだろうか？　そうしなかったのは向こうなのに、なんで自分が怒られなくてはいけないのだろう。

それに蒼子が本やマンガを大事にしていて、折ったり汚したりしないように気をつけていることを知っているくせに、お母さんはあの人に貸したのだ。あんなだらしない人に、よりによってポテトチップスを食べながら読むような人に。病気だからしょうがないのだろうか？　もうすぐ死ぬ人なんだからなんだって許してあげなければいけないのだろうか？　自分は優しくないから怒られたのだろうか？

「あの人いつまでいるんだろう」

蒼子は枕に顔をうずめたままついに声に出して言った。それはつまり、あの人いつ死ぬんだろうと言っているのと同じだった。あるいはもっと直接的には、早く死ねばいいのにと。

人の死を願うなんて最低だ。そんなことを考えてはいけないとわかっているけれども、いけないと思うほどに心の中の声は強くなった。本当はもうずっとそう思っていた。何度も何度も、一日に何十回も思っていた。

あたしは最低だ。

蒼子は暗澹たる気持ちでそのことを再確認した。もはや疑いようもなかった。自分という人間は死にかけている人にも優しくできない、自分本位の最低な人間だったのだ。

「ああ、もう本当にいやだ」

もはや覆すことはできないけれど、できればこんなふうに自分の本性みたいなものに気づきたくなかった。気づかされたくなんてなかった。自分の本性なんてできれば一生気づかずに過ごしたかった。少なくとも蒼子にはまだ気づかないでいる権利があったように思った。だってまだ中学生で、そのうえ受験生だ。こんなときにそういう展開をおしつけてくるなんて反則というか、ちょっとフェアじゃないような気がした、しかも自分や自分の家族でなく、親しくもない他人のためにというのは。

◆

バナミさんはかなり若い。

たぶん二十代後半か、三十そこそこだと思う。こげ茶に染めた髪は肩より少し下くらい。化粧はけばめだったけれども、今はさすがにすっぴんだ。顔色は悪い。どっしりした体形はそのままだが、エネルギーではちきれそうだった体はいまやなんだか弾力に欠け、ぐったりとたるんで見える。

朝の情報番組のトレンド水着特集を興味津々で凝視していたバナミさんは、でもなあ、あたしのこの腹じゃなあと無念そうにおなかをつまんだ。病気になってダイエットのチャンスだと思ったのに進行が速すぎてやせる間もなかったよ、と豪快に笑う。

「そういえばさ、蒼子ちゃんってお化粧とかする？　せっかく夏休みなんだからちょっとは気合入れればいいじゃん。未開封のマスカラとかあるんだけど使わない？」

「使いません。塾しか行かないのに気合なんて入れないし」

「え、だってプリクラ撮りに行ったりしない？　寄り道もしないの？　友達とタピオカ吸いに行ったり彼氏と遊園地行ったりこっそり夜中に待ち合わせしたり」

「しません」

「もったいなーい！」バナミさんはびっくりしたように叫んだ。「この子、青春を無駄にしてる！」

「受験生なんで。そういうのはあとで」

蒼子は手についたパンくずを払い落としながら淡々と返した。ヒナちゃんが告られたという衝撃の事実にはちょっと――というかかなり心を揺さぶられたけれども、そのことにはこのさい目をつぶる。

「だいたい誰のために一目散に帰ってきてると思ってるんですか。一人じゃチャンネルも変えられないくせに」

「最近調子いいから大丈夫。だいたい三か月で死ぬって言われてもう五か月生きてるんだから、いまさらそんな簡単にくたばらないよ。だから安心して青春しておいでよ」

「だから、受験生なんでそんな暇ないんですってば」

冷たく言い返すと、母が向かいでくすりと笑った。

「受験生っていったって、勉強しかしちゃいけないわけでもないんだから。たまには蒼子も気分転換してきていいのよ」

「なんなのお母さんまで。そんなこと言って成績下がったら怒るくせに」

「そりゃそうだけど」

母は笑って首をすくめた。なんなの、楽しそうにしちゃって。家族でいるときには決してしない仕草を母はときどきするようになって、蒼子はそういうところも気に食わなかった。あからさまに不機嫌アピールしている蒼子を前にしても、なんだか二人とも悠々としている。むかつく。

二人のことなんて無視して黙々と朝食をたいらげていると、バナミさんは朝食の傍らじっくりと眺めていたチラシをぴらりと翻し、母に渡した。

「このアジフライとメンチ、四枚ずつ頼める？　あとスポーツドリンクの粉末が安売りしてるから、それを二つか三つ」

「野菜がないわよ。ポテトサラダか何か適当に見繕っていきましょうか」

「ああ、じゃあこの和風の煮物みたいなのもいいかな。パパはそういうほうが好きだから」

「わかった」

母は頷き、バナミさんは部屋着のジャージのポケットから財布を取り出した。マリクワのピンクの長財布だ。表面は手垢で黒ずんでおり、特徴的なお花のチャームは付け根の革がちぎれそうになっている。バナミさんはお花をひっぱってファスナーをあけ、千円札を二枚出して母に渡した。母はそれを受け取ると「じゃあ帰りに置いてくるから」とチラシと一緒に見慣れないポーチに入れた。

「ちょっと待って、それなんの話?」

蒼子は口を挟んだ。

「何って、買い物よ。仕事の帰りに寄って置いてくるの。男二人じゃごはん大変でしょう」

「だってそのスーパー、坂の下でしょ。全然逆方向じゃない。ふつうにアカシで買えばいいのに」

二人の勤め先であるスーパーの名前を出すと、「アカシにはないものもあるのよ」と母がごまかすように笑った。

「ごめんねえ、ほら、アカシってちょっと高いからさ。あたし自分ちの買い物はいつもミッバストアなのよ。それにあそこのアジフライ息子が好きでね、今日安売りしてるから」

「だってお母さん仕事終わってから行くの? この暑いのにわざわざ歩いて? いつもそんなことしてたの?」

「毎日じゃないわよ」母は気まずそうに目をそらした。「それに好きでやってるんだからあんたには関係ないでしょう」

「はあ?」

蒼子は立ち上がって母からポーチを奪い取った。

「ならあたしが行くよ。塾終わってからでいいんでしょ? 買って届ければいいんでしょ?」

「いいわよ、蒼子」

苦い顔をした母がポーチを取り返そうと腰を浮かせたとき、「いいの？」とバナミさんが嬉しそうに大声で言った。

「ありがとう、助かるよー。うちわかる？　四丁目のさ、保育園の向かいにお米屋さんあるでしょ、その隣の三階建てマンションの三階なんだけど。ドアにひっかけといてくれればいいからさ」

「表札出てるから行けばわかるわよ」と母がそろそろと言った。「でもお母さん行くからいいよ？」

「いいよ行くよ、どうせ暇だし。気分転換させたいんでしょ」

引っ込みがつかなくなり、蒼子はポーチをポケットに突っ込んだ。

というわけで、塾からの帰り道、自転車を下りることなく家の前を通り過ぎた。大通りに出て坂をずっと下っていき、丁字路を右に少し行ったところにミツバストアはある。アカシと比べると古くさい感じのスーパーだ。店に入ると冷房の強い風がぶわっと体を包み、蒼子は鳥肌を立てながらなんとなくすっぱいにおいのする店内をずんずんと進んだ。

惣菜売り場は突き当たりの右側。揚げ物コーナーにでかでかと掲げられた大特価のポップが目を引いた。平台に並んだたくさんの揚げ物があまったるい香りを放っている。コロッケ、天ぷら、唐揚げにエビフライ……。ええと、なんだっけ。そう、メンチ四枚と、アジフライ四枚。蒼子はトングを取り、メンチをまずゲットした。けれど、アジフライは三枚しかなかった。

どうしよう。

しばらくその場をうろうろしてみたけれど、アジフライが補充される気配はない。足りないと困るだろうか。こういうときどうすればいいのか聞いておけばよかったと蒼子は激しく後悔した。三枚だけだと喧嘩になるなら二枚にするとか、それともいっそアジフライはなかったことにしちゃうとか？

迷った末に、アジフライより少しだけ高い厚切りハムカツをパックに詰めてよしとすることとした。あとはサラダとか煮物とかを適当に買えばいい。

こんなところで延々と迷っていたことがなんだか急に恥ずかしくなって、蒼子はそそくさと残りの買い物をすませた。買い物袋をかごに突っ込み、緩やかな長い坂をのろのろと漕いで、ふたたび自宅の前を通り過ぎ四丁目を目指した。

ここか……。

バナミさんのマンションにたどりついた頃には汗だくになっていた。自転車といえどもこの暑さであの上り坂は半端なくきつい。ましてや仕事帰りの母が荷物を持って歩いていたと思うと蒼子は泣きたいような気持ちになった。なんであたしたちがこんなことまでしなきゃいけないんだろう。あんな人のために、わざわざ。

だめ押しみたいな外階段をぜいぜいいいながら上りきり、佐藤の表札の前で立ち止まる。ドアにかけておけばいいとは言われたけれど、不用心だし衛生的にも心配だ。不在なのだろうと思いつつ、いちおうインターホンを押してみると、思いがけないことに「はい」と大人の声がした。驚いた蒼子は「あの、バナミさんから頼まれてきたんですけど」としどろもどろに言った。

「ああ、はいはい」おじさんはめんどくさそうに答え、おいとかなんとか言いながらいきなり通話をぶつりと切った。しばらくすると足音が近づいてきて、ゆっくりとドアが開いた。おじさんではない。息子のほうだ。

「あ、どうも」

同じクラスの佐藤某は小さく会釈のようなものをして無造作に袋を引き取り、確かめるように鼻先に近づけた。蒼子は「アジフライ足りなかったんで一枚ハムカツになりましたから」と急いで言った。

「あ、はあ」

胡乱（うろん）な顔でもう一度袋をのぞきこみ、のっそりと背中を向けて部屋の中に引っ込んでいく。閉まった扉の前で蒼子はあっけにとられて立ち尽くした。

なにあれ。なにあの人たち。人のことなんだと思ってるの？　しかも二人とも家にいるなら、自分で買いに行けたんじゃないの？

母親が母親なら息子も息子、夫も夫だ。蒼子は階段を駆け下り、もう二度と来てやるもんかと胸に固く誓いながら猛烈な勢いで自転車を漕いだ。

帰宅した途端、バナミさんが「蒼子ちゃんおかえりー。ありがとねえ」と和室から大声で労（ねぎら）った。「でもスポーツドリンク忘れたでしょう。粉のやつ。べつにいいんだけどさあ」

「あ」

アジフライに気を取られてすっかり忘れていたことに気づき、かっと頬が熱くなる。

「すいません」

「うん、いいの。安売りだから買っとくかって思っただけだからさ。アジフライなかったんでしょ、一枚ハムカツだったたって息子が喜んでた」バナミさんは上機嫌に続けた。「そんなの好きだったなんてあたし知らなかったよ。早く言えばいいのにねえ」

「ていうか、なんで知ってるんですか。息子さんに聞いたんですか」

「え？　そう。さっき電話きてさ」

「それでスポーツドリンクなかったたって文句言われたんですか」

「いや、まあ、あたしが今日買っていってもらうって言っちゃったからさあ」

気まずそうに笑うバナミさんに、蒼子は冷たく言い返した。

「ご家族二人とも、もうおうちにいましたよ。うちのお母さんはまだ仕事だけど。買い物行けるじゃないですか。自分で行けるんじゃないですか。わざわざ他人を使わなくても」

「いや、まあね。でも」

「でも、なに？　受験生だから？　あたしもですよ。働いて疲れてるから？　うちのお母さんもそうですけど。バナミさんが辞めたぶんシフトが増えて毎日朝から晩まで働いてるんですけど。どうしてあたしたちがバナミさんの家族まで面倒みなきゃいけないんですか」

「いや、面倒みてもらいたいってわけじゃないいんだけどね」

「じゃあなんなんですか」

蒼子はポーチを壁に投げつけた。バナミさんがびくりとして表情を改める。

「バナミさんうちに何しにきたの。なんでうちなの。お父さんも追い出して青矢も追い出してひとんちめちゃくちゃにして楽しいわけ？　うちのお母さん、あんたのお母さんじゃないんだけど。あんたの奴隷じゃないんだけど」

「ごめんねえ、蒼子ちゃん、そんなつもりはないんだって。頼むから泣かないでよ」

焦ったように体を起こしたバナミさんは不安そうで、困り切っているように見えた。でもそんな態度すら蒼子の怒りを煽(あお)った。

「じゃあどんなつもりなの」

「どんなっていうか……」

口ごもるバナミさんに蒼子は冷ややかに言った。

「どうしていつまでも家族が迎えに来ないのか、あたしよくわかったよ」

そして階段を駆け上がってベッドに飛びこみ、頭の上に載せた枕で耳を強くふさいだ。

◆

六時少し前。トイレに駆けこむ足音で目が覚めた。えずく音にももう慣れてしまって、つられそうになることもない。三回流してゆっくりと戻っていく足音。母がそっと起き出し、お茶の支度を始めたのが聞こえる。テレビの音が一瞬大音量で響き、すぐに聞こえなくなった。

蒼子はぎゅっと目をつぶり、体をまるめてもう一度眠ろうと努力した。しかしうまくいかなかった。しだいに意識されてくる空腹に耐えかねて体を起こした。むくんだ顔をさすりながらしかたなく階下に降りていく。トイレもお風呂も台所も玄関も、残念ながら一階にしかないので。

「あらおはよう。おなかすいたでしょ、昨夜のごはんあったためる？」と母は何事もなかったような顔で聞いた。「それとも先にシャワーする？　汗かいて気持ち悪いでしょ」

「ああ、うん」

叱られる覚悟を決めていた蒼子は用心深く母の顔色をうかがった。しかし母は怒っている様子もなく、むしろ心配そうに蒼子を見つめて言った。

「忙しいのはわかるけど、夕飯も食べずに寝ちゃうくらい疲れるなら塾も電車で行くようにしていいのよ。元々そのつもりだったんだし、暑いなか三駅ぶんも漕ぐの大変でしょう。電車賃あげるから、今日からそうしなさい」

「え、いや、いいよ。日陰の道だし、自転車のほうが気持ちいいから……」

蒼子はちらりと和室に目を向けた。襖は閉まっている。どうやらバナミさんは昨日のことを母には告げなかったようだ。後ろめたい気持ちになり、蒼子は「それに、買い物するのにちょうどいいから。もしまた買い物あったら、言ってね」と罪滅ぼしのように口にしてしまったのだった。

「それでよそんちの買い物わざわざ引き受けてるわけ？　蒼子もたいがいお人よしだねえ」

「いや、毎日ってわけじゃないし、お駄賃として自分のアイスも買っていいことになったからさ」

　蒼子はおにぎりを頬張りながらごにょごにょと言い訳した。

「それにバナミのためってよりはうちの母親のためにやってるようなもんだから。だってうちの母、下手したらバナミんちのぶんまでごはん作って届けそうな勢いなんだもん。いやじゃない？　それって」

「ああ、それはやだわ。わかる」ヒナちゃんは深く頷いてカップコーヒーをずずっとすすった。

「でもまじそこんちの男ども、メシぐらい自分で作ればいいのにね。自分じゃなんにもしないわけ？」

「食パン焼くくらいはしてるんじゃない？　でもたしかに、あの感じじゃバナミがごはん作れなくなっても作ってあげようとはならなかったんだろうなと思うし――」

　食べられなくなっても食べられるものを探してあげようともならなかったんだろうな、という言葉を、蒼子はお米と一緒に飲み込んだ。そんなのはただの憶測で、ひとの家の噂話は下品なので。

　ヒナちゃんは蒼子の心を見透かしたように「まあいろいろあるんでしょう」と常のごとく締めくくった。

「それより今度の土曜、あたしの行きたい高校で学校見学のイベントあるんだけど蒼子も行かない？　バナミの世話で忙しい？」

「なに言ってんの、行くよ行くよ。どこ？」

「共栄。私立だけど」

○4○

「共栄⁉」蒼子は驚いて聞き返した。「あたし共栄受けるつもりなんだけど」

「え、そうなの？」ヒナちゃんも目を丸くした。「蒼子、共栄志望なの？」

「志望っていうか、近いから親がそこがいいんじゃないかって言ってて。でもヒナちゃん、共栄じゃもったいなくない？　清松とか行くと思ってた」

「いや清松行くんだけどさ」ヒナちゃんはさらりと言った。「公立だと他に選択肢もないし。でも本当は行きたいのは共栄なんだよ。あそこの馬術部に興味あるし、制服かわいいし。蒼子も行くんならなおさら行きたい」

「でもそんなにレベル高くないよ。あたしはともかく、ヒナちゃんには物足りなくない？」

「勉強なんてどこ行ったってできるんだから制服かわいいほうがいいよ」とヒナちゃんは唇を突き出した。「セーラーのとこがいいなあ……」

「ああ、まあね……」蒼子はあいまいに同意した。蒼子自身は制服にとくにこだわりはなくて、ただ私立であればいいかなくらいの感想しかなかったので、ヒナちゃんの本心は意外に思えた。

「……じゃあ土曜日、行こう。ヒナちゃんと行けるなら楽しみ」

「うん。ぜったいね」

ヒナちゃんは、クールな彼女に珍しくあけっぴろげににこっと笑った。ヒナちゃんってちゃんと笑うとえくぼができるんだ。蒼子はなんだか嬉しくなって、満面の笑みで頷いた。

憂鬱な夏休みに、楽しみな予定ができた。

受験対策の一環ではあるけれど、蒼子はその日を心の支えに毎日を乗り切った。学校見学をして、そのあとちょっと遊んでもいいよね。お茶したりお店を見たりお揃いの文具を買ったり、それくらいは許されるはずだ。マッチの火みたいに心の中で大事に育てた期待はいらいらしがちなときにも人知れず蒼子をなだめ、慰め、一層明るく燃え立った。

だから金曜日、塾に着くなりヒナちゃんが思い詰めた表情で駆け寄ってきたときには不吉な予感に景色が一瞬白黒に見えたほどだ。

「ごめん、うちら行けないかもしれない」とヒナちゃんは沈んだ声で謝った。

「なんで?」

「保護者の同行がいるんだって。パンフレットに書いてあったの見落としてたの。うちの親には頼めないし……」ヒナちゃんは悲しそうに言った。「蒼子んちだって難しいでしょ?」

「そうだね、お母さん土日は休めないからなあ……」

蒼子も深刻な顔で腕を組んだ。スーパーは忙しい土日こそ人手不足になりがちで、だから母は土日は必ず出勤するようにしている。ましてや、もう前日だ。こんなに急に頼んでも都合をつけられないだろう。

「待って、お父さんに聞いてみる。もしかしたら来られるかもしれないから」

「ごめん、お願い」

ほっとした顔のヒナちゃんの横で蒼子は父にLINEした。父なら土日休みだし、共栄を勧めてくれた張本人だ。一日くらいなら付き合ってくれるだろうとほとんど確信していたけれど、すぐに返信が来たと思ったら宇宙人がぺこぺこ頭を下げているスタンプだった。

「悪い、いま青矢連れて新潟にキャンプに来てるんだ。もうテント張っちゃったし、明日の朝すぐ出たって遠いから間に合わないよ」とメッセージが送られてくる。

「ああー」

二人は落胆のあまりがばりと机に突っ伏した。

「ごめん蒼子ぉ……」

「ううん、こっちこそ……」

ちゃんと確認していなかったのは自分も同じだ。胸の中のマッチは恨みがましく燻（くすぶ）り続けているけれど、こればかりはどうにもならない。

「楽しみにしてたんだけどねえ」

「しょうがないから明日は一日自習室かな。蒼子も来る？」

「来ようかなあ。うちにいるより捗（はかど）るし」

暗い声で言い交わして、二人はぽかりと空虚な気持ちのままおとなしく授業を受け、授業が終わると静かに手を振って別れたのだった。


状況が変わったのは翌朝だ。

父から連絡を受けたらしい母が職場にかけあおうとしてくれて、しかしそれは悪いよと蒼子が止めて、言い合いに気づいたバナミさんがあっけらかんと申し出た。

「なんだ、そんなのあたしが付いていってってあげるよ」

「は？」

母と蒼子は言い合いをやめ、眉をひそめてバナミさんを見た。

「無理でしょ」

「無理よ」

「なんで？　親子かどうか確認されるわけでもないんでしょ。あたしでもいいじゃん」

「いいじゃんじゃないよバナミちゃん。無理よ、この暑いなか外出は。しかも子供の引率なんて」

「なに言ってるの、あたし毎週ふつうに通院してるじゃない。幼稚園児連れて歩くわけでもあるまいし、全然大丈夫だよ」

　バナミさんは余裕ぶって両手を大きく広げてみせた。

「蒼子ちゃん行きたいんでしょ？　そのお友達だって楽しみにしてたんじゃないの。だったら行こうよ、あたしだって共栄行ってみたいし。あそこ校舎もお城みたいで素敵なんだよねえ」

「遊びに行くわけじゃないんだよ。途中で倒れられたりしたらあたしたちだって困るし」

「学校なんだから保健の先生くらいいるでしょ、大丈夫だよ。二人が見て回ってるあいだ、あたしどこかで待っててもいいんだし。ね、そうしよう」

　バナミさんは熱心に言い募った。困惑して顔を見合わせている二人を置き去りに、「ほら、早くそのお友達に連絡しなよ。あたし支度に時間かかるから、そうだなあ、一時間後に出発で。悪いけどタクシー呼んどいてもらっていい？」とまくしたてるとさっさと和室に飛びこんでぴしゃりと襖を閉めてしまった。

「どうする……？」

　おそるおそる尋ねると、母は諦めたように首を振った。

「何かあったら迷わず救急車呼びなさい」

そう言ってタクシーを手配し始めた母を茫然と見つめていた蒼子は、信じられないような気持ちのまま、急いでヒナちゃんに連絡をとった。

◆

校門の前で待ち合わせ、着いたときにはヒナちゃんはもう待っていた。膝下のジャンパースカートの制服を身に着け、長い髪をきっちりと束ねていかにもできそうな雰囲気を漂わせたヒナちゃんは、蒼子に続いてタクシーを降りたバナミさんを見て一瞬目をみはった。

「どうもー、ヒナちゃん。今日はよろしくねえ」

ひときわ大きな猫なで声に、久々で気合が入ったらしいけばさ三割増しのお化粧。ぎりぎりちゃんとしていそうなジャケットの内側は足首まであるワンピースで、むっちりと生白いはだしの足をハイヒールサンダルにおしこんでいる。ペディキュアを施したのは蒼子だ。不本意ながら、かがむとつらいとせがまれたので。

「今日はよろしくお願いします」

ヒナちゃんは礼儀正しく深々と頭を下げた。

「来たかったので助かりました。ありがとうございます」

「いいのいいの。情けは人のためならずだよ」

バナミさんはわけのわからないことを言い、さっそうと歩きだした。蒼子は慌てて駆け寄り、支えるためにバナミさんの腕をとりながら小声で尋ねた。

「一人で歩けます？　肩とか貸したほうがいいですか」

「やだ、全然大丈夫だよ」

バナミさんは答えつつ、蒼子の腕に自分の腕をぎゅっとからめた。察してもう片方の腕をからめたヒナちゃんと三人、おしくらまんじゅうをしているみたいにぎこちなく歩きながら、共栄に足を踏み入れた。

「うわあ、素敵だねえ。校舎がレンガ造りだよ」

門からのびる並木を抜けると、視界が急に開ける。東京駅を小ぶりにしたような洋館がどんと構えるさまは壮観だ。ちらほらと姿の見える在校生も大人っぽく、なんとなく上品で優雅に見える。

「バナミさん、あんまり大声出さないで。始まる前から体力使い果たさないでよ」

蒼子は自分もまた目を奪われていたことをごまかすように注意した。バナミさんははーいと生返事をして、それでも眩しそうに目を細めながらきょろきょろと辺りを見回している。

受付はつつがなくすんだ。親子でないことを見咎められることもなく、蒼子とヒナちゃんはそれぞれ受付簿に記入して資料の紙袋を受けとった。バナミさんまで「あ、あたしにも一部ください」と頼んで紙袋をもらっていたのを見たときには「遊園地じゃないっつの」と小さく毒づきヒナちゃんにたしなめられたけれど、まあ、入ってしまえばこちらのものだ。

紙袋に入っていたプリントによると、まず講堂で三十分程度の入試関係の説明があり、学校紹介の動画を見て、その後メインイベントである生徒会によるガイドツアーが行われる。プログラムはこのツアーで終了だが、希望するならその後も残って自由に質問したり部活を見学したりして構わないということだった。帰る際は入構証を返すのを忘れないようにとだけ強めにアナウンスされた。

「講堂はあっちだって。あ、すごい、図書館は別棟になってるんだ」

ヒナちゃんも明るい顔で声を弾ませた。来られてよかった、と蒼子は心底思った。今日にかぎってはバナミさんに感謝だ。

「あ、ねえ、あれカフェテリアだって。学校にそんなのがあるんだあ」

「本当だ。うわあ、テラス席もありますよ。お昼あそこで食べるのかな」

はしゃぐ二人を引きずるようにしながら蒼子はなんとか講堂へと足を向けた。

説明会のあいだ、なんだか不思議な気持ちだった。高校には行くものだ。だから比較的自分に都合のよさそうなここを受けることになんの異議もなかったし、関心だって全然なかった。ヒナちゃんに誘われなければ今日だって来なかった。こうして説明を聞いている今でさえ、よさそうだとは思う一方、過度に期待しないよう気をつけている自分がいる。だって、中学だってそうだった。外からはどんなによさそうに見えたって入ってみたら地獄かもしれないのだ。とにかく三年間在籍できて卒業できさえすればどこだっていい。建物が素敵じゃなくても、制服がおしゃれでなくても、友達がひとりもいなくても——。

それなのに、「ね、ここ、いいとこだね」と、あのヒナちゃんが目をきらきらさせるのだ。

「カリキュラムも行き届いてるし、進学対策もちゃんとしてる。単位制だから先輩後輩も厳しくないみたいだし、なんかみんな楽しそうじゃない？」

「ぜったい楽しいよ、見て、部活もこんなにたくさんあるし、掛け持ちもできるんだって。入っても入らなくてもいいっていうのも気楽でいいよねぇ」

バナミさんも真剣な様子で説明を聞き、ヒナちゃんと顔を寄せ合ってうきうきと話しこんでいる。自分の息子は清松に入れると豪語しているくせに、この入れ込みようはいったいなんだ。まるで自分が入学するみたいな調子で部活動を真剣に吟味したりして。

蒼子は二人を見ているうちに、心の中にふっとあたたかいものが灯るのを感じた。それはこの学校への期待や、もしかしたら期待していいのかもしれないという希望のようなものであるように思えた。あるいは、たんに二人を楽しませることができた喜びに過ぎなかったのかもしれないけれど。

動画の上映のために光を落とされていた座席がぱっと明るくなって、みんな夢から覚めたような顔でのろのろと立ち上がり始めた。生徒会長だというてきぱきした男の人が「それではこれから校内をご案内します」と声を張り上げる。広大な学校だ。休んでいてもらおうと思ったら、バナミさんは参加者の列にさっさと紛れ込んでいた。

「ちょっと、大丈夫なのバナミさん」

「大丈夫大丈夫。せっかく来たんだから、中、見たいじゃない」

バナミさんは力強く頷いた。ふらついてもいないし目もぼうっとしていない。なんだか今日は本当に元気そうに見える。しかたない。蒼子はヒナちゃんと頷きあい、左右からがっしりとバナミさんの腕を摑んで一緒に進むことにした。重くて熱くて耳元でしゃべられるとうるささにうんざりする。でも気づけばこうやってくっついていてもそれほどいやではなくなっていた。べつにバナミさんが好きになったわけではなくて、ただ慣れてしまっただけなのだけれど。

講堂から旧棟、教室、音楽室に体育館。あずまやのある中庭の庭園、図書館から時計塔、最新式の設備を備えた新棟。渡り廊下から弓道場、武道場、トラックのあるグラウンド。部室棟の裏に回って飛び込み台のある屋内プール、サッカーコートにテニスコート、廏舎に馬場に園芸部の菜園まで。

蒼子もまたこの学校の環境の豊かさに圧倒され、いつのまにか二人と同じようにきゃあきゃあと興奮しながら見て回っていた。

講堂に戻ってきた頃にはさすがにバナミさんもギブアップし、紙袋に入っていたロゴ入りのうちわでしきりに顔を扇ぎながら「あとは二人で好きなように見学してきなよ」と勧めた。

「悔いが残らないように見ておいで。あたしはカフェテリアで休憩してるから、遠慮しないでゆっくりしてきて」

「あ、うん。ヒナちゃん、馬術部行く?」

「あたし、いいかなあ。さっき馬場も見せてもらえたし……。蒼子は?」

「なんか今日はもう十分って感じ。それより資料にあった入試対策のページをちゃんと読みたいかも」

蒼子はそわそわと答えた。自分の成績なら受かるだろうと高をくくっていたけれど、果たして本当に大丈夫だろうかとにわかに心配になったのだ。さっき先生がこの学校は英語を重視すると明言していた。蒼子は英語がそんなに得意ではない。きちんと対策しないとやばいかもしれない。

バナミさんはちょっと首を傾げたけれど、「それならカフェテリアでお茶してから帰ろうか」と二人を誘ってアイスティーをおごってくれたのだった。

◆

「なんか、思ってたのとは多少ちがった」

水色と黄色のマニキュアをじっくりと見比べながらヒナちゃんがぽつりと言った。共栄を出た二人は、興奮冷めやらぬまま、駅のそばのショッピングモールに来ていた。バナミさんも一緒に来たがったけれど、さすがに心配になった蒼子たちがタクシーを呼んで先に帰していた。

「共栄？」

「いや、バナミ」

ヒナちゃんは黄色を棚に戻し、水色をかごに入れた。

「どうちがったの？」

蒼子はヒナちゃんの戻した黄色を手に取り、でもやはり棚に戻して薄いピンクをかごに入れた。それに、お菓子作りコーナーにあったリボンつきの小袋も。

「なんだろ、まず、若い。それに、そんなすぐ死にそうな感じしない。あと、もうちょっと嫌味な人かと思ってた」

「ああ」蒼子は頷く。「嫌味っていうより、どっちかっていうと無神経なんだよね」

「あ、その感じはわかる。なんかときどき子供みたいなノリだったよね。うちらと同級生ですか、みたいな」

「わかるー」

ヒナちゃんに続いて蒼子は会計をすませた。二つ買っても二百円ちょい。百均はすばらしい。ヒナちゃんは買ったばかりのマニキュアを蒼子に渡し、バナミさんのことなど忘れたように「靴屋さん見ていい？」と聞いた。


久しぶりの息抜きだ。ヒナちゃんと遊ぶのは初めてだったけれど、もうずっと友達だったみたいに自然に過ごせた。好きなお店や選ぶものはけっこう食い違うのだけれど、だからといって険悪にはならない。夏休みだからかショッピングモールには中学生らしき人の姿も多く見かけたし、その中には同じ学校の人だってきっとたくさんいたのだろう。でも今日は全然気にならなかった。ヒナちゃんを見せびらかしたい気持ちに駆られて、笑いさざめきながら買い物を楽しむ同年代の人たちを避けるでもなく蒼子は顔を上げて歩いた。

「ヒナちゃん、おすすめの英語の参考書とかある？　あたしやっぱり英語が心配」

「うちの学校で使ってるのはこれなんだけど、けっこういいよ」

「へえ、買おうかなあ。高いなあ」

「それより過去問やったほうがいいんじゃない？」

「まだ夏だよ。範囲全部終わってないのに？」

本屋に入り、参考書の棚の前で熱心に話しこんでいると、「あれ七尾さんじゃない？」という声が不意に耳に飛びこんできた。蒼子は冷たい手で心臓を握りつぶされたように感じた。少し離れたところで固まっている同年代のグループが、こちらを見ながらこそこそと話している。蒼子はすぐに顔を伏せた。見知った顔、見たくない顔ばかりだった。学校の用事だろうか、ワイシャツにジャージのラフな格好で十人程も集まっている。手芸店の袋から布のロールが何本も飛び出し、大きな板のようなものを抱えた男子もいる。そうか、夏休み明けに文化祭があるのだ。

「そうだよね、あの人。こんなとこで何やってるんだろう」

「もしかして受験勉強してんのかな？　うける、どうせ学校なんか来ないくせに」

いやな感じの笑い声。明らかに聞こえるように言っている。一瞬にして顔と耳が熱くなった。振り返ろうとしたヒナちゃんをそっと制する。聞こえないふりがいちばんだ。

「ねえ、あれ共栄の過去問じゃない？　意外ー。あの人なら清松でも狙うのかと思ってた、あ、日数足りなくて無理か」

一人がそう言うと、みんなが手を叩いて爆笑した。

「ていうか私立に逃げるつもりなんだね」

「高校デビュー狙ってるとか？　共栄の制服かわいいもんねー。制服は、だけど」

「制服は、だけどねー」

どっと笑う。通りかかった女の人が嫌悪感を露わに大きく避けていった。

「行こ」

蒼子はヒナちゃんを促してその場を離れた。

「あーあ、帰っちゃうよ」

「かわいそー。おまえらが意地悪するからだぞー」

「文化祭来てねーお客さんとして」

「お客さんとしてねー」

わざとらしい声とげらげら笑いから足早に遠ざかりながら、蒼子は勝手に滲んでくる涙を手の甲ですばやく拭った。ばれてしまった。ヒナちゃんに。そこらじゅうの人にも。

真っ白に曇った頭の中で、自分が怒っているのか悲しいのかも蒼子はよくわからなかった。ただ、ヒナちゃんに悪いことをしてしまったということがひどく悔やまれた。やっぱり地元の店なんかに来るんじゃなかった。せっかく楽しく過ごしていたのに台無しにしてしまった……。

謝ろうと口を開いたそのとき、「下品なやつら」とヒナちゃんが憤然と遮った。「なにあれ同じ学校？　感じ悪すぎ。あんなのと一緒ならそりゃ学校なんか行かないわ」

「同じクラスの人たち。ポニテの子いたでしょ、あの子と小学校から一緒でずっと仲良かったんだけど、いきなりあんな感じになってさ」

蒼子は思い切って打ち明けた。

「何が悪かったのか全然わかんないんだけど、あたしのことが気に食わないみたいで。気づいたらハブられてこのざま」

そのときのことを思い出すと今でも胸が苦しくなる。本当に突然だったのだ。前日まではふつうに友達で、一緒にお昼を食べ一緒に部活に出て一緒に帰ったのに、次の日には無視され、肩をぶつけられ、悪口を言われ、お弁当をぶちまけられた。わけがわからなかった。クラスでも部活でもそうだった。いきなり自分がみんなから敵と認定されたらしいとはわかったけれど、誰に理由を聞いても嘲笑われ、そうでなければ蒼子のことなんか見えないみたいに素通りされるだけだった。それでも我慢して通おうと努めたものの、どうしても無理だった。

「去年の夏休み明けから学校には行ってないの。恥ずかしい話だけど」

「恥ずかしいのは向こうでしょ。みっともない人たち」ヒナちゃんは声を震わせて吐き捨てた。

「あたしああいうの本当に大きらい。ばかみたい、死ねばいい」

「ごめんね、ありがと」

蒼子はヒナちゃんの背中をなだめるようにそっと撫でた。

「ただいまあ」

帰宅するとバナミさんの姿がなかった。おみやげに買ってきたスタバのカップを持ったまま家の中を探し回ったけれど、トイレにもお風呂にもどこにもいない。ベッドの上にはさっきまで読んでいたみたいに共栄のパンフレットが開きっぱなしになっていて、テレビもうるさくついたままだ。

「バナミさん？」

自分の家にでも帰ったのだろうかと蒼子は首を傾げた。出かけたついでに買い物でもして、家族の顔を見に帰ったのかもしれない。半月も会ってないのだし、高校受験を意識したなら息子のことが気になるに決まっている。なにしろ自分の子なのだから。

もしかしてこのまま帰っちゃうかもしれないな……。

蒼子はカップを冷蔵庫にしまいながら考えた。それならそれでいい。というかそのほうがいい。あの家族にバナミさんの世話ができるのかちょっと心配ではあるけれど、まあ、家族は家族だし。

さっきの佐藤某のげらげら笑いを思い出し、蒼子は嫌悪感に顔をしかめた。自分の息子があいう人だとバナミさんは知っているのだろうか。

知らないままでいられたらいいね。

胸の中でひとりごち、いまのうちに和室に掃除機をかけてしまおうと蒼子は張り切って腕まくりをした。


推測がまちがっていたことを知ったのは夜になってからだった。

「バナミちゃん、入院したのよ」

ずいぶん遅くなって帰宅した母が教えてくれたのだ。報せを受けて病院に寄ってきたという。

「だから言ったのに。ばかね」と母は疲れた顔で笑った。

「でも今日すごい元気そうだったよ」

「気張って無理しちゃったんでしょ。体が気持ちについていかないのよ」

「どうしよう、あたしが変なこと頼んじゃったからだ」

蒼子は口に手を当てた。

「あたしのせいだ。バナミさん死んだらどうしよう」

「死なないわよ、ちょっと熱出ただけだから。念のため二、三日は様子見ましょうってことみたい。それに薬を変えようかって話が出てたみたいで、その関係でもあるんだって。顔見に行ったらぴんぴんしてたわよ。共栄すごくいいところだったたってさ」

「ああ、そう……」蒼子はほっとして溜息をついた。「なんだ、びっくりした……」

「それで、あなたはどうだったの。共栄、気に入りそう？」

「うん、思ったよりいい感じだった。帰りに過去問買ってきた」

「それはよかった」

母はぱっと顔を明るくして嬉しそうに微笑んだ。蒼子は小さく微笑み返し、勉強頑張ろうと改めて決意を固めた。

◆

翌日、蒼子はバナミさんの病院に行った。彼女自身が用意しておいたという入院道具一式の入ったカバンを届けに行ったのだ。ついでにお見舞いとお礼を兼ねてお花を差し入れることにして、向日葵（ヒマワリ）の小さなブーケを買っていった。

「ごめんねえ、蒼子ちゃん。わざわざ持ってきてもらっちゃって」

ベッドの上、バナミさんはけろりとした顔で出迎えた。本当に元気そうだ。

「すぐ退院になると思うんだけど、なければないで不便だからさあ。あ、なにそれあたしに？ありがとう、すごくきれい。テレビの脇に飾ってくれる、そうそこ」

「テンションたっか。そんなにはしゃぐとまた熱上がっちゃうんじゃないですか」

蒼子は照れ隠しに憎まれ口をたたきながらブーケを飾り、入院カバンを引き出しにしまうと、リュックからマンガを数冊取り出して渡した。

「これ、こないだのシリーズのスピンオフ。まだ完結してないから出てるぶんだけだけど」

「うっそー、ありがとう。暇だから助かる。蒼子ちゃんまじ気がきく」

「あとこれ」いそいそとページをめくり始めるバナミさんに小さな包みを差し出した。「ヒナちゃんとあたしから。昨日はありがとうございました」

「えっ」

バナミさんは目を丸くして、両手をお椀の形にし、水を受けるみたいな仕草で受け取った。リボンをほどくと、二色のマニキュアがころんと転がり出た。

「安物で申し訳ないんだけど……」

気恥ずかしさに目をそらしていた蒼子は、バナミさんが何も言わないのを不審に思ってちらりと視線を戻し、ぎょっとした。

「うそなに泣いてんの」

手の中の小さな瓶を見つめながらバナミさんはぼろぼろと涙を流していた。

「やだ、なに、ごめんなさい、どうしたの」

慌ててそのへんにあったティッシュの箱を渡したら、バナミさんはティッシュを顔におしつけてなおさら泣き始めた。というか号泣だ。あたしがいったい何をしたというんだ。蒼子は途方に暮れた。

「どうしよう、あの、誰か呼んできましょうか？　大丈夫？　どっか痛くなったとか？」

「痛くない、ありがとう」バナミさんは号泣しながら律儀に答えた。「ありがとううう」

「泣くほど……？」

どうやら嬉し泣きらしいとわかって蒼子はちょっと引いた。わんこそばの如く箱からティッシュを取っては渡し、取っては渡しを繰り返しているうちようやく泣きやんだバナミさんは、べたべたぐしゃぐしゃのひどい顔をして恥ずかしそうにえへへと笑った。

「ごめんねえ、こういうの初めてだったから。ありがとう、大事につけるね」

「あ、うん……」

たかが百均のマニキュアで。罪悪感がちくりと胸を刺し、蒼子は思わず唇をかんだ。失敗したと思った。こんなに喜ばれるとわかっていたらもっとちゃんと探したのに。

バナミさんはもう一度鼻をかんで、恥ずかしそうに打ち明けた。

「あたしさあ、高校行ってないんだあ。ていうか中学だって半端なままで」

「え？」

目を瞬かせた蒼子に気まずげに笑いかけ、バナミさんは、そうなの、と頷いた。

「息子産んだの十五歳のときだからさ。子育てが落ち着いたらあたしもまた勉強しようって思ってたけど、ずるずるのばしたまま今まできちゃって」

あ、そうか。

蒼子はそのときになって気がついた。彼女の歳で中学生の子供がいるなら、当然そういう計算になる。この人は自分と同じ歳でもうお母さんになったんだ。

それがどういうことなのか、蒼子にはまったく想像がつかなかった。だってまだ誰かと付き合ったことさえないのだ。出産とか結婚とかなんて自分には当分無関係の問題だった。

「……じゃあそのときに結婚したの？　その……彼氏と」

インターホン越しに聞こえた彼女の夫の声が耳によみがえる。バナミさんよりだいぶ年かさであるように思えたけれど。

「ううん、彼氏は夜逃げみたいに転校してった。今の旦那は十九のときに結婚した人。生活が大変すぎてさ、助けてほしくてすがったの。いい人だよ。あのとき結婚してなかったら、あたしも息子もとっくにホームレスになって死んじゃってたと思うもん。親も死んじゃってたし、頼れる人もほかにいないし」

「そんな、だって、友達は？」

「子供ができたってわかったら友達は誰もいなくなったよ。けっこう人気者だったつもりだったんだけど全然そんなことなかったみたいでさ。誰にかけてもシカト。あ、今の子はブロックって言うのか」

バナミさんは苦笑した。

「あたしこんなだからママ友の仲間にも入れなかったし、パート先でも全然友達できなくて。蒼子ちゃんのママだけだよ、ふつうに話してくれたの。だからつい楽しくなっちゃって、考えてみたらうざかったよね。ごめん」

「べつにいいんだけど……」

蒼子は小さくなって答えた。頭の中ではそんなことってあるんだろうかと必死に考えていた。

友達がひとりもいなかったってこと？　十五年間にもわたたって？　しゃべる人も遊ぶ人もいないまま十五年間もこの人は頑張ってきたの？

　自分が一年ぽっち孤立しただけで死ぬほどつらかったことを考えると、そんなの無理すぎると蒼子は思った。

「いや、べつにあたし不幸だったわけじゃないから、蒼子ちゃんがそんな顔しなくてもいいのよぉ。子供がいちばん大事だったし、元気に育ってくれたからあたしの人生大成功だと思ってるもん。でもさ、分岐する前の人生みたいなものをいつも考えてた。わけわかんないうちにこんな歳になっちゃったけど、ちゃんとした恋とか青春とかしてみたかったなあって、やっぱ思うじゃない？」

　あははと笑って、バナミさんは穏やかな視線を小瓶に落とした。

「本当は息子と同じ年に受験しようと思ってたんだ。どうしても高校生っていうのをやってみたくて。息子が勉強してるの見ながら一緒に勉強してたけど、だんだん追いつけなくなってきてさ。あの子だって年頃だから母親と同時に高校生になるなんてやっぱりいやみたいだし、旦那は恥ずかしいっていい顔しないし、そのうえ余命三か月になっちゃったじゃない。これはもう諦めるしかないかなって腹くくったんだけど――生きちゃったからさ」

「生きちゃったって」

　冗談めかした言い方に蒼子も小さく笑った。もうすっかりいつもの調子だ。

「だからやっぱり諦めるのやめようと思ったわけ。それで厚かましく蒼子ちゃんのママに相談してみたんだ」

「え、もしかして勉強教えてほしくてうちにきたわけ？　あたし無理だよ、そんなに頭よくないもん」

「ううん、教えてくれなくていいの。さすがに忙しい受験生にそんなこと頼まないよ。そうじゃなくて、あたしと一緒に受験勉強してくれないかな。一緒の机で勉強するだけでもいいの。いや、机なんか別々でもいい。つまりさ、ただ同じように頑張って、ちょっとグチとか言える相手がいてくれたらいいなってずっと思ってたんだよね」

「はあ……」拍子抜けした蒼子はまぬけな声で答えた。「そんなことでいいなら、べつに構わないけど」

「ほんと？　やったあ！」

両手を高くつき上げて喜んだバナミさんの大声を聞きとがめ、通りかかった看護師さんが「こらバナミちゃん、うるさい！」と叱った。

◆

妙な展開になってしまった。蒼子は時折正気に戻ったように首をひねったものの、バナミさんと勉強仲間になったところで何かが変わったわけでもなかった。相変わらず塾と家の往復だし、夕飯のデリバリーだって二日に一度はやらされているし、やる気が出て成績が上がったというわけでもない。ただたまに一緒に問題集を広げたり、英単語の意味をあてっこしたりするようになっただけだ。中三の夏休みにふさわしい刺激や変化には程遠い。

「十五歳ってさ、なんかもっと素敵なもんなんじゃないの。魔女の修行に出るとか猫に導かれて冒険するとか初恋に破れるとか生涯の友達を作るとかさあ」

ある晩、テレビでやっていた夏休みの定番映画を見るともなしに見ながらバナミさんが文句をつけた。

「それ全部フィクションの話でしょ」

蒼子は数学のプリントから目も上げずに言い返した。取り組んでいるのは学校の宿題だ。登校しなくたって宿題くらいやれるけれども、量が多いのにはうんざりだった。

「そうだけどさあ、修行僧じゃないんだからもうちょっとなんかあってもいいと思うな。一日くらい海でも行こうよ。それか山とか、なんなら川原でバーベキューでもいいからさ」

「日に焼けるからやだ」蒼子は言下に切り捨てた。「だいたいバナミさんアウトドアは無理でしょ。またお医者さんに怒られるよ」

「じゃあプールは？　映画は？　ボウリングは？」

「行きません。なんなの、ボウリング行きたいの？」

「あたしはべつに、そんなでもないけど」

バナミさんは唇を尖らした。勉強には飽きてしまったようで、シャーペンを握ったまままさっきから視線はテレビに釘付けになっている。

「蒼子ちゃん、夏休みなんだよ？　毎日毎日おんなじようでつまんなくないの？　どっか出かけたいって思わない？」

「模試で隣の市に行くし」

「そういうことじゃなくてさあ」業を煮やしたように白状した。「……ほら、うちの息子も受験生だし、あの子も息抜きできてないんじゃないかと思って。だからね、どうせだったら一日くらい、どこかで一緒に遊ばない？　家族ぐるみでバーベキューとか」

「あたしはパス。自分の家族だけでやればいいじゃない」

「そう言わないでさ、一日でいいから付き合ってよ。うちの子、もうパパママなんかと遊んでくれないのよ。なんならお友達呼んでもいいから、ぱあっと夏らしいことしようよ」

「悪いけどぜったいいや」蒼子はきっぱりと断った。バナミさんはともかく、彼女の息子となんて死んでもお断りだ。「家族だけがいやなら息子さんの友達誘ってあげればいいじゃない。バーベキューとか言えばホイホイ来るんじゃないの」

「そうかな？　野球部の子とかクラスの子とか誘ってみろって息子に聞いてみようかな。そしたら蒼子ちゃんも来る？」

「行かないってば」

「なんでそう頑なに拒むかなあ。一日くらい付き合ってくれてもいいじゃない、バナミさんは蒼子ちゃんの学校見学に付き合ってあげたよ？」

　わざとらしく横目でちらちら見てくる。蒼子は答えに窮した。あなたの息子にいじめられてるからいやですなんて、口が裂けても言えない。

「……息子さんと遊んだら、息子さんの彼女に変な誤解されるので」

　蒼子は苦し紛れに出まかせを言った。

「え？　彼女？」バナミさんは勢いよく振り返った。「息子の彼女って？」

「同じクラスの人。一緒に遊んだなんてばれたら大変なことになっちゃうもん。だから息子さんとも息子さんの友達ともあたしはぜったい遊びません。じゃ、そろそろお風呂入ってくるね」

ぽかんとしたままのバナミさんを残して蒼子はそそくさと逃げ出した。ちょっとかわいそうだった気もするけれど、佐藤某やクラスの人と遊ぶはめになるよりましだ。正直言えば顔を見るのも吐き気がするくらいいやなのだ。十五歳の夏休みだからこそ、思い出したくもないような思い出をこれ以上増やすのはまっぴらだった。


「それで、バナミどうしたの」

「知らない。勝手にどうにかするんじゃない。息子とはしょっちゅう電話してるみたいだから」

「へえ。近所なんでしょ？　話す気があるなら蒼子んちに顔見に来ればいいじゃんね」

「来ないんだよ、一度も。そういう人なんだよ、本屋で見たでしょ」

「どの人かわかんなかったけどね」


ヒナちゃんはクールに答え、それより頼みがあるんだけど、と声を潜めた。

「今度の模試の日、終わった後あたしちょっと用事あるんだ。でもばれると親がうるさいから、悪いんだけど蒼子んちで勉強してることにさせてもらえないかな」

「いいけど、何かあるの？　大丈夫？」


なんとなく不穏なものを感じて尋ねるとヒナちゃんは「大丈夫、大丈夫」と明るく答えた。

「べつにやましいことじゃないんだけど、うちの親ってときどき変に勘ぐるからさ。もしよかったら蒼子んちの電話番号教えさせてもらって、万一うちの親からかかってきたら、来てるけどトイレ行ってるって答えてくれればいいから」

「ああ、うん……」なんとなく、いやだなと思った。けれど、そうしなければならないだけの理由がきっとあるんだろう。だったら助けになってあげようと、蒼子は小さく頷いた。「いいけど、本当に大丈夫？　そんなこととして、ばれたら余計やばいんじゃないの？」

「もちろんばれないようにするつもりだよ。あたしだってわざわざ殴られたくはないから」

ヒナちゃんはそう言って少し寂しそうに笑った。

◆

そういうわけで、模試のあと、蒼子は会場の前でヒナちゃんと別れた。四時過ぎになっていたが夕暮れにはまだだいぶ間があって、ターミナル駅の繁華街には夏休みを謳歌(おうか)する学生の姿も多かった。

ここ、久しぶりに来たな……。

蒼子は懐かしいような気持ちで見知った道を歩いた。ちょっと前までしょっちゅう訪れていた場所だ。平日なら同級生に会うこともないからと、母が仕事の休みに買い物やランチに連れ出してくれていたのだった。夏休みに入ってからは平日は塾に通いづめだし、バナミさんを置いてお出かけなんてできないので来る機会もなかったけれど、自分はここが好きだったのだなあと蒼子はしみじみ思った。

ごみごみしていて人が多くて、お世辞にも上品とはいえない街なのに、なぜか不思議に落ち着くのだった。誰も自分のことなんて見ていないし興味もない。ただみんながそれぞれ自分の用事でせかせかしたりのんびりしたり、好き勝手に動いている。それだけで、蒼子はなんだか救われたような気がした。大人の街、大人の世界。一人で歩くのはまだ少しためらわれるちょっと危険な雰囲気さえ、この街の自由の香りを構成する要素のひとつだ。

ヒナちゃんのアリバイはバナミさんに頼んであるし、ちょっとだけ寄っていこうかな。

お気に入りのお店の前を通りかかったとき、ふとそんな考えが頭をかすめた。そこは小さなケーキ屋さんで、紅茶のおいしい喫茶室を併設している。白壁一面に蔦の這う古めかしい外観が敬遠されるのか若いお客さんはほとんどいなくて、いつだってゆっくりとお茶を楽しむことができるのだ。

一杯だけ紅茶を飲んで、お母さんの好きなオペラをお土産に買っていくのはどうだろう。お小遣いをもらったばかりだから、今ならそのくらいの余裕はある……。

頭を使っておなかがすいたし、そういえば喉も渇いている。吸い寄せられるようにお店に入った蒼子はいつものように紅茶と焼き菓子のセットを注文して、生まれて初めてのひとりティータイムを満喫したのだった。

ああ、おいしかった。

お土産のケーキの小箱を抱え、模試の結果への不安なんかすっかり忘れて蒼子はこんどこそ駅へと向かった。母にはオペラ、自分にはショートケーキ、バナミさんにはスイカのゼリーだ。おやつの時間に早くも期待を膨らませながら歩行者天国を歩いていると、おしゃれなカフェのガラスの向こうに知った顔を見つけてしまった。

「あれ、ヒナちゃん……？」

看板の陰からこっそりのぞく。なんとなく大人っぽくて見間違えそうになったけれども、あれはまちがいなくヒナちゃんだ。さっきとは別人のような鮮やかな色の唇で楽しそうに笑っている。向かい側に座っている横顔にも見覚えがあった。ヒナちゃんにふられたはずの、あの一中の男子だ。

そういうことだったのか。

蒼子は寂しいような嬉しいような複雑な気持ちで、そっとその場を立ち去った。

月曜日、何事もなかったようにヒナちゃんは塾に現れた。

「おはよ。こないだごめんね、変なこと頼んじゃって。うちの親から電話きた？」

「あ、うん。バナミが出てくれた。トイレ行ってるって、ちゃんと言ってくれたってよ」

「よかった、ありがと。助かった。バナミにお礼言っといて」

「うん」

ちらりと例の男子を見ると、素知らぬ顔でテキストを開いている。べつに隠すことないのになと思いながら、蒼子は笑顔で頷いた。

◆

数日後。模試の結果が返ってきて、上位者リストが貼りだされた。ヒナちゃんは相変わらず全教科でトップだ。田所日名子を殿堂入りにしないかぎり一生一位になれないよ、と知らない男子が先生に泣きついている。蒼子は数学と理科でどうにか八位に入ったものの、頑張った英語はリスト入りには及ばなかった。

「そううまくはいかないかあ」

「一週間やそこらで簡単に伸びるわけないでしょ」ヒナちゃんが慰める。「でも夏前にくらべて十点上がったんでしょ？　それってすごいことだよ。判定どうだった？」

「まあぼちぼち。それよりバナミがめちゃくちゃ落ち込んじゃって」と蒼子は顔をしかめた。

事の次第はこうだ。

模試の日の夜、バナミさんが、自分も模試を受けてみたいから持ち帰った問題を貸してほしいと頼んできた。「合格の可能性とか、わかるんでしょ？」

貸してあげた問題冊子は次の日の夜に返ってきた。いちおう全ての教科を解いたという。そして、採点を待つまでもなく、自分の実力が思っていたよりだいぶ未熟であることに気づいてしまったらしかった。

「こんなんじゃ受からない、試験に間に合わないってがっかりしちゃってさ。あたしから見たら独学であれだけできてれば十分すごいと思うんだけど」

「どのくらいできてたの？」

「三割くらいだと思う。国語はもっと取れてるかも」

「へえ」ヒナちゃんも感心したように言った。「すごいな」

「でしょう。でもそれじゃだめなんだって焦っててさ。しかも息子も成績落ちまくってるらしくて、そっちのほうも心配で勉強も手につかないみたいなんだよ。もういっそ自分ちに帰って息子と一緒に特訓すればって感じなんだけど」

「できない人どうしで集まったってできるようにはならないよ」とヒナちゃんは辛辣に言い放った。「とくにバナミは遅れてるんでしょ。家庭教師とか頼んだほうがいいと思うな」

「あたしもそう思うんだけど、あの人、大人の人に教わるのはいやみたいなんだよね。なんでそんなことするんだとか聞かれたりするのがいやだって」

「ああ、それはたしかにうざいわ」顔をしかめて、ふと思いついたように言った。「あたしが行こうか？　家庭教師」

「え？　いいの？」蒼子は驚いて聞き返した。「だって自分の勉強だってあるのに」

「復習になるし、バナミには電話のお礼もしなきゃいけないしさ。塾の日は無理だけど、休みの日ならやってもいいよ。うちにいるよりよっぽどまし。明日ちょうど祝日だから、さっそく行こうか？」

「わあ、じゃあバナミに言っとくね。ちなみにあたしも英語が微妙に不安なんだけど」

「わかってるよ、まとめて面倒みてあげる」

鷹揚に頷いたヒナちゃんに、蒼子は歓声を上げて飛びついた。

◆

翌日、蒼子はヒナちゃんを駅に迎えにいくついでにハンバーガー屋で三人分のセットを買った。代金はバナミさんに預かってきていた。ヒナちゃんが頑なにバイト代を受け取ろうとしないから、お礼はお昼ごはんということで手を打つことにしたのだ。

「ヒナちゃん久しぶり！　あがってあがって」

バナミさんはまるで自分の家みたいにヒナちゃんを出迎えた。

「お邪魔します」

ヒナちゃんは苦笑しながら靴を揃え、バナミさんに続いて歩いていく。その華奢（きゃしゃ）な背中を見ながら、うちに友達が来たのなんてずいぶん久しぶりだなと思った。

においで気持ち悪くなるだろうからとポテトのかわりにサラダにして、飲み物は蒼子がコーラ、ヒナちゃんがシェイク。バナミさんにもシェイクを買っていったところ、ハンバーガーは食べづらくてもシェイクならいくらでも飲むことができるようだとわかった。最近食べられるものが減ってきていた彼女にとっては大ヒットだ。次はLサイズにしようとこっそり心にメモっておく。

二人はソファ、蒼子はテーブルを挟んでその向かい側に座りこみ、教材を広げた。ヒナちゃんはバナミさんの模試の回答をじっくりと眺め、使うべき教材を決めた。数学は基礎からの、というやつ。英語は基本例文集。

○7○

「英語はこの例文集を全部暗記すればいけます。数学は苦手な単元を一個ずつつぶしていく。バナミさんの場合は関数は得意だけど図形の問題が壊滅的でしょう。今日はまずは図形を重点的にやりましょう」

「はい先生」

バナミさんはきりっと姿勢を正して指示されたページを開いた。

「これ最初からやったほうがいいの？　一年生のところから？」

「そうですね。そのほうがわかりやすいので」

ヒナちゃんが先生のように答える。バナミさんはなるほど、でも先長いなあとひとりごちながら参考書をぺらぺらめくり、思い出したようにぱっと両手を広げた。

「そうそう、見て！　これ、二人がくれたやつ」

「あ、ほんと」ヒナちゃんは目を丸くし、こらえきれないように笑いだした。「なにも両方塗らなくても……」

「だって両方塗りたかったんだもん。いいでしょう」

バナミさんは両手の爪をひらひらと見せびらかした。水色、ピンク、水色、ピンク。交互に彩られた丸い爪が夏の日差しを跳ね返している。

「あとで二人にも塗ってあげる。オソロにしようよ」

「オソロって！　いまどき！」

「えーじゃあなんて言えばいいのよお。オソロっち？　ニコイチ？　サンコイチ??」

「バナミさんうけるー、もういいよオソロでー」

三人は笑い転げ、時間と体力をそれなりに消耗してから勉強を始めた。何度となく休憩を挟んだものの、一時から夕方五時までみっちり机に向かっていたことはたしかだ。バナミさんは最後のほうには暗記しているのだか寝ているのだかわからない状態になっていたけれど、必死な姿を見ているから二人は無理には起こさなかった。


買い物がてら駅まで送ると申し出て、蒼子は自転車を引いて歩いた。青い夕方、暑さは少しやわらいで、もう夏の夜のにおいがしている。

「楽しかったねえ」と蒼子は思わず口にした。

「楽しかったねえ」とヒナちゃんもくすくす笑った。「またすぐ来ていい？」

「もちろんだよ。楽しみにしてる」

「わかった」

ヒナちゃんはにこっと笑って駅の階段をとんとんと上っていき、途中で振り返って「バナミに復習させといて！」といたずらっぽく叫んだ。

「オッケー！」

蒼子は叫び返し、大きく手を振った。水色の爪の残像が雑踏に流れ星みたいな軌跡を描いた。

◆

勉強会は定例となり、バナミさんの受験勉強にふたたび闘志がみなぎり始めた。意外とこつこつやるタイプらしく、大音量の再放送ドラマをBGMに彼女は勉強し続けた。公式を暗記し、補助線を引き、内角の和から角度を求め、着々と得点を向上させていった。

「ヒナちゃん、英語さあ、本当にこの例文暗記するだけで大丈夫かなあ？　蒼子ちゃんみたいに単語集とかもやったほうがよくない？」

「バナミさんは蒼子みたいに文法わかってるわけじゃないから、単語と例文を切り離すだけ無駄です。例文まるっと覚えるとそこにある単語も文法も入るから、それだけに集中して。蒼子は構造はわかってても単語の意味を覚えてなくて読解問題で失点するから、まちがえた単語をちゃんと覚えて」

「はあい」

ヒナちゃんはスパルタだった。こちらの弱点ばかり暴いて、苦手なことばかりやらせてくる。自分だってそこそこできると思っていた蒼子ですらぐうの音も出ないほど叩きのめされたのだから、バナミさんは推して知るべしだったろう。でも、彼女の指導は的確で無駄がなかった。蒼子もバナミさんもおもしろいくらい問題が解けるようになってきて、苦手意識もしだいに薄れた。

「これはあたし、受かるかもしれないわ」とバナミさんが恐ろしげに言った。「息子と同学年のママが実現してしまう……。保護者会はどうしたらいいんだろう」

「そういえば息子さんどうなったんですか。成績下がって悩んでたんでしょ」

「さあ、よく知らない。うだうだ、ぐだぐだ言ってるばっかであんまり辛気くさいから、最近電話してないの。受かりたきゃ必死で勉強してるだろうし、そうでないならしてないんじゃない?」

「えー、それでいいの?」蒼子は意外に思って聞き返した。「大事な息子でしょ、はっぱかけてあげたら?」

「いいのいいの、この先ずっとあたしが面倒みてあげられるわけでもないんだからさ。いつまでも甘えてないで、このさいちょっと自立すればいいんだ」

バナミさんはからっとした口調で言うと、「さてと、あたし今日はこっちでやるね」とベッドの上に戻っていった。ヒナちゃんがもの問いたげに蒼子を見た。最近夏バテ気味みたい、と蒼子は小声で教えた。


口止めされていることだが、バナミさんは水曜に一晩だけ入院した。ただの夏バテだと本人は言い張ったけれど、要は体が弱っているらしい。少しやせたし顔色もよくない。安静のために入院したのに夜中に例文を暗唱していたのがばれて、寝る間も惜しんで勉強するとは何事かとこっぴどく叱られて帰ってきた。

「命を縮めることになるよなんて言われたってさ、あたし死んでる予定だったんだよ。縮もうが延びようがもう関係ないんだよ。だからあたし好きにやる。死んでも受験してやるんだ」

ぷりぷり怒りながら宣言したバナミさんを蒼子も母も止められなかった。そのかわり、体に負担をかけないこと、つらいときは休むこと、やっぱり無理だと思ったらいつでも自分から言い出すことを母がバナミさんに約束させた。

「約束破ったら追い出すからね」とにっこり笑った母はなかなかの迫力があり、バナミさんはしぶしぶながら頷いて、睡眠をちゃんととるよう気をつけるようになった。細切れにしか眠れないために寝たり起きたりする生活に逆戻りし、これまでのようにベッドの上で一日の大半を過ごすようになったのだった。

「じゃあうちらもそっちでやるか」

二人は教材を抱えて和室に移動し、居心地を整えた。勉強なんてどこでもできる。畳の上に腹ばいになったって問題が解けなくなるわけでもあるまい。

「お邪魔します」

ピンクのペディキュアを塗った足をそっと畳の上におろしたヒナちゃんは、バナミさんの寝床に付属しているスイッチやコードを物珍しそうに眺めた。

「このベッド病院から借りてるの？」

「ううん、元からうちにあったやつ」蒼子は言葉少なに答えた。「ずっと前に親が買ったの。土屋のおばあちゃん――お母さんのお母さんね、その人が使うはずだったから」

もう何年も前のことだ。この家を買ったとき。そもそも介護施設にいたおばあちゃんと一緒に暮らせるようにと選んだ家だった。居間に隣接した居心地のいい和室に介護用のベッドを置いて、みんなの顔を見ながら暮らせるように。トイレやお風呂に手すりをつけたり、段差を少なくしたり、そうやっていろいろ工夫したのだけど、おばあちゃんはここに越してくる前に亡くなってしまったのだった。

持ち主不在のままの和室をみんななんとなく気まずい思いで持て余していた。というのはそこがなければ居間はもっと広かったし、その和室と引き換えに父は書斎を諦めたのだし、書斎の埋め合わせに両親の部屋を広めにとったおかげで蒼子と青矢の部屋が狭くなったからだ。かといっていまさら使い道を考えるのは悪いような気がしたし、実際何かに使うには少し不便だったので、誰も手出ししないまま閉めきられて何年も過ぎてしまった。

しばらくするとお母さんが責任を取るみたいな雰囲気で和室を使い始めたけれど、高価だった電動ベッドは端に寄せたままだった。バナミさんが来なければあと数十年は使われないままだっただろう。

「ふうん。すごい便利だね」

ヒナちゃんは慎重にスイッチを操作してベッドの背もたれを起こし、バナミさんが勉強しやすいように調節した。そして親切に言った。

「体が疲れたら言ってね。口頭で問題出してあげる」

◆

夏期講習は後期に突入した。相変わらず塾と家との往復だ。バナミさんが頼んでこなくなったからミツバストア通いはなくなり、授業のあと少し余裕ができるようになった。自習室に残るもよし、ちょっとおしゃべりするもよし。ヒナちゃんは毎日自習室が閉まるまで残っていると聞いていたから一度残ってみたけれど、どうやらお邪魔虫になってしまったようだった。ヒナちゃんと並んで座ったものの、例の男子が後ろの席からもの言いたげに見つめて（睨んで？）くるので背中がぞわぞわして落ち着かない。早々に切り上げて、おとなしくバナミさんと勉強することにしたのだった。

「ただいま。ねえ、今、お父さん来てなかった？」

ある日、母が帰ってくるなり聞いた。

「え？　来てないよ。お父さん今日帰ってくるの？」

「聞いてないけど……」玄関のほうを振り返る。「そこの道歩いてきたら、男の人がうちの門のあたりに立ってたように見えたのよ。お客さんかな？」

蒼子はバナミさんと顔を見合わせた。

「誰も来なかったと思うよ。ピンポンも鳴らなかったし」

「そう？　気のせいだったのかしら。回覧板もなかったし」不思議そうに首をひねって、ああ、と手を打った。「チャイムの電池切れちゃったのかもしれないね。前にもそういうことあったから。鳴らなかったからいないと思って帰っちゃったんだよ、きっと」

母はそう言って蒼子にインターホンの様子を見てくるように頼んだ。

「明日でもいいじゃん」

ぶつぶつと言いながら蒼子はサンダルをつっかけた。短いポーチを抜けて門についているインターホンを押そうとしたとき、がさがさっと音がした。ガレージ脇の紫陽花（アジサイ）の茂みが不自然に大きく揺れている。

「なに⁉」

蒼子の悲鳴を合図のように、植え込みの後ろから人影が飛び出した。低い塀をすばやく飛び越え、バタバタと足音を立てて一目散に逃げていく。あっというまに宵闇に溶けていく後ろ姿を見つめながら蒼子は茫然と立ち尽くした。心臓がばくばくしている。恐怖のあまり動けなかった。だって門の内側にいた。外じゃなくて、うちの中に……。

震える足を励まして紫陽花の後ろに回ってみると、大きめの足跡がついていた。泥棒がここにいたんだ。茂みに隠れて、忍びこむ隙をうかがって……。

とにかくお母さんに知らせなきゃ。踵を返した瞬間、紫陽花の根本が突然光った。

「なんなのよ」

泣きそうになりながら恐る恐るのぞきこむと、黒いスマホが落ちていた。着信しているらしく、上部のライトがぴかぴかと光っている。どうしようかと見つめているうちに明滅は止まり、画面がぱっと明るくなって《不在着信：一件》と表示された。背景のホーム画面に表示された野球ボールの写真を見て蒼子は思わず拳を握りしめた。

「ちょっとコンビニ行ってくる！」

玄関先から声をかけ自転車に飛び乗る。まだそのへんにいるはずだ。行き交う人の姿に目を凝らしつつ、たそがれの住宅街を急いだ。案の定、坂にさしかかったところで小走りに戻ってきた犯人を捕まえた。

「あ……」

気まずそうに目をそらして通り過ぎようとするから、ハンドルを傾けて進路を塞ぐ。

「なんだよ」言いかけて、ふてくされたように「なんですか」と言い直した。

「忘れものですけど」

パーカーのポケットからスマホを取り出してみせると、もぎ取るように奪っていった。

「何日目ですか」蒼子はひらたい声で聞いた。「毎日来てたの？　一週間？　二週間？」

「初めてだよ」と佐藤某はぼそりと答えた。「ちょっと様子を見ようと思って、それだけだよ」

「警察呼ぶところだったんですけど。泥棒みたいにこそこそしないでふつうに会いにくればいいじゃない。バナミさんだって会いたいと思うし」

「うるせえな」いらいらとした素振りですごむ。「関係ないだろ」

「関係ありますけど。誰があんたのお母さんの面倒みてると思ってんの。あたしとあたしの母親があんたのお母さんにごはん食べさせて薬飲ませてパジャマ洗ってんの。毎朝ゲロ吐く音で起こされてんの。口すすがせて体拭いて脚マッサージしてんの。体調の記録つけて夜中に病院連れてって寝ないで仕事に行ったりしてんの。息子と旦那の夕飯買って届けたりしてんの」

ちがう、これでは嫌々やっているみたいじゃないか。

内心ではそう焦っているのに、蒼子の口は止まらなかった。目の前の人間がひどく憎らしく、密かに抱いていた軽蔑や嫌悪と合わさってもはや自制がきかなかった。正体のよくわからない悔しさと怒りに駆り立てられて蒼子は激しく問いつめた。

「どうして病気のお母さんほっとけるの。なんで取り返しに来ないの。心配じゃないわけ。あれだけ大事に思われてるくせに病気になったらどうでもいいわけ」

「調子に乗んなてめえ」

佐藤某は突然大声を出し、足元の地面を蹴りつけた。

「余計なことばっかしてんのはそっちだろ。病人のうわごと真に受けてひとの母親さらっといて偉そうにすんなよ。どうせ高校なんか行けるわけないのに夢見させて貴重な時間浪費させて、勉強だとか言って無理させて、うちの母親殺したいのかよ」

「バナミさんはずっと高校行きたかったの。息子と一緒に高校生になりたくて頑張ってるの。だったらあんたが一緒に頑張ってあげればいいじゃない。自分ちに連れ帰って一緒に勉強してあげればいいじゃない。なんで迎えに来てあげないのよ」

「だから調子に乗んなって言ってんだろ。学校にも来れないくせに偉そうに語ってんじゃねえよバカ」

「こらおまえ、女の子にそんな言い方ないだろう！」

言い返そうとした矢先、通りかかったおじいさんが佐藤某を突然大声で叱りつけた。佐藤某は驚いたようにおじいさんを見返し、「すいません」とつぶやいて乱暴な足どりで歩き去ってしまった。

「あの……すみませんでした」

自転車から下りて頭を下げると、おじいさんは優しげに目元をやわらげた。

「怖かっただろう。ああいうバカの言うことなんて気にすることないからね」

「はあ……」

この人は何を聞いていたんだろう。

ちらりと反感のようなものが頭をもたげ、蒼子は気まずい思いでもういちど頭を下げた。

◆

このままバナミさんに勉強をさせていて、本当にいいのだろうか。

彼女の息子が発した問いは、本当はずっと頭の片隅にあった。病気が見つかってから彼女がどれだけの混乱を経てきたのかは蒼子だって少しは知っていた。毎日のように母に話しに来ていたし、思いのたけをつづったメールを山のように送ってきていたから。

早朝といわず深夜といわず鳴りまくる着信音。眠たそうな母が難しい顔でスマホの画面を見つめているのが気の毒だった。日に何通、何十通。異常だと思った。蒼子は母の目を盗んで母のスマホを持ち出した。ブロックしてやるつもりでバナミさんからのメールを開き、そこにあった悲鳴のような言葉から目が離せなくなってしまった。

どうしてもっと早く気づかなかったんだろう、どうしてこんなに急激に進んでしまったのだろう、どうしてこの病気なんだろう、どうして自分が死ななければいけないんだろう。痛い、苦しい、眠れない、頭がぼうっとする、悲しい、つらい、死にたくない。誤診かもしれない、治療をしたい、したくない、受け入れるのが大事なのかもしれない、職場になんて言えばいいの、九十日で何ができるの、明日起きたらぜんぶ夢だったたって笑っちゃう気がします。

ブロックなんかできなかった。それからも着信音はしばらくのあいだ鳴り続け、誤字脱字だらけの支離滅裂な長文を蒼子はこっそり読み続けた。気の毒さより、死を前にすると人はこんなふうになってしまうのだという恐怖が胸を締め付けた。こうした嵐のような時期を経てうちに転がり込んできたときには元のように振る舞っていたけれども、おそらく彼女はもう本来の彼女ではないのだろうと思っていた。無理してふつうにしているのだろうと。

　でも受験したいと打ち明けたバナミさんは、本来のバナミさんを取り戻しているように見えたのだ。彼女の息子はうわごとだと切り捨てたけれども、間近で見ている蒼子にはとてもそうは思えなかった。彼女の覚悟や決意が熱に浮かされたうわごとだとするなら、うわごとのほうが真実だったということなのではないだろうか。分岐の問題だ。病気になる前のほうがまちがっていたのだ。

　佐藤某は結局バナミさんを取り返しに来なかった。バナミさんも連絡を取っている様子はなかった。いつのまにか親子のあいだに決定的な亀裂が入ってしまったのかもしれなかった。ひどく残酷な展開だけれど、それだけの理由が何かあったのだろうと蒼子は思った。ヒナちゃんの言うとおり、どの家にだっていろいろあるのだ。

◆

　そのヒナちゃんに異変が起きたのは月曜日のことだった。

　無敵の頭脳に加えて無遅刻無欠席を誇るヒナちゃんが、珍しく来なかった。一時間目が過ぎ、二時間目が終わってもいっこうに姿を現さない。

　風邪でもひいたかな。

　そう思ってＬＩＮＥしてみたけれど、いつまでたっても既読にならなかった。

なんか変だな……。

いつだってすぐに反応を寄越す彼女らしくない。なんだかいやな感じがした。不穏な、不吉な予感が。

たかが一日休んだくらいで大騒ぎするのはばかばかしいと思いつつ、蒼子は心配するのをやめられなかった。一夜にしてすべてが変わってしまうことが人生にはあるのだ。土曜には変わった様子はなかったけれども、だから今日もいつもどおりとは到底思えないのだった。


結局その日の授業がすべて終わってもヒナちゃんは現れなかった。連絡も一切ない。家を知っていれば様子を見に行けるけれども、住所はもちろんどの町に住んでいるのかさえ聞いたことがなかった。例の彼氏に聞いてみようと思ったときには教室に姿はなく、彼を探して塾の入口のほうまで行ったが見つけることはできなかった。とりあえず教室に荷物を取りに戻ろうとした蒼子はふと自習室に目をやった。そのまま通り過ぎようとして、しかし足が勝手に止まった。

がらんとした自習室のいちばん後ろの隅の席。机に突っ伏し、腕に顔を埋めている小柄な男子。学校指定のジャージの上下。眠っているのか、ぴくりとも動かない。蒼子はそっと近寄った。組んだ腕からのぞく指先にピンク色。土曜日にふざけて塗り合ったものだ。

「……ヒナちゃん？」

声をかけるとヒナちゃんは突っ伏したまま体をぎゅっと縮めた。

「どうしたの、今日。授業来ないから心配したよ。何かあったの」

「ほっといて」ヒナちゃんはかすれた、くぐもった声で答えた。「蒼子は帰って」

「やだよ。怪我したの？　大丈夫？」

「うるさいな。今日はしゃべりたくない。ほっといてよ」

「ほっとくわけないでしょ」

肩にかけた手をヒナちゃんは乱暴に振り払った。咄嗟に腕を摑んだら、逃れようと身をよじった拍子に顔を上げた彼女と目が合った。蒼子は思わず息を吞んだ。絶望そのものみたいな暗い瞳。ところどころ変色してぱんぱんに腫れた顔、それに、めちゃくちゃに切られた髪。

「見ないでよ」ヒナちゃんは顔を覆った。「構わないで」

「誰にやられたの」蒼子は怒りで気を失いそうになりながら尋ねた。「ねえ、誰にやられたの」

「誰だっていいでしょ。関係ない」

「お父さんにやられたの？　お母さん？」

「どうだっていいでしょ、頼むからほっといてよ。世界中があんたんちみたいに平和なわけじゃないのよ」

叫んだヒナちゃんの手を摑んで、蒼子は物も言わずに教室から引きずり出した。


「……さらってきちゃった」

ヒナちゃんの手をきつく握りしめたまま蒼子は固い声で言った。

「……さらわれてきちゃった」

変わり果てたヒナちゃんの姿にバナミさんは言葉を失った。

腫れがひくまで数日かかった。痣の色は消えるまでだいぶかかるだろうという見立てだったけれど、それはお化粧でなんとかなった（ヒナちゃんは隠し方に詳しかった）。唯一どうにもならなかったのはめちゃくちゃにされた髪だった。ヒナちゃんはいちばん短い部分に合わせてざくざくと切ってしまった。ベリーショートは理知的な横顔をよく引き立てていたけれど、だからいいってわけじゃない。元のように伸びるには二、三年かかるだろう。

取り返しに来るような親じゃないから安心して、とヒナちゃんは言った。勉強合宿してるって言っといたから、塾の合宿にでも行ってると思ってるよきっと。

青矢の部屋を貸そうかという申し出を断って、ヒナちゃんは蒼子の部屋に居候することにした。蒼子はベッドをヒナちゃんに譲ってすぐ横にふとんを敷いた。イヤホンを自宅に置いてきたヒナちゃんに耳栓を貸すのも忘れなかった。慣れない人には、あれは結構つらいので。

不思議な感じだった。ヒナちゃんの隣に自分。同じように、階下ではバナミさんの隣に母が寝ている。あまりに現実感のない現実だった。明日起きたらやっぱり夢だったと気づくんじゃないか。いつまでもそんなふうに疑ってしまっていたほどだ。

こんなことが起こるなんて思ってもいなかった。親しい友達なんてもうできないと諦めていたし、いらないと決めていた。これからは一生そういうものを期待しないで生きていくのだと思っていた。自分の何かが人をいらだたせてしまうなら、ずっとひとりでいたっていい。一年かけてようやく納得できてきたところだったのになあ、と蒼子はまっくらな部屋でくすりと笑った。

すう……すう……。

ヒナちゃんのゆっくりした寝息が頭上から聞こえてくる。彼女は信じられないくらい寝つきがよくて、おやすみを言った一分後にはもうぐっすりと眠っている。そして、意外と寝起きが悪い。耳元でアラームが鳴り続けていても平気で寝ているのには蒼子もちょっと驚いた。そして、これは本人には内緒のことだが、ヒナちゃんはときどき眠りながら笑うのだ。

ふふっ、くすくす。

降ってくる密やかな笑い声を、蒼子は一生忘れないでいたいと思った。


ヒナちゃんがやってきて、いくつか変わったことがある。お弁当のおにぎりは自分たちで作ることにした。夕飯を作るのは変わらず母だけれど後片付けは二人が全部やることにしたし、勉強の前には掃除タイムを設けた。バナミさんがBGMがわりに延々と流していた再放送ドラマは集中できないからとヒナちゃんが禁止して、かわりに年代暗記のごろ合わせの動画をぎりぎり聞き取れるくらいの小さな音で流すことになった。ヒナちゃんによれば、意識して聞いていなくてもけっこう覚えられるものらしい。バナミさんも蒼子も半信半疑だったけれども、いつのまにか母までが墾田永年私財法(こんでんえいねんしざいほう)の発布の年を覚えていたくらいだから、どうやら効果があったようだ。

お風呂あがりにはストレッチ。勉強で凝り固まった体をほぐして疲れをとるのが大事だそうで、蒼子はヒナちゃんに教わりながら前屈や上体ひねりに精を出した。「蒼子さ、学校は行かなくても運動はちょっとはしたほうがいいと思うよ」とヒナちゃんは蒼子の背中に遠慮なく体重をかけながらアドバイスした。「この歳でこのカチカチはかなりやばいよ」。

バナミさんのマッサージは右脚がヒナちゃん、左脚が蒼子。背中は蒼子で腰はヒナちゃんだ。あるとき戯れに母にもマッサージをしてみたら予想以上に喜ばれたので、バナミさんの後には母にも同じようにマッサージしてあげるようになった。

バナミさんは八時には勉強をおしまいにすることと決め、寝る前のお茶に付き合ってみんなで和室でおしゃべりするのが慣例となった。お茶にコーヒー、アイスやお茶菓子をつまみながらまったり過ごし、三十分くらいで切り上げたら蒼子たちは二階に引き上げもうひと頑張り。ヒナちゃんのペースに付き合って十一時には就寝だ。宵っ張りの蒼子は最初の頃なかなか寝つけなかったけれど、三日もすれば早寝にも慣れた。ストレッチのおかげなのか、七時までぐっすり眠れる日が続いた。

合宿みたいな毎日だ。一日はとても短かった。ページをめくるように日々はどんどん過ぎていった。

いつまでとは誰も決めなかった。夏休みの終わりが近づいてきていることを意識してはいたけれど、夏休みが終わったらどうするかなんて考えたくはなかった。たんに勉強会が毎日開催になっただけ。そう思い込もうとして、ヒナちゃんはことさらスパルタになり、バナミさんと蒼子はひいひい言いながら彼女の指導に食らいついた。

「ねえ、この《もし雨なら私は傘を差します》ってどういうこと？　《もし》ってことは if でしょう。《もし私が鳥ならば自由に空を飛べるのに》と同じやつだよね。ありえないけどこうだったらいいなあってのが if なんじゃないの？　この人はぜったい雨の降らない世界に住んでるの？　でもそれなら、どうして傘なんか持ってるの？」

　例文集を前に頭を抱えていたバナミさんがヒナちゃんに助けを求めた。

「ifはべつに、ありえないことだけを言うわけじゃないの。その場合は《雨のときは》とか《雨の場合は》ぐらいの意味だよ」

「そうなの？　それなら《もし私が鳥ならば》の使い方の場合はありえないことを言ってるってどうしてわかるの？　ありえるかありえないか、みんなどうやって区別してるの？」

　言いがかりみたいな質問に、ヒナちゃんは「どうしてだろう」と首を傾げた。

「考えたことなかったけど、べつに区別なんかないんじゃないの。《もし私が鳥ならば》でも、《私が鳥のときは》でも、どっちでも同じなんじゃないかなあ。私が鳥になることはないっていう前提がなければ《私が鳥のときは私は自由に空を飛びます》って訳すのかもしれないし、ぜったい雨の降らない世界なら《もし雨が降ったら私は傘を差すのになあ》になるのかもしれない。文法的にはifの後ろが現在形ならありえること、過去形ならありえないことって区別できるんだけど、それってたんに翻訳上の解釈の問題なのでは……？」

　ちょっと待ってわかんなくなってきた、と参考書をじっくり読み始めたヒナちゃんをよそに、バナミさんはなんだかすっきりした様子で視線を例文集に落とした。

　マイペースだなあ。

　日本史の年代暗記に取り組んでいた蒼子はくすりと笑った。気がつけばシェイクはとっくに溶けていて、タンクトップとパーカーのあいだに熱がこもって汗びしょびしょになっていた。そろそろ休憩しよう。蒼子はのそのそと立ち上がった。

「麦茶いる人ー」

「はーい」

「はーい」

台所に向から背中にバナミさんの声が聞こえた。

「《私が鳥のときは、私は自由に空を飛びます》」

◆

その日、母がスイカをもらって帰ってきた。繁忙期にたくさんシフトに入ってくれたからと店長がお礼がわりにくれたという。

「やったじゃん」

「やったじゃないわよ。去年まではミニボーナスだったのに」母はちっとも嬉しくなさそうな顔で野菜室にスイカをおしこみ、「頭に来たから花火買ってきたわよ」とよくわからないことを言いながら椅子の上の袋を示した。特大と書かれたその袋にはカラフルな手持ち花火や噴上げ花火がぎゅうぎゅうに詰め込まれている。

「珍しい。いつも煙いからやだって言うくせに」いそいそと手に取って、値下げシールに気づいた。「え、もう半額?」

「夏休み終わると途端に売れなくなるからねえ。最終週に売りつくしやるんだよ」

バナミさんが得意げに解説した。

「そういうもんなんだ。おお、すごい豪華。あ、回るやつもある」

「あたしこれ好き、シュワワーって出るやつ」ヒナちゃんも声を弾ませる。「どこでやる？公園行く？」

「ガレージでいいわよ。飛びそうなのは屋根のないところでやってくれれば」と母が答えた。

「でも片付けは自分たちでやってね。お母さん今日はビール飲むつもりなんだから」

「ビール買ってきたの？」

バナミさんがぱっと顔を明るくすると、母は「だって私受験生じゃないもの」と涼しい顔で答えた。


夕涼み会の開始は七時。アウトドア用のテーブルをガレージに出して花火の支度を整え、夕飯の冷やし中華とスイカも並べた。母はちゃっかりおつまみの枝豆や冷や奴なども用意していて、早くも晩酌を始めている。

「そのへんのもの好きに食べてね。バナミちゃんも、食べたいのあったら言って」

振り返って呼びかければ、バナミさんはすぐそこのベッドの上で「うん」と答えた。

蒼子たちはガレージに向かって開け放した和室の窓を縁側がわりに座っていた。三人並ぶとさすがに狭く、腕や肩が触れてしまう。ヒナちゃんは頓着する様子もなく、足をぶらぶらさせながら気持ちよさそうに夜風に吹かれていた。髪を切ったからか、こうしてみるとなんだか幼い感じがする。

「ヒナちゃん、小学生みたいだね」

○ 9 ○

「は？」

思わず口にすると目を丸くして振り向いた。

「いや、なんかうちの弟に似てる気がして。ショートパンツだからかな」

母が小さくふきだし、バナミさんも遠慮なく笑い声を立てた。

「やめてよ、もう」ヒナちゃんは顔を赤らめ、ごまかすように勢いよく立ち上がった。「――どれやる？」

「バナミさん、どれがいい？」と蒼子は上半身をひねって聞く。「それとも自分でやる？」

「食べ終わってからね。あれがいい、五色（ごしき）の滝みたいなの」

「《レインボーシャワー》いくか」

ヒナちゃんが筒を取り出して立てた。しゅっと導火線が燃え、カラフルな光の筋が噴水のように噴き上がる。

「おー」

「おー」

口々に感嘆の声を上げてみんなは花火を見守った。

「あたしもやろうかな」

「蒼子、お母さんにも一本ちょうだい」

「次《シャングリラ》いっていい？」

堰（せき）を切ったように次々と火をつける。青い光が激しく燃え、星みたいに細かい火花がぱちぱち弾け、真っ白な光の束が鮮やかに浮かんで消える。バナミさんが歓声を上げ、ヒナちゃんが回転花火から逃げ回り、母は母で手持ち花火で空中に字を書くのに熱中している。

なにこれ。

蒼子は湧き上がってくる不思議な気持ちにけらけらと笑い出した。

こんなのに夢中になってばかみたい、あたしたちそんな柄じゃないのに、なのになにこれ、すっごい、楽しい。

「こらっ人に向けない」

「考えたら片手だけでやる必要もないわよね。腕は二本あるんだから」

「ねえ見てこれ色が変わるんだけど！」

先を争って手をのばし、特大の袋はあっというまにあらかたはけた。もうもうと立ち込める煙にむせて、蒼子は窓から飛びこむように畳に半身を乗りあげた。

「バナミさん、悪いけどそこの麦茶取ってぇ」

しょぼしょぼする目をこすりつつ頼んでも、返事がない。

「ねえってば」

蒼子は顔を上げた。床に何か大きいものがべたりと落ちている。いや、ものじゃない。バナミさんだ。

「お母さん！　お母さん！」

すっ飛んできた母はバナミさんに駆け寄り、「救急車呼んで」と叫んだ。

◆

「結論から言うと花火のせいではないですね」

お医者さんは誰にともなく淡々と告げた。

「というか、何が原因ということはないです。原因が問題であるような状態ではない。たんにそういう瞬間が訪れたというだけのことです」

「自然にってことですか」

蒼子が尋ねるとお医者さんは頷いた。

「まあそうです。この方の場合はね、体がそれほどいっぱいいっぱいなんですよ。だからこうしてブレーカーが落ちてしまうこともあるでしょう。なんにせよこちらでまた一晩二晩休んでもらって、そうしたらある程度は持ち直しますから」

「命にかかわることではないって、思っていいんですか」

ずっと黙っていたヒナちゃんが聞いた。

「それはわかりません。なんとも言えない。ただ、こうした事態はこの方の体では不可避です。寝たきりで過ごしたって一日中カラオケしたって確率的には大差ない。起こるときには起こります。今回は不整脈がありましたから、念のためにご家族のほうにも連絡を入れましたが」

「もちろんです。お手数をおかけしました」

母が深々と頭を下げる。

「ご同席されます？」

「いえ、帰ります」

「ええー、いてよ」ベッドの上でぎょろりと目をあけたバナミさんが情けない顔ですがりついた。「あたし今、息子と絶交中なんだからさあ。会いたくないいんだあ」

「そんなこと言ってる場合じゃないのよ」

母はバナミさんの手を優しくふりほどいた。先生に向かって「ご迷惑でしょうから……」と弁解するように言う。

「明日また寄りますので、すみませんがよろしくお願いします」

「ええ、こちらこそ。じゃあご家族が来たらまた説明しますから」

お医者さんはあっさりと部屋を出て行った。三人は改めてベッドをのぞきこむ。緑っぽい顔をしたバナミさんは億劫（おっくう）そうに体を起こし、「びっくりさせてごめんねえ」とすまなそうに謝った。

「また二、三日で帰るから、あたしのことは全然気にしないで。あ、悪いけど明日来るとき荷物に例文集入れといてほしいんだ」

「はいはい。じゃあね、ゆっくり休んで」

母は二人の背中を押して、帰るわよ、と促した。ヒナちゃんが青ざめた顔でのろのろと戸口に向かう。蒼子もついていきかけたけれど、我慢できなくなってバナミさんの枕元に駆け戻った。

「そんなことより、息子と仲直りしなよ。何があったのか知らないけど、絶交なんてもうやめなよ。バナミさん今日死んじゃってたかもしれないんだよ」

「え？」バナミさんは目を白黒させた。「うん、でもね……」

「蒼子」

戻ってきた母がたしなめる。蒼子は無視して続けた。

「だってもうしばらく会ってないんでしょ。息子さんだってバナミさんのこと心配してるんだよ。意地張ってる場合じゃないよ、自分だって会いたいくせになんで絶交なんてしてんのよ」

「必要なことだからだよ」

バナミさんは静かな声で答えた。

「なによそれ……」

何かを言おうとしたバナミさんはふと蒼子の後ろに視線を向け、「帰りなさい」と言った。見たこともない顔をしている。

「あたしは大丈夫だから、パパ、その子、連れて帰って」

振り返ると部屋の入口に見覚えのある顔があった。バナミさんの夫は微かに頷き、息子を押し出すように部屋から出て行こうとした。

「なんでだよ。母さん、おれ、なんでだよ」

佐藤某は父親の肩越しに悲痛な声でわめいた。

「書置きしてきたでしょ。あのとおりだよ」

バナミさんは冷淡に言った。

「なんなんだよ。おれ、何もしてねえだろ。そいつが勝手にやったことをどうしておれのせいにされなきゃいけないんだよ」

佐藤某は蒼子を睨みつけながら叫んだ。

「あたし……？」

足がすくんだ。いつのまにか傍に来た母が音もなく蒼子の前に立った。

「まだそんな嘘つくの。あんたは一緒になって笑ったでしょう。蒼子ちゃんのお弁当をあの子たちが床にぶちまけたとき。わざとぶつかられて尻餅をついたとき。腐った牛乳をかけられたとき。財布を盗んだって嘘であの子たちが蒼子ちゃんをつるし上げたとき、自分が何を言ったのか覚えてる？　あんたは死んで詫びろって言ったんだよ」

やめてよ。

声に出したつもりが、なぜか言葉にならなかった。あのときの場面が映画みたいに頭に浮かんだ。座りこんだ自分を取り囲む人垣。みんなが手を叩いている。げらげら笑いながら声を合わせる。死ーね。死ーね。死ーね。死ーね。

「そんなのおれだけじゃないだろ。財布のあれは間違いだって最後にはわかったんだし、あんときみんな謝ったろ。いちいち大げさなんだよ」

「そう思うなら出て行きなさい。あんたがこの子にきちんと謝らないかぎりママは死んでも帰らないし、あんたの顔も見たくない」

「書置きってもしかして……」

ヒナちゃんが遠慮がちに母を見上げると、母は黙って頷いた。

「おかしいだろ、自分の息子にそんなのって。しかもなんで今になってそんなことしなきゃいけないんだよ。二年のときのことだぞ。いつまで被害者面してんだよ、たしかにおれだって悪かったかもしれないけどいいかげんもう時効だろ」

「半袖を着てるあんたにそんなこと言う資格はないよ」

バナミさんはいきなり蒼子を引き寄せ、腕を摑んで、止める間もなくパーカーの袖をまくり上げた。

「ちょっと、なんなの、放してよ！」

必死で体をよじってもバナミさんはびくともしなかった。病人のくせに、どこにこんなすごい力を隠していたのだろう。腕を引っ込めることもできず、蒼子は情けなさに泣きそうになりながら顔を背けた。

「見なさいよ！　あんたがやったことだよ。こんなひどい傷をつけたのはあんただよ。蒼子ちゃんがどんなに痛かったかわからないなら自分でやってみるといい。自分で自分を殺そうとしてみればいい。そこ出たところの給湯室に果物ナイフがあるはずだよ。なんならハサミだって構わない。取ってきなさいよ！　ここでやって見せなさいよ！」

バナミさんは枯れた、割れた声で吠えた。熱い体がぶるぶると震えている。薄く固くなった体の中で爆走する心臓を、ごうごう荒れ狂う息が燃えあがらせている。

蒼子は力いっぱい腕を振り払ってバナミさんを押し返した。

「やめてよ、バナミさん。そんなことしなくていいよ。息子でしょ。いちばん大事なんでしょ」

「だからだよ。この子をこのまま置いて死ぬわけにはいかないんだよ。あたしはさ、簡単に人に死ねって言うやつが許せないの。それがどういうことなのか、どうにかわかってもらいたかったけど、無理だったみたいだね。この子が自分でできないなら、あたしがやるしかないんだよ。こんな人間に育ててしまったのはあたしだから、あたしがどうにかしないといけないんだよ」

バナミさんはゆらりと立ち上がって息子のもとにゆっくりと歩み寄った。手に何かを握っている。カッターナイフみたいなもの。

「やだ、母さん、うそだろ。ごめんなさい、ごめんなさい」

佐藤某は真っ青な顔で後ずさり、父親の後ろに隠れた。バナミさんの夫は一度も視線を上げないまま、息子の肩を抱いて去っていった。

バナミさんは彼らの足音が完全に聞こえなくなるまで立ったまま扉を見つめていた。ヒナちゃんがそっと彼女の体を支え、ゆっくりとベッドに戻した。バナミさんはふうっと深い溜息をついて、「こんなことしても蒼子ちゃんのためになんか一ミリもならないね」とつぶやいた。

「ごめんね、蒼子ちゃん」

「うん……」

蒼子はあいまいに頷いた。本当はめちゃくちゃ怒っていた。彼女にも彼女の息子にも腹が立ってしかたなかった。でもそれ以上に、彼らのことをかわいそうに思った。

「バナミさんが息子殺さなくてよかったよ」

なんとかそれだけ言って、今度こそ病室を離れた。

「そうだ、これ」

帰りのタクシーの中、真ん中に座ったヒナちゃんがそっと手を開いた。窓の外を見ていた母がゆっくりと振り返る。顔を寄せ合うようにのぞきこみ、呆れたように眉を上げた。

「なにこれ」

花火だった。折れてさきっぽだけの、黒いラインの入った黄色い手持ち花火。

「え、さっきのって、これ?」

「そうみたい。なんかどさくさに紛れて受け取っちゃったんだけど」とヒナちゃんが困ったように打ち明けた。「カッターだと思ったら、まさかの」

「うそでしょ」母が口元に手を当てた。「あの子なんでこんなの持ってたのよ」

「やるつもりだったんだと思いますよ」とヒナちゃんが笑いを含んだ声で言った。「だって、下半分の棒の部分がポッケに入ってましたもん」

「まったくもう、ほんとに……」

母は怒ればいいのか笑えばいいのか判断がつかなかったようで、かわりに短い溜息をついた。

◆

バナミさんとの話はこれで終わりだ。

といってもあのあと二度と会わなかったわけではなくて、なんなら三日後にふつうに帰って来たしその後もしばらく居座ったけれど、特筆すべきことはなく、あのとおりのまま受験生の日々を過ごしていったということだ。

蒼子の日々もとくに変わらず、あの野蛮な教室には二度と足を踏み入れることなく塾と家の往復で中学生活を終えようとしていた。

ヒナちゃんは八月の終わりとともに自分の家に帰っていった。ただし志望校を変更して、県外の全寮制の高校を目指すことに決めた（彼女の場合は目指すというより入る、だ）。そうするとあの彼氏はいったいどうなるのだろうと蒼子は少し気になったけれど聞かなかった。噂話は下品だから。

自宅で、塾で、ベッドの上で。

それぞれが自分の場所で、受験生として全力を尽くそうと約束していた。年が明け、入試シーズンが本格的に始まると連絡は雑になり、途絶えがちになったけれども、だからって誰も気に病んだりはしなかった。むしろ二人とも頑張っているのだろうと励まされたくらいだ。

バナミさんは入試の一日前に死んだ。水色とピンクで交互に彩られたぴかぴかの爪で旅立った。いまごろはきっと派手な翼をひらひら見せびらかしながら大空を飛び回っているだろう。

そう、たんなる分岐の話だ。

《私が鳥のときは、私は自由に空を飛びます》。

そう言っていたとおりに。

アイムアハッピー・フォーエバー

あの部屋のことをあたしはときどき思い出す。あたたかくて、静かで、とても居心地のいい部屋。ネームプレートのかかった木製の扉を開けると、常に一定の温度に保たれた空気がふわりと体を包んだ。飴色の床の半分を覆うぶあつい絨毯(じゅうたん)の上に並んだ色とりどりのクッションは雲みたいにふわふわで、南に向いた窓には浅瀬に寄せる波のような優しげなひだのレースが下がっており、やわらげられた光が部屋を金色で満たしていた。アンティークで揃えた家具には複雑な彫刻が施され、父親が出張のたびに求めてくるという華やかな飾りものが部屋をにぎやかに彩った。あたしの背丈ほどもある花台には巨大な花瓶が立っていて、わさわさとつめこまれた花々が甘くにがい香りを部屋の隅から放っていた。

おひめさまの部屋。あたしはいつからか心の中でそう呼んでいた。そう呼ぶにふさわしい部屋だったからでもあり、それだけではなく、部屋の主もまた、部屋以上に姫の名にふさわしかったからだった。

彼女はいつも窓辺にいた。

新雪のような肌。黒々と冴えた瞳はひざしを受けて夜空のようにきらめき、長く重たそうなまつげがゆっくりまばたきをするさまには世界をそのたびに終わらせているような厳粛さがあった。よく手入れされた髪は漆黒の帯のように胸元に流れ、あるいは編まれ、結い上げられて、その日の服と同じ色のリボンで結ばれる。華奢な体はやわらかなブラウスや刺繍の裾飾りのスカートや深い色のワンピースに注意深く包まれ、彼女のためにあつらえられた長椅子の上で行儀よくくつろいでいた。夢見るようなまなざしは気まぐれに宙を泳ぎ、さもなくば薄い瞼をぴたりと閉じて静かに眠っているばかりだったけれど、機嫌のいいときに声をかければ目の合うような瞬間もあり、ときには唇をほころばせ、笑い声をたてることさえあったのだ。

あの部屋ではすべてが彼女のためだけに存在していた。なにくれとなく世話を焼く彼女の母親も、すばらしいおみやげを携えてくる父親も、幼稚園から帰ってきた弟も、その遊び相手としてやってきたあたしでさえも。彼女が快適に過ごせるように気を配り、息をひそめて、幼稚園でのやりかたとはまったく異なる遠慮がちな仕草で笑いあい、それでもじゅうぶん楽しかった。

彼女の足元に座りこんで外国の絵本を眺めていると時間はとろりと溶けていき、いつまでも同じ瞬間にとじこめられているような感覚をおぼえたものだった。あの金色の午後。濃密な幸福の虜たち。

扉のネームプレートには、ひらがなで《まなみ》と書かれている。

1 ミス・モリー

窓から入ってきた風がかすかに顔をなでた。つめたくはない。涼しくはならない。でも気持ちがいい。こうも暑いと、なまぬるいそよ風さえ天の助けみたいに感じる。

バナミはむにゃむにゃと口を動かし、よだれがたれそうになっているのに気づいて慌てて口元を拭った。危なかった。ちらりと顔を上げると廊下側の誰かが立ってぼそぼそと音読をしている。遠いからまだセーフだ。今日はこちらまで回ってくることはないだろう。あくびをひとつし、また手のひらに顎をうめ、目を閉じたところで背中を刺された。かなり強く、二回も。

「痛いんだけど」

渋面を向けると、庄司さんがシャーペンの先をこちらに向けて構えたまま片手で拝んだ。

「ごめん、これ」

差し出してくる紙切れを受け取る。雑に破り取ったルーズリーフの切れ端。折ってもいない、差出人も宛先もないそれには、おかっぱ頭のおばあさんが狂気の笑顔で天を仰ぎ、I am old miss!!! と叫んでいる絵が描かれている。思わず振り返ると庄司さんは慌てたように顔を伏せ、その後ろの阿久津友美がにやりと笑って手を振った。

そういうやつね。

軽く頷いて向き直る。くっだらね、と心の中では呟くけれど、口に出すほど軽率でもない。太い黒ペンの落書き。嘲笑するためだけに描かれ、回されているそれは、幸か不幸かけっこう似ている。誰が描いたんだろう。美術部の子かな。才能あるな。他のことに使えばいいのに。

こういうことは好きじゃない。バナミはせっかちに目の前の背中をつついた。持っているだけでおぞましい気がして、早く回してしまいたくて。

怪訝そうに振り向いた原田さんに紙を押しつけようとしたとき、別人の指がひょいとつまんだ。コツコツコツ、ヒールの硬質な足音を、どうして聞き逃してしまったのか。

「ミス・原田、落とし物？」

黙って首を横に振った原田さんを見て、モリーは自分そっくりの落書きを持ったまま今度はバナミに笑顔を向けた。

「あ、ええと――すみません」

みんなの視線が集中するのを感じながらバナミは観念して頭を下げた。紙切れを返してもらおうと手を伸ばした瞬間、モリーはぱっと目を輝かせ、「まあ、これ、私？」と叫んだ。「そうよね、私ね。ありがとう、似顔絵を描いてもらえるなんて光栄です」

事態を察したクラスメイトたちがどっと笑った。モリーは感激した様子でたたみかけた。

「ミス・井上、デッサンがお上手なのね。よかったらこれいただいてもいいかしら、ぜひ職員室で自慢したいわ」

「いえ、あの……」

あたしが描いたわけじゃないんですけど。

そう言えばよかったのかもしれないが、バナミはなぜか言えなかった。そうする資格がないような気がした。それに、じゃあ誰が描いたのだと犯人捜しが始まっても厄介だと思ったのだ。

「あら、でもこの文章には惜しいミスがありますね。せっかくですから補足を兼ねてみなさんの学習の助けとしましょう。この文章にはひとつ足りないものがあります。期末試験の復習ですよ……」

モリーは紙切れを持ったまま教壇に戻り、黒板に I am old miss!!! と流麗な字で大きく書いた。そしてあらためてバナミに向き直ると、「さあ、ミス・井上、いかがですか」と教師らしく尋ねたのだった。「前に出ていらっしゃい。この文章を直してみてください」


モリーは英語の先生だ。守谷(もりや)だからモリー。親しみというよりはからかいのニュアンスでそのように呼ばれている。白髪のまざったグレーの髪を日本人形のように顎の下で切り揃え、やせぎすの小柄な体を古めかしいブラウスとひらひらしたスカートで包んで、サンダルやスニーカーで歩き回るほかの先生たちを尻目にパステルカラーのハイヒールを軽快に鳴らしている。校長先生よりたぶん年上、おそらくこの学校でも最年長に見えるけれども、少女じみた明るさをふりまきながら英語への愛を情熱的に語る彼女は実にパワフルだ。

「この授業ではみなさんのことを Mr. あるいは Miss で呼びます。会話の練習などでお互いに話すときもそのようにしてください。将来のための予行演習だと思って恥ずかしがらずにね」

そんな言葉で始まったあの最初の授業の日。練習のために前後左右の子たちと新しい呼び方を試すようにいわれたみんなが気恥ずかしさにざわめくなか、女性は既婚なら Mrs.、未婚ならMiss、どちらにも使えるのがMs.であり、今はどのような相手にもMs.を使うのが一般的だとモリーは黒板の前で説明した。

「先生はMrs.ですか？　Missですか？」

からかい混じりの質問に、「先生は生まれてこのかたずっとMissです」とモリーはどこか誇らしげに答えた。

「昔は結婚しない女性は結婚できない女性と軽んじられていたから、ある程度の年齢以上の女性にミスと呼びかけるのは失礼なこととされていました。でも本当は、結婚しない女性は単に結婚しないというだけでしょう。既婚かどうかで呼び分けることがそもそもナンセンスな話だったわけですが、これからの時代は生涯未婚であっても昔のように軽んじられることはないはずですから、私のような高齢の女性にミスと呼びかけても失礼にはあたらなくなるかもしれませんね」

「じゃあ先生はミス・守谷でいいですか」

「いいえ、残念なことに、今はまだ。そう呼んだあなたがたのほうが失礼に思われますから、教室ではミズ・守谷と呼んでください」

そこでみんなは彼女をミス・守谷と呼ぶようになった。少なくとも、教室の外では。

あれから四か月。今ではモリーの授業はほとんど無法地帯の自由時間だ。一部のまじめな子たちだけがちゃんと聞いているけれど、たいていはマンガを読んだりおしゃべりをしたり、手紙を回し合ったりしている。当てられたときにはわざとへたくそな発音で音読し、あるいは寝たふりでごまかして、まともにやろうとしないのだ。

「リピート・アフターミー」

「Repeat after me」

モリーの発音を石井絵梨が容赦なく茶化した。ハリウッド映画みたいな発音でモリーの言葉を繰り返す。モリーが絵梨の発音を称賛し、ぜひお手本をやってほしいと頼めば、絵梨はその言葉さえも英語に訳してみんなの笑いを誘っている。毎回、毎回。

絵梨はアメリカ育ちの帰国子女だ。明るくて物おじしない彼女はクラスのムードメーカー的な存在で、悪いやつではないのだが、気に入らない相手にはひどく攻撃的になるタイプであるらしい。そして彼女の矛先は、ずっとモリーに向いている。

「いま何て言ったんですか？　発音がへたすぎて聞き取れませんでしたあ」

「うけるー、アメリカじゃいまどきそんな言い方する人誰もいないんですけどお」

「まってまって、あんな発音じゃコンビニで買い物もできないよ」

後方の一角で盛り上がる絵梨と取り巻きたちの笑いは、カビが広がっていくように教室の空気を少しずつ変えていった。控えめにもれる笑い声、何も聞こえなかったみたいに教科書を見つめる強張(こわば)った顔、絵梨の発音をこっそりとなぞる呟き、モリーのカタカナ発音をことさら強調してふざける男子たち。ひそひそ声はしだいに大きくなり、笑い声にどんどん遠慮がなくなって、いまに至るというわけだ。

みんながどんな態度をとろうと、モリーは全然変わらなかった。小さな顔に大きな笑顔を貼りつけたまま、わざとらしい大きな身振りを交えて楽しそうに話し続けた。不気味で、いやみで、憎たらしいモリー。

なんかいやだよね、こういうの。

そう思いながらバナミも居眠りをし、手紙を回した。だって眠気は止められないし、モリーへの反感もまた止められなかったのだ。

——モリーの何かが、あたしたちを猛烈にいらだたせる。場違いさ。空回りのポジティブさ。あんなカタカナ発音で堂々としているところ。それでいてアメリカ人ばりの大げさな身振りを演じる滑稽さ。いい人そうなところ。馬鹿にされても平気な顔をしているところ。ミスで結構と開き直っているところも。

べつにきらいなわけじゃない。でも、なんだかいたたまれないのだ。気張っている感じがしんどい。つまり、気張って生きていかないといけないということをあたしたちにいやおうなく見せつけることによって、あたしたちをたまらなくみじめにしている。それは正しくモリーの罪だ。

それに、どんなに馬鹿にされても彼女が全然堪(こた)えないのは、自分たちに何と思われようがかまわないと思っているからに違いないと、みんな認め始めていた。そしてそのことにちょっとだけ傷ついてもいた。どうせうちらのことなんてどうでもいいんだ。モリーを拒否したのは自分たちのほうであるにもかかわらず、みんなますますモリーへの反感を募らせるのだった。

——それでもあたしは、そんなにひどくしなかったじゃないか。絵梨たちと一緒になって笑ったりもしなかったし、わざと無視したりもしなかった。なのにどうして、あたしにだけ、モリーは恥をかかせたんだろう。

気を抜いたら、涙がにじんできそうだった。

バナミは悔しさと恥ずかしさ、それにわけのわからない悲しさでいっぱいになった胸を大きく上下させて深呼吸した。何度か繰り返したら、それらは涙でなく怒りに変わった。それでいい。だって、そっちのほうが正しい。


「あたしも the だと思ったよー」

席に戻ったバナミに後ろの席から身を乗り出した庄司さんが小声で言った。

「a か the かなんて、うちらまだちゃんと習ってないもんねえ」

「え、期末で出たよ」と時田くんが横から口を挟み、「でもさ、結局どっちでもいいくらいの違いじゃなかった? しかも a は old の前だから an になるとか、ひっかけもいいとこだし」とその後ろの氏家くんがひそひそ声で慰めてくれる。

「だよねえ。気にすることないよ」

「うん」

バナミはあいまいな笑顔で頷いた。モリーは何事もなかったようにテキストに戻り、注意事項を板書している。その後ろ姿をちらちらと盗み見ながら、みんなは顔を突き合わせた。

「それにさ、最後のほうはもう英語関係なかったよね。何の話って感じだし。あんなの完璧やつあたりじゃない。絶対わざとやってたよ」

「思ったー。天然ぶってさ、いくつだと思ってるんだよって。うけるよね」

仲良しのユリがきりりとした眉をぎゅっと寄せて憤れば、庄司さんが大きく頷く。

「まあでも、知らなかったよね、オールドミスが英語じゃなかったなんて。英語の先生としては黙っていられなかったんでしょ」

「え、バナミちゃん優しい。庇ってあげるんだ、モリーのこと」

八つの目が一斉にこっちを向いた。バナミは慌てて言い添えた。

「そういうんじゃなくて、ただ、知らなかったなあってさ。ほらあたし、期末四十七点だったから」

「やだあ、ほんと？　それちょっとひどくない？」

「四十七はやばいよ井上さん、ぼくですらギリ五十いったよ」

呆れるみんなと一緒に笑いながら、バナミはひやりとした一瞬を忘れようと努めた。

「オールド・ミスという表現はみなさんご存じですね。いきおくれ、結婚できなかった女という意味で使われてきた言葉です」

さっき、バナミを横に立たせたまま、モリーはいつもどおりの明るい声で話し始めた。

「実はこれは英語ではありません。和製英語と呼ばれる、日本で作られた表現のひとつです。同じような意味で使われてきた表現は昔からいくつもあって、たとえば同じく和製英語のハイ・ミスという表現。日本語では行かず後家なんて言い方もあります。後家というのはいわゆる未亡人、つまり夫を亡くした女性のことね。行かず後家というのは、嫁いでいくこともないまま未亡人みたいに独身でいる女性を指します。私のようにね」

モリーは茶目っ気たっぷりに自分の胸に手を置いた。遠慮のない笑いが起こった。

「そういう表現はいくらでもあるのよ。私の若い頃には、女性の結婚年齢をクリスマスケーキにたとえるなんてこともありました。わかる？　二十四歳は二十四日、クリスマスイブだからみんなが喜んで買うでしょう。二十五歳は二十五日、クリスマスだからやっぱりみんなが買いますね。二十六歳は二十六日、二十七歳は二十七日。こうなってくると売れ残り。安く買いたたかれ、しまいには売れなくなってしまうという話です」

「じゃあミス・モリーなんかもうとっくに腐っちゃってるじゃん」

絵梨が大声でつっこんだ。手を叩いてげらげらと笑う彼女たちを、まじめな森下さんたちが嫌悪感を露わに横目でにらんだ。

「いくらなんでも失礼すぎない？　女の人はそんなこと言われて怒らなかったんですか」

委員長の岩倉くんが半信半疑の顔で尋ねる。

「時代というのはそういうものです。当時はそういった考え方がふつうだったし、いやなことを言うなあと思っても、わざわざ言い返したりもしなかったですからね」

「相手が怖いからですか？」

「いいえ、私たち自身も真実だと思っていたからです」

岩倉くんがぽかんとした顔で口をつぐんだ。

「時代遅れ……」と誰かの声がぼそりと響く。

「あはは、そうね。みなさんがそんなの時代遅れだと思うのなら、少しは時代が変わったと言えるのかもしれない」

「英語にはそういうのないんですか」

挙手して聞いたのは森下さんと仲のいい大橋さんだ。モリーはにっこりと頷いた。

「当然あります。いわゆるオールド・ミスという意味合いで使われてきたのは old maid という表現です。メイドというのはみなさんもご存じのとおり、女中さん、つまりお手伝いさんのことね。もともとは少女のことを広く指す言葉だったと言われています。この教室の半分がそうですね。それが古くなったら私、というわけ」

絵梨たちがまた笑う。つられたように小さな笑いがそこここで起こる。

「ちなみにオールド・メイドはババ抜きのことも指します。一人余ってしまうクイーンをババ、つまりおばあさん、すなわちオールド・メイドと呼ぶの。昔はジョーカーではなくクイーンを使っていたようなのですね。これはがみがみばあさんというような意味合いでも使われます。私はそんなにうるさくないと思いますけれど」

「はあ……」

だんだんと反応が鈍ってきた教室を気にせず、モリーは続けた。

「現在よく使われているのは spinster という表現です。スピンというのは回すという意味の言葉です。ほら、スピンするというでしょう。それで紡ぐという意味があります。眠り姫で糸車を回す、あれですね。spinster というのは紡ぐ人という意味の言葉。なぜ紡ぐ人が独身の女性を意味するようになったのか、考えてみるのもおもしろいかもしれませんよ」

「それ試験に出ますか」

飽きてきたらしい男子たちがわざとらしいあくび混じりの声で聞いた。モリーは困ったように片手を頬に当て、すまして答えた。

「そうねえ、期末試験は終わってしまったばかりだから……。よかったら夏休みのちょっとした課題にしましょうか？　ワークノートばかりではみなさんには物足りないですものね？」

「げー、やめてよー」

「おれら関係ないのにさあ」

男子たちが口々に異議を唱えた。モリーはみんなを見回して、「ではやめましょう」とあっさり言った。

「今お話ししたような言葉はいずれも上等な表現ではありません。ですので、たとえば I am an old miss. を I am an old maid. や I am a spinster. に言いかえたところで私自身の台詞としてはふさわしいものではないの。せっかくこんなに嬉しそうな顔に描いてくれたのだから、今度はもっと素敵な台詞にしてちょうだいね」

モリーはバナミを振り返り、ぱちりと片目をつぶってみせた。


マジ最悪。許せない。あんな人、大きらい。

バナミは放課後の渡り廊下を憤然と歩いた。こんな日に限って日直だから、黒板を消してごみ捨てに行き、日誌を返しにいかなければならない。

モリーがいたらやだな。

バナミは開きっぱなしの戸口から顔だけのぞかせ、職員室の中を確認した。一年担当の先生たちの席はいちばん手前の島。モリーはいないようだ。担任の後藤先生は自席で椅子に浅く腰かけ、だらしなく体をのばしてあくびをしていた。失礼しまーすと声をかけると「おう、バナミ」と手を上げた。

「先生、日誌」

「おう、ご苦労さん」

後藤先生は日誌を受け取り、チェックしながら「で、最近どうだ」と尋ねた。

「どうって?」

「中学生活は」

「ふつうです」

「ふつうか」日誌に判子を押してぱたんと閉じ、机の脇にひっかける。「みんなそう言うんだよな。悩みとかないのか」

「べつに……」

「それならいいけどな。ほら、おまえらみんな一人で思いつめていきなりやめるだのなんだの言うからさ。勉強でもなんでも、困ったら言えよ」

「はいはい」

バナミはいいかげんに返事をした。コントみたいだ。お互い本気ではないとわかっている。仕事だからそう言うけれど、実際に相談したらどうせ困った顔をするのだろう。

「おい、本当だぞ。とくにほら、おまえの部活、今朝また一人やめたみたいじゃないか」

「うそっ」

思わず顔を上げると、後藤先生はびっくりした様子で目を瞬(しばた)いた。

「え? おれ今、言っちゃいけないこと言った?」

「そうかも」

バナミはおざなりに頭を下げると、職員室を飛び出した。

「ミス・井上、廊下を走ると危ないわよ」

モリーの声が聞こえたような気がしたが、もうどうでもよかった。

2 中丸の乱

部室に飛びこんだときにはもう誰もいなかった。急いで着替えてグラウンドに出、目を凝らすとトラックのちょうど向こう側に見知った顔の集団が見えた。バナミは校庭を二分している野球部とサッカー部のあいだを縫うようにつっきり、ランニングしている一団に合流した。長いポニーテールを軽く引っ張り、「何周め?」と尋ねる。

「四周」

ユリは規則正しい息の合間に答えた。

「あと何周?」

「六!」

志田っちがぜいぜいしながら答えた。頭のてっぺんのお団子がバナミの鼻先でふらふら揺れる。

「やっぱりか。誰？」

「花村さん、二組の。聞いたの？」

「後藤先生が言ってた。今朝一人やめたって」

「朝一で、カッキーに、言いに行ったんだって。そんで、副部長が頭に来て」

苦しそうな志田っちを見かね、前を走っていたサッコがスピードを緩めて説明した。

「顧問より先に部長や自分に報告するべきでしょって、キレて。で、一年リーダーのくせに知らなかったって酒井が昼休みに責められて、責任とりますって、で、連帯責任で今日も十周」

「やめてほしいよね、連帯責任でランニング倍にするの」

「ほんとだよ。うちらが追い出したわけでもないのに、さ」

集団の最後尾をだらだらと走りながら四人は密談を続けた。こうでもしないとしゃべれない。ストレッチや筋トレの最中は酒井雫が目を光らせているし、コート際にいるときは先輩の目があってそれどころではないからだ。

「ねえ、そしたら朝比奈ちゃんフリーだよね。あんたら組んでもらえば？　今三人で回してるじゃない」とサッコがこそこそと言った。「あたし聞いてあげようか？」

「いいよ、まだ。あの子だって、今日知ったのかもしれないでしょ。気持ちの整理とか必要かもしれないし……」

ユリが慎重に答えると、サッコは「あ、そうか」と気まずそうな顔をして口をつぐんだ。それからしばらく誰も口を開かなかった。荒い息を吐きながら考えているのは、たぶんみんな、同じ人のことだ。

「あたし、やめるから」

　中丸はるかが突然そう言ったのは、六月に入ってすぐのことだった。先輩たちを見送って、もうもうと煙ったロッカールームでさらに自分たちに制汗スプレーを吹きつけまくっているときだった。

「やめるって？」ユリが何気ない調子で聞いた。

「部活。もう退部届出してきた。柿沼先生に、月曜」はるかはシャツの首元を引っ張り、ちょっと高い無臭のスプレーを惜しげもなく噴射しながら答えた。「だから今日が最後」

「え、ちょっとまって、それ本当のこと？」

　ユリが半笑いで尋ねた。バナミたちはにわかに緊張した。はるかがペアを組んでいるのはユリだ。相棒にさえ知らせずに、いきなり？

「本当。ごめんね。でももう無理。通ってたクラブに戻ることにした」

はるかは淡々と言った。四人共同のロッカーから自分のバッグを一気に引き抜く。剝がした名札シールを手の中で握りつぶし、着替えと一緒にバッグに放り込む。

「先生には秋まで待てって言われたんだけど、三年が引退したってうちらの状況が変わるわけじゃないし。二年になるまでなんて待てない、あたしは」

「そっか……」

　信じられない、と思えるほどの衝撃はなかった。どちらかというと、ついにきたか、という感想に近かった。寂しいけれど引き留めようがない。だってもうとっくに勝負はついていたのだ。はるかは実力勝負に勝って、そのために実力以外の勝負には負けていた。完全に。完膚なきまでに。

「悪いけどそういうことだから。ごめんね、おつかれ」

「おつかれ」

ユリだけがそう返した。そして、ロッカールームの扉が閉まった。

入部した一年が今年は例外的に多かった、というわけでもないのだ。今、二年生は八人、三年生は七人。でも二年生は最初は十五人いたそうだし、三年生だって今の倍の人数がいたと顧問の柿沼先生は言った。今年入った一年は二十一人。少なくはないが、異例というほど多くはない。

問題はコートの数が少ないことだった。テニスコートは二面しかなくて、片方は男子部のもの。なぜか水がたまりがちな右側が女子ソフトテニス部の領分で、当然全員は入れないし、試合形式の練習だってそうはできない。

だから慣例として一年はコートに入らないことになっている——ということを、部長は仮入部期間が終わってから明かした。一年は基礎練と雑用。夏までは主に体力づくりで、秋からはフォーム練習が加わる予定。二年になったら試合や審判をする機会が回ってくるので、それまでに自分のペアと絆を深め、先輩方の試合を見ながら基本的なルールを学ぶこと。

「本当に一度も試合しないんですか?」とはるかは目を丸くして尋ねた。「あたし経験者なんですけど。初心者みたいな練習しかできないってことですか」

「一年全員が初心者ってわけじゃないのはわかってるよ」と部長はおっとりと返した。「でも悪いけど、それとこれとは別なの。あんただけえこひいきするわけにもいかないし、うちらもそうやって上がってきたから」

「それに基礎練は大事だよ」と副部長も言った。「体力つけないと実戦ですぐばてるし、フォームを体に叩き込んでおかないと試合でも動けないでしょ」

「もちろんそうですけど、でも……」

「中丸さんはあれか、ジュニアで鳴らしてたんだっけか」柿沼先生が思い出したように言った。「きみのレベルでは確かに物足りないかもしれないね。でも学校には学校なりのやりかたがあるんだよ。一年でがっちり基礎を固めておくことが二年以降に実を結ぶのは先輩たちが証明してる。試してみたらどうかな」

「基礎練はもちろんやりますけど、それだけじゃ足りないと思います。数をこなさないと試合勘もつかないし……」

「中丸さん、学校の部活は、勝つことだけを考えればいいところじゃないんだよ。先輩後輩の付き合い方を覚えたり、一丸となって仲間を応援したり、そういう社会のルールを学ぶ場でもある。思い通りにならないこともあるだろうけど、そういうものだと思って楽しんでみたらどうかな。まだ入ったばかりなんだからさ」

「わかりました」

はるかはしぶしぶ引き下がり、みんなと一緒に基礎練に勤（いそ）しんだ。

グラウンド五周、外周二周、筋トレ・柔軟・ストレッチ。コート周りの草を抜き、石を拾い、落葉をはいてブラシをかけ、水たまりの水をとり、声出しをし、球拾いをし、球の数をかぞえ、なくなった球を探して木の中に棒を突っ込み、また球拾いにランニング……。

きつかった。小学校まで運動の経験がそれほどなかった子たちはランニングの途中で真っ青になり、何度もトイレに駆け込んだ。体力だけはあったバナミはなんとか持ちこたえたけれど、小柄なうえに生粋の文化系である志田っちは何度か早退した。はるかはけろりとしており、地域のバスケチームで鍛えていたユリもまた元気なうちの一人だった。どことなく雰囲気の似ていた二人はすぐに意気投合し、ユリとはるか、それにバナミと志田っちとの四人でつるむようになったけれども、後になって思えば、はるかの抱いていた不満の大きさには誰も気がついていなかったのだ。

中間テストの後に行われた球技大会。全学年がクラスごとに参加する、年に一度の大イベントだ。はるかは同じクラスの男子とペアを組んでテニス部門に出場した。隣のクラスのバナミたちが声援を送るなか着実に勝ち進み、あっさりと学年優勝を果たしたのち、副部長ペアによる二年の優勝クラスを撃破し、決勝戦では部長と男子部キャプテンのペアを文字通り打ち負かした。

夢みたいだった。バナミもユリも志田っちも、自分のことのように有頂天になった。大喜びして、大騒ぎして、鼻高々で部活に出た。これで何かが変わるだろうと当然のように期待していた。でも、そうじゃなかったのだ。

球技大会のことは誰も口にしなかった。あんなの、ただのお遊びでしょ。そうやって、何も起こらなかったみたいにいつもどおりの練習が始まった。ただ、はるかの扱いだけが変わった。

二年の先輩たちが彼女を無視し始めた。それから三年の先輩たちが。一年の中でもなんとなくみんながよそよそしくなり、三日も経てば彼女と口をきくのはバナミたちだけになっていた。

このままだとたぶん、あたしたちまるごとみんなから見えなくなるんだろうな。鈍感なバナミにだってそのくらいのことはわかった。それでもいいって思えるだろうか？　あたしは、ユリは、志田っちは？

一週間後にはるかが退部を申し出たとき、少しだけほっとしたのは自分だけだったのだろうかとバナミはときどき考える。

あれからひと月。

いなくなってしまえば、中丸はるかの名前は再びみんなの口に上るようになった。あれ、すごかったよね。うちらと同じ一年なのにね。スカッとしたよね。かっこよかったあ。

彼女の快挙は先輩たちの目のないところで繰り返し語られ、ちょうど社会の授業で習った事柄になぞらえられて《中丸の乱》と呼ばれるようになっていた。部活では口もきかなかったというのに、彼女と同じクラスの子たちは今では彼女にしょっちゅう話しかけては上達のコツを教えてもらったり、通っているテニスクラブについて尋ねたりしているらしい。

バナミはなんだか複雑な気持ちだった。あれからユリも自分たちも、気まずくてついよそよそしくしてしまうのに。

「まあ気持ちはわかるんだよね。ラケットさえ持てないなら、なんのために入ったんだって感じだし」と、サッコが弾む息のあいだで言った。「あたしだって、ずっとこんなならやめちゃおうかと思うもん。あんたらといるのが楽しいからいちおうは続けてるけど」

「二年になったらコートに入らせてもらえるって話だから、それまでは捨てたと思って我慢するしかないよねえ」

「でもこのままずっと球拾いだけなのつまんなくない？　せっかくラケット買ってもらったのに練習にも使わせてもらえないいんだよ。なんか親に悪いから、あたしたまに壁打ちとかしてちゃんと使ってるふりしてる」

　こそこそとしゃべりながらも、前を走る集団につかず離れずついていく。遅れすぎるとまた酒井雫に怒られる。同学年とはいえリーダーを仰せつかった酒井の権力は絶大だ。さぼっていると見なされたら一周か二周は増やされてしまうだろう。

「それにさ、今ならまだ間に合うよね？　《中丸の乱》」

　スピードを上げながら、志田っちがささやいた。

「今だったら、うちらがやめてもはるかのせいにできるってこと？」

　ユリが怒ったように聞き返すと、「そういうわけじゃないけどさ」と慌てて手を振る。「でも、どうせやめるんならそのほうが余計な争いしなくてすむんじゃないかって。先輩たちだってすんなり納得しそうだし」

「かもしれないけど……」

　ユリが悔しそうに唇をかむ。実際、はるかがやめてから、ぽつぽつと何人かがやめていった。彼女と同様、外部のテニスクラブに通いたいというもっともらしい理由をつけて。はるかとはしゃべったこともないような子が、さも、はるかに誘われたみたいな顔をして。

「でもはるかみたいな経験者ならともかく、うちらみたいなど素人がそんなこと言うのってなんかねえ」

「微妙に恥ずかしいよね。おそれ多いっていうか」

「それにやめるのもなんか悔しいんだよね。まんまと追い出されたみたいでさ。知ってる？カッキーたち、うちら一年をわざと減らそうとしてるって聞いたよ」

「どういうこと？」

「人数が多すぎるんだよ。七、八人がちょうどいいって部長と相談してるのを聞いた子がいるんだって」

「ひっどーい」志田っちが憤った。「なら、やめない」

「でも、しんどいよねえ」

堂々巡りの議論が続いた。いつものとおりに。そして誰かが言うのだ。持ち回りみたいに、思ってもいないことを、いやな手紙を回すみたいに。今日はバナミの番だった。

「まあ、さ。二年になればうちらもあっち側になれるんだからさ。あと数か月の我慢だよ」

「そうだね」

みんなはあきらめたように頷き合って、黙ってランニングに精を出した。ざ、ざ、ざ、ざ。砂を蹴って、砂を蹴って、ひたすら円を描くのだ。

3　マナミ

バナミちゃん、と呼ばれるたびに、自分のどこかがひっそりと笑う。まちがってはいないのだけど、完全に正しいわけでもないから。

あたしは本当はマナミというのだ。愛に実と書いて、マナミ。お母さんがそうつけることに決めていた。なのにお父さんがなぜかまちがって届を出して、あたしはバナミという名になった。俳句をたしなむおじいちゃんが芭波という当て字を考えてくれたおかげでふだんは漢字を使っているけれど、戸籍にはカタカナでバナミと載っている。

お父さんは鼻が詰まっていたとか書きまちがえたとかオンリーワンの名前がいいと思ったとか毎度しょうもない言い訳でごまかしていたみたいだけれど、本当のところは単純に恥ずかしかったからららしい。愛の果実だなんて名前を、ほかでもない父親の自分が届け出るのか。そう思ったら猛烈に恥ずかしく、誰に冷やかされるまでもなくはてしなく照れてしまい、どうしても記入できずにもごもご言ったのを係の人が何度聞き取ってもバナミにしか聞こえなくて、それでバナミに落ち着いたというわけだ。

あの日ついてってやればよかった、ごめんなあと、おじいちゃんはしょっちゅうすまながっていた。あたしは自分の名に慣れているので別段怒りはしなかったけれど、ああ、あたしは本当はマナミだったのだ、と何かがすとんと胸に落ちた。気づかなかっただけで、最初からそうだったのだ。そう、あたしはマナミなのだ。お父さんとお母さんの愛の果実として生を享けた、バナミではなく、マナミ。

そのときからあたしの心はマナミとして生きている。バナミという名前の自分を着慣れた服よろしくまとってはいるけれど、それはただの服であって、本当のところはマナミなのだ。

あたしはちゃんと、これからもバナミの人生を生きていくのだと知っている。それでもいいと思っている。夜寝る前、明かりを消して目を閉じて、バナミの一日を終了してから寝落ちするまでの数分のあいだにだけ、あたしはマナミの自分に戻る。今日も一日よくやったよねとバナミをねぎらい、バナミにはないやりかたで静かに微笑み、まならに素敵なものを思い浮かべる。

「バナミちゃん！　いつまで寝てるの！」

どどどどん、足音を轟かせ、おばさんがついに二階に上がってきたのでバナミはさすがに飛び起きた。

「ごめん、おはよう、何時？」

「七時！　もう、六時半から声かけてるのに」

「ごめんごめん、起きます」

転げ落ちるようにベッドから降り、時間割を確かめて教科書ノートをかき集める。おばさんはバナミとするりとすれ違い、バナミのベッドを乗り越えて洗濯かごを抱えたままベランダに出た。

「お弁当出してあるから、自分で蓋して包んでね」

「あーい」

「お箸入れ忘れるんじゃないよ」

「わかってるよ」

立ったまま靴下を履き、大きな声で返事をする。つまり、わざとバナミらしく。

起き抜けには、時差ぼけみたいにほんの少しだけずれている。マナミの自分がちょっとだけ残っている。それは誰にも知られなくていいことだ。マナミをそうっと自分の奥底におしこめて、バナミはバナミの一日を始める。

部屋を出ていこうとしたとき、おばさんがふと振り返った。

「あ、ねえ、先週の面談で先生が言ってた紙、ちゃんと書いたの？　出す前にちゃんとおじさんに見せなさいよ。大事なことなんだから」

「はいはい」

「ちゃんと希望通り書くんだからね。どこの学校に行きたいとか、どういう仕事につきたいとか。遠慮しなくていいんだからね」

「わかってますって」

続きそうなお説教を聞き流し、バナミは階段を駆け下りた。

進路希望調査票。おばさんは知らないことだが、これを書くのは実は二度目だ。期末のあとに配られて、書いて出したら後藤先生がもう一度よく考えてみろと突き返してきたのだ。考えてそれですと断言したら、おうちの人ともよく相談してみなさいと先生はなんだか嘘をついているような顔で言ったのだった。

進路の希望。それってなんのことだろう。将来の夢、というかやりたいことなら決まっているが、正直に書いたら突き返されたということは、まちがったことを書いたのかもしれない。

バナミは最初、第一志望に「トラックの運転手」と書いた。書き忘れたことに気づいて第二志望の欄に「(長距離)」と書いた。第三志望の欄には何も書かなかった。

トラックの運転手。それがバナミの将来の姿だ。そしてできれば、両親と同じように、夫婦で一緒に働きたいと思っている。

「だからそんなの、適当にそのへんの高校の名前書いとけばいいんだって。そしたら先生が入れそうとか入れなさそうとか言ってくるから。そのための先生だから」

ユリの言葉に、バナミは「だって高校行かなくていいんだもん、あたし」と頬をふくらませた。

「免許取れるまではどこかの運送会社で助手をやって、免許取れたら運転もできるでしょ。それでお金貯まったら自分のトラック買うんだもん」

「ベッドついてるやつでしょ」

「そう、後ろにね。うちの親が乗ってたようなやつ。楽しいんだよー、家ごと旅してるみたいなの。自由って感じ」

うっとりと思いをはせるバナミに、ユリが「いや、あんた乗ったことないでしょうよ」とめんどくさそうにつっこんだ。

「そうだけどさ。うちの親がいつもそう言ってた」

「って、おじいちゃんが言ってたんでしょ？」と、志田っちもにこやかに補足する。

「んん」

　バナミはむっと唇を尖らせた。ユリたちの言う通り、バナミに旅の記憶はない。二人でトラックに乗っていた両親はバナミが幼稚園のときに仕事中の事故で死んでしまって、バナミがあの巨大な車で旅したことは結局一度もなかったからだ。運転手と助手、交代しながら道が続くかぎりどこへだって走っていく、そういう仕事をしていたんだよと教えてくれたのはおじいちゃんで、本当はバナミ自身、両親のことはほとんど何も覚えていない。小学校からの付き合いであるユリも志田っちもそのへんの事情をよく知っていて、いまさら気の毒そうな顔をしないでくれるから、気楽に相談できるのだ。

「でも、実際そうだったと思うもん。自分たちのトラック買って、おうちみたいにテレビとか置いてさ、高知で朝日を見たその日に富山で夕日見るんだよ。日本中のおいしいもの食べて、きれいな景色見て、サービスエリアで休んでさ。温泉ついてるとこだってあるんだよ。そりゃ大変なことも多いんだろうけど、荷物運ぶのってインフレ？　インフラ？　とかいう大切な仕事なわけだし、そのうえ楽しいなんて最高じゃん」

「楽しいのはわかるけど、それ、おじさんおばさん的にはオッケーなわけ？　女の子がトラック乗るって言ったら、ふつう結構心配するんじゃないの」とユリが優等生らしく指摘した。

「わかんない。というか、言ってない。まだ」バナミはぼそぼそと答えた。「なんか怒られそうで」

「なら、まずそこからじゃん」と志田っちが呆れ顔をした。「やっぱ反対されそうなの？」

「反対っていうか、遠慮してるって思われるみたいでさ。働きたいって言うと、そんなのいいから勉強しなさいって言われるんだよね。しかも前にトラック乗りたいってちらっと言ったら、親と同じ死に方するのかっておじさんすごい怒っちゃって」

「ああ、なるほど……」

二人は神妙に顔を見合わせた。

「やっぱ高校行くって言ったほうが楽だよね」

「そうしてほしいんでしょ、おじさんたち的には。だったらとりあえず行かしてもらえばいいじゃない、高校出てからでもトラック乗れるでしょ」

「それはそうなんだけどさあ」

でもそうしたら今度はきっと、遠慮しないで好きな大学に行っていいんだよ、と言われそうな気がする。その次は、遠慮しないで好きな会社に行っていいんだよ。その次は、遠慮しないで好きな相手と結婚していいんだよ、かもしれない。そうしたら、いつになったらトラックに乗れるんだろう？

「遠慮したくねー」

思わず机につっぷせば、「あんた人生で一度だって遠慮なんかしたことないでしょ」とユリがぱしんと背中をはたいた。

結局、ユリの指導のもと、バナミは進路希望調査票を書き直した。高校の名前を近い順に三つ。おじさんは喜んでくれるだろうとは思っていたが、まさか仏壇に上げられるとは思わなかった。

「ちょっと待って、おじさん、それまだ決定じゃないからね。行けるかどうかもわかんないんだから」

「これから頑張ればいいことだろう。いやよかった、バナミが進路を迷っているって聞いたからおじさん心配してたんだよ。まだ一年だ、どこだって狙えるさ。必要なら塾に通ってもかまわないからな、そういうことは遠慮しないでどんどん言いなさい」

「あ、うん」

嬉しそうなおじさんに笑顔を返しつつ、バナミは夕飯の続きに箸をつけた。今夜のメニューはうどんに天ぷら。揚げたての天ぷらだけでじゅうぶんに豪勢なのに、おばさんは半額シールのついた餃子(ぎょうざ)をパックごとこちらに寄越(よこ)した。

「バナミちゃん、これも食べなさい。育ち盛りなんだから」

「あ、じゃあみんなで食べようよ。あたしこんなに食べれない」

「いいからいいから、遠慮しないで。おばさんたち、もうそんなに入らないんだから」

遠慮しないでいいよ、と言われるたびにバナミは遠慮しなければならないと感じる。そうして、遠慮しないでと言われても、あたしは生まれてこのかたこの家で暮らしてきたのだし、遠慮するのは後から来たそっちのほうなんじゃないかなと、ボールが弾むように自動的に思ってしまう。しかしここはおじさんの生まれ育った家でもあるのだから、後から来たのは自分のほうでもあるのは事実で、そうすると遠慮するべきなのはおじさんよりバナミより後になってからここに住み始めたおばさんなのではないかと疑い始める。けれど、結局のところおばさんはおじさんと同じ立場なのだから、遠慮しなければならないのはやはり自分のほうなのだろうと毎回結論づけることになる。

二人と調子を合わせて食べすすんだバナミは、ちょうどいいときを見計らって、もうおなかいっぱい、と言う。そう？　たくさん食べなさい、と言いながらおばさんは空になった食器を片付け始める。バナミは自分の食器をひとまとめにしておばさんの後をついていく。遠慮しているつもりはないが、うどんよりお蕎麦(そば)のほうが好きだとはまだ言えていない。

おじいちゃんと暮らしていたときは楽だった。おじいちゃんがうどんの日には自分用にお蕎麦を茹(ゆ)でたってよかったし、晩酌の長いおじいちゃんに付き合っていつまでも居間に座っていられた。おじいちゃんが好きだった刑事ドラマを一緒に見ながら宿題をしたりゲームをしたりしていた時間がときどき無性に懐かしい。買い物も掃除もごはんの支度も、その時々でやれるほうがやった。今よりずっと家事をしていたけれど、今よりずっと気楽だった。

追い立てられるように食卓を離れ、形だけ机に向かいながら考えるのはあの部屋のことだ。麻奈美――つまり、本物のマナミの。

4　三日間の休日

夏休み。休みなんて名ばかりだ。宿題は山のようにあり、部活は授業がないぶん長くなる。中学というのは本当にハードなところだ。こんなの全然休みじゃない。少なくとも夏休みの宿題なんて子供だましは、小学校で卒業だと思っていたのに。

「だからって、せっかくのオフを宿題でつぶしたくないなあ」とバナミはユリに文句を言った。

明日からの三日間の話だ。

午後練の後、先輩たちを送りだした一年生は帰り支度を急ぐでもなく解放感に浸っていた。明日から三日間、二、三年生は遠征を兼ねた合宿に出かける。そのあいだ一年生は休みとなる。貴重な貴重な完全オフだ。自主練を欠かさないようになんて先輩方は言っていたけれど、彼らが帰った瞬間にみんな三日間の使い道を話し合い始めていた。

「でも教科ごとに分担すればだいぶ楽だよ。まとめてやっちゃえば八月まるっとあくじゃない」ユリは熱心に言い募った。「あたしが英・国やるから、バナミが数学でしょ。志田っちが理科、サッコが社会と情報。そうすれば」

「それをわざわざ貴重なオフにやるのかって話だよ」とサッコがバナミに加勢した。「どうせ部活で会うんだからさ、宿題回すのなんていつでもできるでしょ。それよりネズミー行こうよ、ネズミー。酒井がさ、一年みんなで行こうって張り切ってるんだよ」

「ネズミーねえ……」

ユリは気が進まなそうに首を傾げた。

「せっかく完全オフなのに、わざわざ部活の人たちと行く？　遊びに行ってまで酒井にワーワー言われるのだるくない？」

「そんなの適当に流せばいいじゃん。ほら、うちら一年も最近微妙に空気悪いでしょ。先輩たちがいないときに集まれるめったにないチャンスなんだから、こういうときに親睦を深めるっていうのもありだと思うよ、あたしは」サッコが身を乗り出して主張した。「それに部活で行くって言えば、親も許可してくれるじゃん」

「でもお金かかるしなあ……」

バナミはとっさに計算を巡らせた。交通費、入場料、お昼代にお土産代。今月分のお小遣いは半分しか残っていない。もっと早く決まっていたならちゃんと貯めておいたのに……。

「あたし、パスで」

携帯をかちかちしていた志田っちが挙手をした。ネズミー大好きな彼女が、だ。驚いて見つめたみんなを彼女は平然と見返し、言った。

「いや、今度彼氏と行く予定だからさ。悪いけど財政的に二回は無理」

「ああ、そうかあ。彼氏かあ。じゃあしょうがないなあ」

サッコは大げさに崩れ落ちるふりをして、未練がましくバナミたちを見上げた。「……二人とも、行かない？　楽しいよ？」

「バナミ、どうする？」

「ごめん、たぶん無理だわ。子供だけでってなると、おじさんおばさんが心配するからさ」

「じゃああたしもやめとく。サッコはみんなと楽しんできなよ。同じクラスの子、いるんでしょ？」

「いるけどさ……。でももし行く気になったら教えてよね」

しぶしぶのような顔をして、でも敏捷に立ち上がったサッコは小鹿のように駆けていった。

部室棟の入口でたまっている酒井たちに合流したのを見届けてから、三人は足を投げ出し、あらためてだらりと背中をベンチに預けた。葉っぱ越しの空を見ながら「行きたくないわけじゃないんだけどね」「わかってるわかってる」と口々に呟く。

サッコの言うとおり、親睦を深めるのは大事なんだろう。でもなんとなく気が進まないのは、そんなに仲良くしなくてもいいように思うからだ。同じ部活、同じ学年だからといったって、みんなが親しいわけじゃない。今のところ一年はいくつかのグループになんとなく分かれていて、酒井ら部活に熱心なグループとクラスの目立つ女子を集めたようなグループは結束が固そうだが、そのほかは興味やクラスなどの関係でゆるく集まっている感じだ。バナミはユリと志田っちに加えてサッコとも仲良くしているが、サッコはバナミたちと親しく付き合うのと同時にテレビや男子の話題で盛り上がれる同じクラスの子たちともつるんでいるので、ことあるごとに向こうのグループにバナミたちを誘ってくる。一緒にお昼たべようとか、お揃いのグリップテープ買おうとか。でも彼女たちが始終話題にしているドラマやアイドルや男子の話にバナミたちは興味がないし、向こうだってこちらをガキっぽいと小馬鹿にしている。だったら必要なときだけ感じよくして、あとはそれぞれ好きにしたほうが、お互いのためにいいんじゃないかと思ってしまうのだ。

「で、どうする？　明日から」

「三人でどっか別のところ行こうよ。カラオケとかボーリングとかさ」

「いいね、買い物行く？　隣町の駅ビル、セールやってるって」

「行こう行こう。それでプリ撮ってゲーセン行ってマンガ買ってユリんちで読もう」

「いいよ。そのかわり宿題も分担してよね」

「わかってるよ」

いつものペースが戻ってきた。そうだ、楽しむのだ、と三人の心が言っていた。サッコには悪いけど、たまには部活から解放されたい。小学校のときみたいに夏らしく浮かれて過ごしたいのだ。あの頃はまだ自由だった。行きたいところに行って、やりたいことをやって……。

そんなことを考えていたバナミの頭に、ふと、ひとつの考えが浮かんだ。

「……ねえ、試合したくない？」

二人はがばりと体を起こし、驚いたような顔で答えた。

「したい」

そこで翌日、三人はラケットを背負って集まった。

学校はだめ。二、三年生の合宿に合わせて男子部が練習試合を組んでいて、コートを二面とも使うことになっている。体育館はバスケ部とバレー部が使っていて、明日も明後日もびっしり練習が入っているとのことだった。

学校裏の公園にテニスコートが二面ある。あそこなら使えるはずだと回ってみたら、高校生らしい人たちが大勢で練習していた。

小学校にコートはない。近くの広場にももちろんない。ちょっと遠い運動公園に自転車を飛ばしてみれば、十二面あるコートは大人のサークルや部活らしい集団で埋まっている。それならばと市立体育館に足を運んでみたけれど、室内コートも同様だった。

「予約が詰まっちゃっててねえ」と受付のおじさんがすまなそうに言った。

「明日はどうですか？　明後日は？」

「悪いけど、みんな一か月や二か月前から予約してるんだよ」

三人はがっかりした顔を見合わせた。もうお昼だ。一度帰って作戦を練り直すことになった。念のため宿題を持ってきてねとユリが抜け目なく釘をさした。

しかし午後に再び集まったとき、そのユリが思い詰めた顔で提案した。

「考えたんだけど、はるかの行ってるテニスクラブはどうかな」

「え？　どこって言ったっけ」

「隣町のデパートの上。もしかしたらコートだけ貸し出してたりしないかな」

「高いんじゃない？　それに通ってる人じゃないとだめなんじゃないの、そういうのは」

「でもほかに思いつかなくてさ」

いらだったようにストレートの髪をかきあげる。志田っちが「聞いてみればいいんじゃない？」と携帯を差し出した。「ユリが話してね」

「うん……」

ユリは受け取り、不安げな様子で通話ボタンを押した。十回鳴らしても応答がない。だめかなと思ったとき、「もしもし？」と小さな声が聞こえた。

中丸はるかは「聞いてみる」と言ってくれたらしい。折り返しを待つことになったと説明し、ユリはふう、と溜息をついた。

「——どうだった？」

「なんか、ふつうだったよ。試合したくなったって言ったら、わかるって笑ってた」鼻の頭を少しだけ赤くして携帯を返したユリは、「これでだめならあきらめよう」と乱暴な口ぶりで言った。

折り返しが来たのは三十分ほどしてからだ。

「コートを貸すのは、やってないって言われた」とはるかは残念そうに告げた。「レッスン生ならあいてるとこ自由に使えるんだけど……」

「そっか、わかった。じゃあいいや」ユリはさばさばと言った。「ありがとね」

「待って」いまにも切られそうになり、はるかは急いで続けた。「あのね、無料体験っていうのがあるんだけど、それを申し込んでくれたら、体験期間中はあいてるコート使えるんだって。一時間はコーチのレッスンを受けないといけないけど……。どうする？」

「コーチって大人？」と志田っちが横から尋ねる。「どうせ教わるならはるかがいいんだけど」

「あたしはただの生徒だから」はるかは困ったように返した。「いい人だよ、元プロの先生。ちょっと厳しいけど」

「無料って、全部ただなの？　いきなり行っても大丈夫なもの？」

「うん。あ、でも、親の承諾書みたいなのがいるんだった」

はるかが思い出したように付け加えると、ユリと志田っちは頭を抱えた。

「だめだ。そういうのうるさいんだ、うちの親……」

「うちも。絶対に根ほり葉ほり聞かれるもん」

バナミは携帯を受け取ってはるかに言った。

「ごめん、そういうのはやっぱりちょっと難しいかも。調べてくれてありがとね。それに、久々に話せてよかったよ」

「うん……」

電話の向こうではるかは何か言いたそうにしているように思えた。でも、黙ったままだった。

事態はふりだしに戻った。こんなにコートが見つからないとは思ってもみなかった。ネットを挟んで打ち合ってみたい。そんなささやかな望みさえ、こんなにも手の届かないものなのか。

「どうしよっか……」ユリが力なく呟いた。「ゲーセンでも行く？」

「宿題でもする？」と志田っちがぼそりと言う。「それならそれでいいよ」

そこで三人はラケットを背負ったまま、のろのろと図書館へと向かったのだった。

図書館は駅前通りを右に入ったところにある。通りかかった宝くじ売場に数人の行列ができているのを見て、志田っちが唐突に宣言した。

「あたし大人になったら宝くじ当てて金持ちになるよ」

「なにいきなり」と苦笑したユリに、「冗談じゃなくて」と志田っちは強い口調で返した。

「金持ちになって、家にテニスコート作るよ。そしたらうちら、いつだって練習できる」

「いいねえ」とバナミは笑った。「そしたらユリも金持ちになってよ。頭いいんだから東大とか行ってさ、社長になって、テニスコート作って」

「なにバカなこと言ってんのよ。自宅にテニスコートなんて、ちょっとやそっとの金持ちじゃないのよ。そんな簡単に作れるわけ……」

ユリは呆れたように受け流しかけ、ふと足を止めた。

「ユリ？」

二人が振り返ると、ユリはぽかんとした顔で言った。

「あたし知ってるわ、テニスコートのある家」


ずっと前に聞いたことだから今もあるかはわからない。そう前置きしてユリが語ったところによると、その家は駅の向こう側、ビル街から一本入った閑静な住宅街にあるらしい。

「うちのお父さんの友達がお花屋さんなんだけど、その人が毎週お花を届けに行くおうちにテニスコートがあるって言ってたことがあるのよ。使われてるの見たことないって言ってたから、もしかしたら貸してくれるかもしれない」

「実在するんだ。そんな家」

「まさか、うちの市内にねえ」

バナミはきょろきょろと周囲を見回しながら声を潜めた。自分たちが怪しく見えるのではないかと気になったのだ。

「で、どの辺だろう」

「教会の角を曲がったあたりって聞いたけど……。木に囲まれてる大きなおうちで、外からもテニスコートが見えるって言ってた」

ユリもしきりに首をめぐらせ、めあての家を探している。無謀だったかなと不安に思い始めたそのとき、マイペースに前を歩いていた志田っちが、「あったあ！」と嬉しそうに叫んだ。のばした指の先、木立の向こうにあったのは、確かにテニスコートだった。


押し問答の末に「こういうのはバナミでしょ！」と押し出されてしまったバナミは、しかたなく一人でその家の門を押した。頭上に張り出した松の枝をくぐり、こんもりと茂った植え込みの間を走る石畳をたどっていくと突然視界が開けた。平屋建てのどっしりとした豪邸が広大な庭に面している。青々とした芝生の一角には花壇に囲まれた東屋（あずまや）があり、その向こうにテニスコート。テニスコートの奥には雑木林が広がっていて街なかとは思えない風景を作り出している。木々の間にブランコやベンチが点在しているところは公園といっても通りそうだ。よく見ればお屋敷の裏手には別棟もあるようだった。

すごい家……。

バナミは思わず息をのんだ。ようやく玄関にたどりつき、呼び鈴を鳴らす。目立たない表札には「北原」とあった。しまった、何か手土産を持ってくればよかった。考えなしに来てしまったことを急に後悔し、バナミはひどく恥ずかしくなった。けれどももう手遅れだ。

しばらくして出てきたのは年配の女の人だった。亡くなったおじいちゃんと同じくらいの年齢だろうか。ハイライトの入った白髪まじりの短い髪。華奢な眼鏡をネックレスのようにかけている。すらりとした姿勢のいい人だが、地味な服装でお化粧もしていないように見えた。

「なにか?」と老婦人は尋ねた。笑顔ではないが、意地悪そうでもなかった。

「あの、あたし、井上といいます。市内の中学の一年です。いきなりうかがって変なお願いをしてすみませんが……」

バナミはしどろもどろになりながら、なんとか事情を説明した。

「——というわけで、もしよかったらお宅のテニスコートを使わせてもらえないでしょうか」

静かに話を聞いてくれていた老婦人は困ったように庭のほうを見やった。

「事情はわかりました。でもあれは古いし、もう使っていないのよ。掃除もほとんどしていないし、道具だってもうまともなのは残っていないと思うの」

「あ、掃除は自分たちでやります。もちろん道具も持ってます。コートを貸していただくだけでいいんです」

「そうは言ってもね。練習したいなら、うちのみたいないいかげんなコートじゃなくて、もっとちゃんとした施設を借りたほうがいいと思うわよ」

「どこもあいてないんです。今日になって探し始めたもので……」バナミは必死に食い下がった。「三日間だけでいいんです。あたしたち、これを逃すと次にいつコートを使えるかわからないんです。お願いします。お借りできませんか」

「でもねえ……」

頬に手を当てて考え込んでいた老婦人は、ふと顔を上げるとバナミの姿を上から下までじっくりと眺めた。ますます身を縮めるバナミを見下ろし、老婦人はようやく口を開いた。

「それならひとつ条件があります」


来た道を逆にたどって門まで戻ると、二人は心配そうに駆け寄ってきた。

「バナミ大丈夫？　全然来ないから心配したよ」

「ごめん、考えてみたら大変なこと頼んじゃったねって今話してたの。怒られてたんじゃない？」

「大丈夫。いいって」バナミは笑顔で伝えた。「コート、貸してくれるって」

「ほんと？」

ぱっと顔を輝かせ、歓声を上げた二人を招き入れながら、バナミは密(ひそ)かにさっきの老婦人の言葉について思いをめぐらせた。あの条件。いったいどういう意図だろう。

老婦人は言った。

「三日間、うちのコートをお貸ししましょう。そのかわり、あなたの一日を貸してください。出かける必要があるの。付き合ってください」

「あたしですか？　あの、あと二人いますけど」

「あなたがいいわ。背が高いからうまくすれば高校生にも見えるでしょう」

「高校生？」

「詳しいことはいずれ説明します。それよりあなた、お名前は？」

「井上です。井上バナミです。あの……」

いつものように聞き返されることを予想して、バナナじゃなくてバナミです、というお決まりの台詞を口に出す前に、老婦人は小さく微笑み頷いた。

「そう。バナミさん。いいお名前ね」

ぽかんとしたバナミに老婦人は「私は北原英子（えいこ）です」と丁寧に名乗った。

「さあ、お友達を呼んでいらっしゃい。ネットを出してきますから、庭で待っていて」

老婦人——英子さんはそう言うとさっと扉を閉めてしまったのだった。

「わあ、すごい！　広い！　ブランコもある！」

「志田っち、大きい声出さないの」

二人はバナミと同様に圧倒されながらも、遠慮なく庭に足を踏み入れていった。

「わあ、ハードコートだ。あたし初めて。ねえ、うちらのシューズ、オールコート用だよね？」

「そうだよ。これ履くの二回目くらいだよね」

静かな庭に能天気な声が響き渡る。あまりの場違いさにバナミは死ぬほど恥ずかしくなった。

「あんたたちさ、もうちょっとおしとやかに……」

小走りに寄ってささやくと、二人は「は？」と変な顔をし、それからぱっと姿勢を正して勢いよく頭を下げた。

「お邪魔してます！　コートお借りします！」

「はいはい」

英子さんが大きな風呂敷包みを抱えて歩いてきていた。

「これ、ネット。ぼろで悪いわね。張り方はわかるかしら。ギアが錆びついてしまっていないといいんだけど」

「大丈夫です」

バナミはずしりと重い風呂敷包みを受け取った。丁寧にたたまれたネットはいくぶん古びているけれど、使うのに支障はなさそうだった。三人はさっそくネットをポストに取り付けにかかった。ハンドルはきいきい鳴るものの、案外すんなりと回った。水平に張られたネットを見て英子さんがふと思案顔になった。

「そうか、あなたたちは軟式なのね。硬式用のボールならあるのだけど」

「持ってきたので大丈夫です！」と志田っちが元気に言った。

「テニスって、あとは何が入り用だったかしら。たいていのものは揃えていたはずだけれど」

「あの、箒があったらお借りできますか。砂だけ軽く掃きたいので」

「そういうものはあそこの物置にあるはずよ。なんでも好きに使って」

英子さんは庭の隅にある小屋を指さした。さっそく駆け出した志田っちを見送って、英子さんは「元気だこと」と小さく笑った。

「じゃあ、あとはご勝手に。ああ、洗面所は離れにあるのを使っていいわ。鍵は開けておくから、荷物を置いたり休憩したりするのもあそこを使いなさい。私は母屋にいますから、帰るときだけ一声かけてね」

「ありがとうございます！」

はいはい、と、軽く頷き、英子さんは屋敷の中に戻っていった。

5　初心者たち

こうして、完全オフの三日間が無事に幕を開けた。

「見てよ、コート初めて！」

「さっそくラリーやってみようよ」

「待って、その前に写真撮ろう」

三人は志田っちの携帯で写真を撮った。何枚も。だって初めてだったのだ。テニスシューズを履いてコートに入って、ラケットを握る。入部すればすぐにできると思い込んでいたことを、いま、初めて。

「グリップってこれでいいんでしょ」

「そうそう。で、前に向けてこう、振る？」

「それがフォアハンド？」

「たぶん」

「ねえ、打ってみようよ」

三人は念入りにフォームの確認をして——といっても、先輩たちの見様見真似だが——、ほとんど新品のボールを恐る恐る打ち始めた。素振りや壁打ちの真似ごとをちょこちょこしていたおかげで、恐れていたほどラケットに当たらないということはなかった。ほかの二人も同じようなもので、互いに打ち明けたことはなかったが、おそらく三人ともが密かに練習していたのだろう。いつか来るこの日のために、たとえまだ教わってはいなくても、ラケットにボールが当たるくらいにはしておきたかったのだ。

とはいえ、ボールを遠くに飛ばしたことはまだなかった。

とにかくコートで打ってみようというユリの提案により、先輩の真似をして一人ずつボールを敵陣に打ち込み始めた。

ぽーん、ころころ、ぽーん、ころころ。

「あれー、入んない」

「思ったより遠いんだ」

ネットに打ち込んでしまったり、ネットの手前でバウンドしたりと苦戦が続いた。

「バナミへたくそー」

「ユリどこ打ってんの」

「待って、今のなし、もう一回やらせて」

大笑いしながら球を追い、次はと意気込んで力いっぱい空振りする。

「見て、スマッシュ！」

「アウトー」

「え？　今、ボールどこやった？」

ベースラインをはるかに越えたり、高く打ち上げてしまったり。失敗を重ねながらも三人はだんだんと思ったほうに飛ばせるようになってきた。しびれを切らした志田っちが叫んだ。

「ねえ、ラリーやってみたいよう。そっちとこっちでさあ」

「一対一？」

「一対二でもいいよ」

バナミとユリはにやりと笑って駆け出した。

「さあ来い！」

急ごしらえの前衛と後衛に、「それは卑怯！」と志田っちが文句を言った。


「死にそう」

ついにコートに倒れこんだ三人は、大の字になってあえいだ。空気はいつのまにか青みを帯びて、ボールが見えにくくなっていた。気づけばもう七時前だ。もっと早く帰らなければいけなかったのに、やめようと言えなかった。

「《空に吸はれし十五の心》、だ」ユリが小さく呟いた。

「なにそれ」

「わかんない。なんかで見た」ユリは苦労して体を起こし、「どっちかっていうと地面に吸い込まれそうだよ」とぼやきながら乱れた髪を結び直した。

「帰るか」

「帰るか」

そう言って、バナミと志田っちも起き上がる。這いつくばるようにしながらボールを拾い、コートを整え、ネットも外して元のようにきれいにたたんだ。屋敷のほうを振り返ると、大きなガラス窓から明るい室内の様子がはっきりと見えた。広いリビングルームには大きなソファセットが並び、後ろの壁は一面の本棚になっている。正面には暖炉があり、その上には巨大な絵画が飾られている。現代的で豪華な室内だけれど、なんだかがらんとして見えた。姿勢よくソファに座った英子さんは膝の上に置いた本を読んでいるようだった。

「英子さん」

窓越しに呼びかけると驚いたように顔を上げ、内側から窓を開けた。

「帰るの？」

「はい。ありがとうございました」

三人は並んで頭を下げる。

「あの、ネットを」

「ああ、そのままでもよかったのに」そう言いながら、手をのばして包みを受け取ってくれた。

「それで、明日も来るのね？」

「はい！」

もう一度頭を下げて出て行こうとした三人を、英子さんは控えめに呼び止めた。

「ねえ、あなたたち……」

「はい？」

「聞きにくいんだけど、もしかして、すごく初心者なの？」

三人は顔を見合わせ、元気よく「はい！」と答えた。

二日目。

前日に引き続きすっきりと晴れた。三人はまた午前中に集まって、英子さんの家に向かった。今日は昼食持参だ。パンにスポーツドリンクに、カロリー補給の栄養ゼリー。新しいボールと空気入れ、予備のグリップテープにマメ対策の絆創膏も持ってきた。慣れない動きで腕や背中がぱんぱんだけれど、湿布とアイシングスプレーで乗り切るつもりだ。三日しかないのだ。無駄にする余裕なんかない。

呼び鈴を鳴らすと、迎えてくれた英子さんは「早いのね」と少し眠そうな声で言った。

「ご迷惑でしたか？」ユリが慌てたように聞いた。「一時間したらまた来ましょうか？」

「いいえ、大丈夫。どうぞ使って。離れも開けておいたから」

そう言ってすぐに扉を閉めてしまった。

九時じゃ早かったかな。

三人はばつの悪い思いで顔を見合わせた。お年寄りは早起きだから大丈夫。おじいちゃんがそうだったからとバナミが請け合ったのだけれど、もしかしたら人によって違ったのかもしれない。

離れの玄関を入ったところに、風呂敷包みが置いてあった。昨日たたんだネットだ。包みを解いたら、ネットの上に雑誌のようなものがあった。

「なにそれ」

志田っちがのぞきこむ。ずいぶん古いもののようだ。雑誌というより教科書だろうか。色あせて黄ばんだ紙をパラパラめくり、「英語じゃん」と顔をしかめた。

「英語の本？　あ、絵が描いてある」

「体育の教科書なんじゃない？」やってきたユリが気づいた。「ほらこれ、ランニングフォームの図解だよ」

「英子さんが出してくれたのかな。あたしたちがあんまり下手だから」

ページをめくって探してみたら、はたしてテニスのページが見つかった。文章はさっぱり読めないけれど、豊富な図解のおかげでわかりやすい。

「グリップの絵がある。指はもっと開くのか」

「ねえこのサーブの形やってみるから見てて」

三人はさっそく教科書を参考に練習を始めた。ボールもコートもここにあり、使いたければいつでも使える。ならば午前中くらいはフォーム練習に費やしてもいいと思えたのだった。

上げる・そらす・打つ。上げる・そらす・打つ。

ラケットを握り、最初はスローモーションで。

「面の向きが違う」

「体もっとひねるんじゃない？」

交代で教科書と見比べながら練習をしていたら、英子さんがやってきた。水やりに来たらしく、片手にホースを持っている。三人の様子をちらりと見て「ああ、使ってるのね」と言った。

「あの本、英子さんのですか」

「ええ、まあ。昔のものだから参考になるかわからないけれど、ないよりはましかと思ったものだから」

　英子さんはつっけんどんに返した。

「もしかして帰国子女なんですか。教科書、英語ってことは」

「いえ、違うわよ。私は英語科を出たから、どの教科でも英語の教科書を使っていたの」

「へえ……すごいなあ」

　バナミは教科書を手に取った。これは中学のだろうか、それとも高校の？　英子さんの年齢なら、少なくとも四十年、いや、五十年前のものということになる。よく今までとっておいたな、とバナミは感心した。きっとあれだけ大きな本棚がある家なら、すべての教科書をずっととっておけるのだろう。

「もし入り用ならあなたたちにあげるわ」

「いいんですか」

「ええ、私が持っているよりよほど役立つでしょうから」

　そっけなく言って、英子さんはふと空を見上げて目を細めた。

「もうそろそろお昼になるわよ。あなたたち、休みなさい。それとも一度帰る？　何か注文するなら頼んであげるわよ」

「いえ、持ってきましたから。離れのお部屋で食べていいですか」

「ええ、もちろん。何か欲しいものがあればお言いなさいね」

　そう言って、英子さんは花壇のほうに歩いていった。

窓の前は小さな坪庭。紅葉の若木がつくばいの上にさしかかり、水の上に涼しげな影を落としている。植え込みの竹によって洋風の庭と隔てられた離れは、母屋とは趣を異にした和風建築になっていた。荷物を置かせてもらっていた畳の広間は冷房がきいていて、座卓の上にはきんきんに冷えた麦茶がポットごと置いてあった。

三人は英子さんの心遣いに感激しつつ、いそいそとお弁当を取り出した。バナミは調理パン三個、志田っちはおにぎり二つにプリンを添えて、ユリは三種のサンドイッチにゆで卵だ。

学校の昼休みみたいなノリでにぎやかに食事を終えたあと、志田っちが取り出したビスコを分けて食べながら、満腹になった三人はついに畳の上に体を投げ出し、ごろごろしながら話し合った。

「午後はさ、また打ち合ってみようね」

「あの本にフォアハンドのフォームあったよね。バックハンドのも。あれ参考にしてみよう」

「いいね、一人がフォーム確認して二人が打ち合いすればいいいんじゃない？」

「そうしよう。時間で回そう」

「オッケー。うちら試合にならないもんね」

うつぶせのまま手を伸ばし、バッグから携帯を取り出した志田っちは、「あ、見て」と二人に携帯を突き出した。「サッコ」

二人は画面をのぞきこみ、ふきだした。

「今日行ったんだ」

「楽しそう」

ネズミーのキャップを被ったサッコがおどけたポーズをとっていた。サッコと仲のいい寺田さんに酒井雫、それにペアの片割れを失った朝比奈ちゃんも一緒に笑っている。

「酒井、エンジョイしてるなあ」

「解放感マックスだもんね」

いつもはぴりぴりしているけれど、酒井だって役目を離れればこんなに楽しそうにできるんだ。もしかしたら仲良くなれていたかもしれない。そのかわりにほかの誰かがリーダーになり、きらわれてしまっていたかもしれないけれど。

「ねえ、うちらも撮って送る？」

志田っちがうかがうようにバナミを見た。

「送らなくていいよ。でも撮ろう！」

「そうしよう！」

盛り上がった三人は、寝ころんだまま今日の記念写真を撮った。フォームの確認ができるかも、とひらめいた志田っちが携帯をコートに持ち込み、それぞれの写真を撮り合うことになった。


午後、またネットを挟んで打ち合った。相変わらずラリーは続かないものの、昨日よりましになっている感触はある。お手本と首っ引きでああだこうだと言い合っていると、ぴこんとかわいい音が鳴った。教科書係をしていた志田っちがタオルの上に置いた携帯を手に取った。

「あ、はるかだ」

「え？」

二人もラケットを下ろし、志田っちのそばに駆け寄った。

「どうしたの？」

「どこでやってるの、だって。はるかに写真送ったの。うちらもテニスやってるよって」

「ここ教えたら、はるかも来るかな」

「来れるかどうか聞いてみていい？」

「いいんじゃない。来れたらやろうよ、ダブルス。志田っちとあたし、ぼろ負け確定だけど」

「わかんないよー、ユリが足引っ張ってくれるから」

ふざけながら志田っちは巧みにボタンを押し、メールを送信した。ドリンク休憩がてら待っていたらすぐ返信が来た。

《今日は無理なんだけど、今度行くよ》

「明日は？」

《明日も無理。来週でもいい？》

あー、と三人は天を仰いだ。

「来週は部活始まっちゃうもんねえ」

「はるか、忙しいのかな」とユリが顔を曇らせた。「それか、うちらとやるのいやなのかも」

「そんなことないでしょ。単に忙しいだけだよ」

バナミは携帯を借りて《コート借りるの明日までなんだ。》と打ち込んだ。《でも、今度ね！》

返信はすぐに来た。

《うん。今度、ぜったい！》

「ちょっとは慣れてきたのじゃない？」

四時前。英子さんがふらりと庭へおりてきた。

「暑い中よくやるわねえ。お水はちゃんと飲みなさいね。すぐ汗で出ちゃうんだから」

「はーい」

こそばゆいような気持ちで、三人は一斉にいい返事をした。

「それに休憩もしっかり取らなきゃ。夢中になるのは結構だけど、あなたたち一時間近く動きっぱなしよ。少し涼しいところで休みなさい。おばあさんをあまり心配させないで」

「あっ、もうそんなに？　ごめんなさい」

三人は顔を見合わせ、謝った。あんまり楽しすぎたから、そういえば休憩を忘れていたのだ。

「すみません、うるさかったですよね」とユリが神妙に言った。「ご迷惑でしたか？」

「べつに大丈夫よ。うるさすぎたら言うわ」

「じゃあ、あの、明日も来ていいですか」

「ええ、もちろん。約束は明日まででしょう。それとも、もう疲れてしまった？」

英子さんはからかうように聞いた。

「全然大丈夫です。あの本のおかげでフォームもなんとなくわかってきたし……。試合なんかまだとてもできませんけど」

ユリが恥ずかしそうに答えた。

「昨日よりは様になってきたじゃないの。私たちだってその教科書で見様見真似よ。まずはフォアハンドをマスターしなさい。そうすればラケットの扱いがなんとなく理解できてくるから」

「英子さんも経験者なんですか」

バナミは驚いて尋ねた。

「そりゃあ、うちにあったし、多少はね。学校ではやらなかったけれどお友達と――」英子さんは、三人の瞳ににわかに宿った期待に気づき、急いで「何十年も前の話よ」と付け足した。

「勤めてからはほとんど触りもしなかったの。もうラケットなんて振り回す元気ないわよ」

「アドバイスだけでもいいんです」

「だめだめ、無理よ。他をあたって。いくらでもいるでしょう、経験者なんて」

そそくさと戻っていく後ろ姿を見送って、バナミはユリの手の中の色あせた教科書を見つめた。

「これ見て独学だったんだ」

ページに残った折り目やしみ。古いからだと思っていたけれど、使いこんだ証なのかもしれない。そう思うとなんだか心強かった。

「ってことは、うちらもこの本の通りにすればできるようになるってことだよね。俄然やる気がわいてきた」志田っちが胸の前でぐっと拳を握った。「上手になって、先輩たちの度肝を抜いてやるぞ。《中丸の乱》再びだ！」

「いつになることやら」ユリがくすくす笑いながら教科書を開いた。「とりあえず、まずはフォアハンドを制そう」


二日目は六時半に終了した。門から出た三人は、水の中から顔を出したときのようにほうっと大きく息をついた。

「豪邸だよねえ」志田っちが立派な松の枝を眩しそうに振り仰ぐ。「別世界に行ってたみたい」

「次元が違いすぎて酔いそう」と歩き出しながらユリも言った。「英子さんもさあ、本当のマダムってこんななんだなあって思うよね。全然気取ってなくて親切だし」

「ねー、あたし最初お手伝いさんかなって思ったもん。もっとケバケバした人にしっしって追っ払われる覚悟だったからびっくりしちゃったよ。でも本物のマダムはあたしたちなんかにも優しくしてくれるんだねえ。なんか尊敬しちゃう」

うっとりと語り合っていた二人は、ふとバナミの手元に目を留めた。

「バナミ、それ、本当にもらっていいのかな？」

「くれるって言ってたからいいんじゃないの？」バナミは教科書を自転車のかごに立てかけた。

「でも、本当は大事なものなんじゃない？　だって大事じゃなかったらわざわざとっておかないよ、学生時代の教科書なんて」と志田っちが訴えた。

「必要なとこだけコピーして返せばいいよ。どうせうちらテニスのページしか使わないんだし、三人とも持ってたほうが練習に役立つでしょ」

ユリがそう言って自転車にまたがり、「図書館寄ってこう」とぐんぐん走り出した。

図書館のコピー機で、テニスのページを三部。

見開きで大きなサイズ六枚になった紙をそれぞれ束ねて丁寧にしまった。

「これで家でも練習できるね」

ほくほく顔で帰ろうとした三人を、後ろのおじさんが呼び止めた。

「お嬢さんたち、忘れてますよ」

「え？」

バナミは荷物を確かめた。英子さんの教科書はちゃんと持っている。

「ほら、コピー機に残ってた」

おじさんが太い指で渡してくれた、小さくたたんだ白い紙。長方形の角が二か所対角線に折り込まれた、いわゆる手紙折りだ。

「あれ？　あたし落としたかな」

お礼を言って受け取ったそれに見覚えはなく、よく見るとずいぶん古びていた。

「それに挟んであったんじゃないの？」

志田っちが教科書を指さす。

「え、じゃあ英子さんのかな」

くるっと裏返してみたら、表にきれいな筆記体でイニシャルが記されていた。

From M, To A。

6　恋なるもの

「あれ？　Aって誰？　英子さんならEだよね？　これって英子さんのじゃないのかな」

「英子さんのでしょ、英子さんの教科書に入ってたんだから。それとも誰かのをまちがって持ってたとか？」

「やだなあ二人とも、そんなの《A》子さんの《A》に決まってるじゃないよ」

　志田っちが当然のように言った。

「いやいや、あの人、そんな感じじゃないでしょ。そんな駄洒落に付き合うタイプじゃないよ」

　ユリが呆れて言い返し、バナミもうんうんと同意する。しかし志田っちは、「わかってないなあ」とにんまりと笑った。

「あのね、これはそういう技なわけ。らしくない呼び名をあえて使ってるんだよ。誰かに拾われても、英子さんだってばれないようにね」

「なんでわざわざそんなことしなきゃなんないの？　スパイでもあるまいし」

「そうだよ。もしかして、やばい手紙ってこと？　カンニングの相談とか？」

「なんて野暮な女たちなんだ」志田っちは一瞬真顔に戻り、気を取り直して説明した。「あのね、ラブレターでしょ、そういうことするのは。付き合ってるのがばれないようにこうやってこっそりやりとりするわけ。さもなきゃわざわざイニシャルでなんか書かないし、大事にとっておいたりしないでしょ」

「あ。なるほど」

バナミとユリは啞然と顔を見合わせた。さすが志田っちだ。経験者の言葉は重かった。

「ねえ、ちょっとだけ見たくない……?」

その志田っちが丸い頰を好奇心に輝かせ、バナミの手から手紙を奪い取った。

バナミはユリと顔を見合わせ、きゃあっと手紙に群がった。

「見たい、見たい!」

「あたしにも見せて!」

三人は押し合いへし合いしながら古い手紙を回し合った。

「見てよ、このきれいな字。書いたの、きっと年上の人だよ。高校生とかさ」

「大学生かもしれないよ。ほら、家庭教師とか」

「ねえ、早く開いてみてよ」

「やばい、指が震えそう」

ユリが慎重に折り目を開いた。

ノートを切り取ったみたいな無地に、薄い色のインクで丁寧に手書きされた飾り枠。余白に描かれた上手とは言えないイラストは、昔の少女マンガ風だった。

「うわあ、これは」

「女の子だね。かわいい」

「ラブレターってよりは、うちらが授業中に書いてるやつだ」

「志田っちー、どういうことー」

「バナミだって家庭教師とか言ったじゃん」

かわるがわる手に取りながら三人はくすくす笑った。書いた子はたぶん自分たちと同じくらい。背伸びした感じの手作りの便箋には心当たりがあるし、こうしてイラストを添えるのもふつうだ。ラブレターでなかったことにがっかりしたような、でもどこか安心したような。見ず知らずの人の手紙のむずがゆいような気恥ずかしさも相まって、三人は口元にあたたかな笑みを残したまま手紙をそっと元のように折った。

「とりあえず、戻しとこう」

「そうだね。英子さんのかわかんないけど、その教科書の中にあったんだよ、たぶん……」

頭を突き合わせたところで、誰のものか突き止めようがなかった。びっしりと書かれた文章はすべて英語によるもので、しかもきれいな筆記体だったものだから、三人のうちの誰も読むことができなかったのだ。


いつもの角で二人と別れ、バナミは自転車にまたがった。たそがれどき、住宅街をつっきれば左右の家から夕飯支度のいいにおいが漂ってくる。焼き魚、甘い煮物、カレー……。

ぐーっと鳴ったおなかをおさえ、近道のために裏道に入った。あまり通らないようにしている道だ。昔はよく通ったけれどいつからか足が遠のいた、優太の家に続く道。

英子さんの家とは比べようもないけれど、優太の家も結構大きい。洋館風の二階建て。南側の道路に面した一階の窓があの部屋だ。あれからレースのカーテンは一番下までおろされたまま、明かりがともることもなくひっそりとしていたはず……。

ちらり、横目で確かめて通り過ぎるつもりだったバナミは「えっ」と声を上げて急ブレーキをかけた。

「うそ」

閉ざされているはずの窓が開いていた。それどころか、あの重たげなドレープは影も形もなくなっていて、かっきりと白い照明に照らされた部屋の窓には情緒のかけらもないブラインドが下がっていた。

あそこはまあちゃんの部屋だ。……だったのに、変わってしまった。どうして？　いつから？

バナミは自転車にまたがったまま茫然と立ち尽くした。何かのまちがいだ。光の加減で見まちがったのだ。しかし何度まばたきをしてみても、目の前の景色が変わることはなかった。

もっとよく確かめようと伸びあがったとき、ブラインドの向こう側で人影が動いたのが見えた。無遠慮な足音を立てて窓に向かってきたその人影は、学生服のかかったハンガーを窓辺にがちゃんとぶら下げ、すいと頭をめぐらすとまた足音を立てて部屋の中に戻っていった。

バナミは弾かれたように走り出した。

——どうしてあの部屋に男子なんか入れたの。

裏切られたみたいに感じ、泣きたいような気持ちで乱暴にペダルをこいだ。

三日目。薄い雲がかかっているが、なんとか一日もちそうな予報だった。ネットを挟んで打ち合えるのもひとまずは今日が最後だ。全力で楽しもうとの意気込みはラケットを握った瞬間にほんのり緩んで、昨日の続きが和やかに始まった。

「志田っち良くなってきたよー」

「ナイスナイスー」

「すごい、もう十五回続いてる！」

本当はもうだいぶ疲れていた。昨日とおととい、走りまくっている部活の日より運動量は少ないくらいのはずなのに、腕も脚もぱんぱんで体がぼんやり重かった。だからだろうか、みんなちょっとずつ力を抜いて、するとなぜか不思議なことにラリーがうまく続くのである。

「ねえ、あたしうまくなってない？　イメトレが効いたのかな」

志田っちが快調に打ち返しながら叫んだ。

「イメトレ？」

バナミもボールと一緒に叫び返す。

「フォームの絵、枕の下に敷いて、寝た！」

志田っちは、右手を高く振り上げ、ボールをネットに打ち込んだと思ったらその場に脚を投げ出して座り込んだ。シャツを引っ張って汗をぬぐい、のど渇いたぁとゾンビみたいな声で呻(うめ)く。

「それもう睡眠学習だから。トレーニングになってないから」

コート脇でカウントしていたユリがボールを回収し、志田っちをコートから引きずり出した。

「はい交代。コートチェンジ」

バナミはユリの指示通りに向こう側のコートに移った。ユリがきれいなサーブを打った。遅いけれど、ぴったりの位置に届く球だ。バナミはなんとか打ち返し、不意に思い出して「あ、ねえ」と声を上げた。

「そういえばさ、はるかとペア組んだ男子、誰だか知ってる？」

「え？」ユリは大声で聞き返し、力いっぱい打ち返してきた。「球技大会で？」

「そう、球技大会で！　男子部じゃないよね？」

「あのうまい人でしょ」と志田っちが横から言った。「光井（みつい）って人だよ」

「志田っち知り合いなの？」

「直接は知らないけど、鳥羽くん同じクラスだもん。東京から来たらしいよ。頭よくてやなやつだって」

「なにそれ」

「実力テストで一位とったんだって。なのに期末を白紙で出して保護者呼ばれたって。意味不明だよねえ」

「へえ」

「で、頭いいのを鼻にかけて性格も悪いんだけど、なぜかちょっと人気あるんだってさ。テニスもうまいし」

「あんたの彼氏、ひがんでるんじゃない？」とユリがからかった。志田っちは涼しい顔で聞き流し、「ちなみに、彼女はいないみたいよ。よかったね、ユリ」とにっこり笑った。

「はあ？」

ユリは声を裏返らせ、その拍子にボールを高く打ち上げた。

「アウトー」

志田っちがとことこボールを拾いに行ったのを機に、ユリはラケットを放り出した。バナミはユリのほうに歩み寄ってネット越しに「どういうこと？」と聞いた。

「どうっていうか……」

言葉を濁しているユリに、志田っちが拾ってきたボールをぽいっと投げつけた。

「一目ぼれしてたじゃん。好きなんでしょ、あの人」

にやにや笑う志田っちをユリは顔を赤くしてにらんだ。

「べつにそんなんじゃないし！」

「うっそだあ。ユリあのとき、途中からはるかじゃなくてあの人ばっかり見てたじゃん。バレバレだったよ」

「うまいなって思っただけだよ」

「でもあれから、一組通るときものすごいチェックしてるじゃん。気になってるんでしょ？」

「しつこいなあ、そんなことないってば！」

ユリがこれほどむきになるのは、本当だからだ。バナミは呆気にとられて二人を見比べた。

「あたし全然気づかなかった」

「バナミはほら、そういう話いやがるから。でもあたしは気づいてたよ。早く告りに行けばいいのになって思ってた」

「はるかと付き合ってるのかと思ってたから」ユリは拗ねたようにもごもごと言った。「それにあたし付き合いたいとかじゃないもん。ただ、いいなって見てただけ。だからバナミがもし気になるなら……」

「あたし？　あたしは全然そんなんじゃない」バナミは慌てて否定した。「違うの。昨日帰りに優太んち通ったらいたんだよ、その人が。だから、なんだあいつはって思って……」

「優太んちにいたの？　光井くんが？」

ユリが勢いよく聞き返し、志田っちが「優太って？」と首を傾げた。高学年になってから仲良くなった彼女は、そのへんの事情を知らないのだ。

「優太って、バナミの近所の子。幼稚園から一緒だったっけ？」

「うん。昔はしょっちゅう行き来しててさ……ほら、うちの親とかおじいちゃんが仕事のときに預かってもらったり、向こうの親がいないときにうちに来たり」

「その子の親もトラック乗ってたの？」

志田っちが尋ねると、ユリが「いや、優太のお姉ちゃんが体弱くて、しょっちゅう病院行ってたんだよ」とバナミの代わりに答えた。「だから、きょうだいみたいに育ったんだってさ」

「うん」

バナミは苦笑した。もう何度となく繰り返したやりとりだから、ユリのほうが説明がうまくなってしまっている。

優太はただの幼馴染だ。でもしょっちゅう一緒に帰っていたし、内気な優太はバナミの後ろに隠れがちなところもあったので、小学校ではよく茶化された。そのたびにバナミが語ってきたことをユリは隣で聞いていたのだ。

「――その優太のお姉ちゃん、まあちゃんっていうんだけど、その人のお部屋がすごく素敵だったんだ。レースのカーテンがかかってて、外国の人形とかたくさんあって。でもまあちゃんが死んじゃってからはずっとそのままだったんだよ。なのに昨日通りかかったら、前と全然違ってて……」

「で、光井くんがいたってわけ？」

「うん」バナミは力なく頷いた。「優太の部屋は二階だから、優太の部屋に遊びに来てたわけでもないと思うんだ。だから何がなんだか」

「聞いてみればいいじゃん、その優太に」と志田っちが簡単に言った。「それか、その光井に。推理するより楽だし、ユリも話せるチャンスじゃん」

「え、今日？」

「今日。そうすればすっきりするでしょ？　二人で行ってきなよ」

志田っちは強引に決めて、ラケットを手に立ち上がった。

「はい、じゃあそういうことで続きやろ。バナミアウト、コートチェンジ」

午前中打ち合って、へとへとになった三人は離れの和室になだれこんだ。座卓の上には昨日と同様、ポットに満タンの麦茶が待っていた。三人はさっそくなみなみと注いだ麦茶で乾杯し、「生き返るー」と叫んだ。

「スポドリもいいけどやっぱ麦茶なんだよねえ。英子さんよくわかってるわ」

　バナミはいそいそとコロッケパンを取り出した。

「わざわざ沸かしてくれるなんてね」と、志田っちが感じ入った様子でおにぎりの包みを開く。

「そんなわけないじゃん、お手伝いさんがやってくれたんでしょ。だってこんなお金持ちだよ?」とユリが言い、カツサンドにかぶりついた。

「でもそんな人いなかったよ。ピンポン押しても自分で出てきたもん」

　バナミが口を挟むと、「そのときはいなかったんじゃないの。昼間の何時間だけ来るとかさ」とユリが冷静に返した。

「じゃあ英子さん、その人とごはん食べてるのかな。一緒に食べませんかって誘おうか迷ったんだ」

「いやあ、一緒には食べないんじゃないの。お手伝いさんは作るだけでしょ」

　二人のやりとりを聞きながら、バナミはモリーのお説教を思い出していた。お手伝いさん――メイドさん。昔は少女のことをメイドと呼んだとか。あのとき、あたしたちはみんなメイドだとモリーは言ったっけ。それが古びたらモリーのようなオールド・メイド、やかましくて孤独ながみがみばばあ……。

　絵梨はあのとき笑ったけれど、なんだか必死に笑っていたように見えた。自分は絶対そっちじゃない、そっちに行かない、そんな感じに。

　あのときあたしは、そういうのやだなと思ったんだ。あっち側とかそっち側とか、何かを境に、まるでコートを変えるみたいに、自分をくるっと変えてしまうみたいなことは。そうしな

幽玄F

佐藤究

少年は、空を夢見、空へ羽ばたく——日本・タイ・バングラデシュを舞台に「護国」を問う、圧巻の直木賞受賞第一作。▼一八七〇円

夢分けの船

津原泰水

幽霊が出ると噂される風月荘七〇四号室を舞台に、「音楽」という夢の船に乗り合わせた人が奏る、切なくも美しい著者最後の青春小説。▼一九八〇円

ウミドリ　空の海上保安官

梶永正史

消えたタンカーを追え。B級映画のような言葉を遺して死んだ内通者。中国マフィアとある宗教団体の繋がりを摑んだ海保は……。▼一九八〇円

夢幻（ゆめまぼろし）

曾野綾子

最初期の短篇を中心に貴重な発掘作品の数々、初の単行本化！　短篇の名手として知られ、作家生活七〇年、曾野文学の新たな魅力に迫る！▼一九八〇円

モモ100%

日比野コレコ

モモの退屈な日常に彗星のごとく現れた、トリックスター・星野。愛すべき文体で綴られた、命綱代わりの恋の哲学。文藝賞受賞第一作！▼一五九五円

煩悩

私たちはほとんど一つだったのに、どうして——？　過剰に重ねる描写が圧倒的

ければいけないと思ってしまうようなことは……。

「何ぼーっとしてんの、バナミ。大丈夫?」

顔を上げると、ユリが眉を寄せてこっちを見ていた。

「あ、ごめん、大丈夫。コロッケパンがうますぎて魂抜けてた」

ふざけた白目で笑ってみせると、二人はほっとした笑みを返した。


お昼が終われば、また練習だ。特別なことを始めるより、ただコートの広さやネットの存在感を体に刻みつけたいと、三人は午前中と同じように交代制で乱打を続けた。しょっちゅうネットに阻まれるし、全然相手に届かなかったりするけれど、今はそれがたまらなく楽しい。気づけばみんな無言になり、真剣にボールを追っていた。楽しすぎると笑う余裕すらなくなるのだ。打ち、走り、拾い、打つ。三人は黒ずんだボールが見えなくなるまで駆け回った。

「三日間ありがとうございました!」

声を揃えた三人は、英子さんの前で勢いよく頭を下げた。

「はいはい、どういたしまして。あんなぼろコートでも、少しはお役に立ったかしら」

英子さんは相変わらずそっけない調子でみんなの顔を上げさせた。

「最高でした! コートでやるのは全然違って……」

バナミは外したネットの包みを差し出した。それから、あの古い教科書も。

「それはさしあげたのよ」

戸惑ったように頬に手を当てた英子さんに、ユリがきっぱりと言った。

「いえ、大事なものでしょうから。大丈夫です、みんなのぶんコピーしました」

「あら、そう」

英子さんは小さく微笑み、「三日間お疲れさま」と三人をねぎらった。

「なんかあっという間だったね」

「ねえ。でも、すごく長かったような気もする。不思議」

「信じられる？　明日からまた球拾いの日々だよ」

「そっちが本当なんだけどね」

志田っちと別れたあと、優太の家に近づくにつれてユリはそわそわとし始めた。例の光井くんとやらに会うのに緊張しているのだろうと思っていたら、意を決したように突然言った。

「バナミ、あたし今日やめとく。こんな汗まみれじゃ無理。今度にする」

「え？　いや、だってもう、すぐそこ……」

「ごめん、じゃあね」

ひらりと自転車に飛び乗り、脱兎のごとく逃げ出したユリの、見たこともない表情にバナミはちょっとショックを受けていた。真っ赤になって泣きだしそうな、必死な顔。あのユリがそんな顔をするのを初めて見た。

あの子、そうなんだ。本当に、恋をしてしまったんだ。

取り残されたような気持ちになって、バナミは夕暮れの道に立ち尽くした。

好きな人は誰、というのは、小学生の頃から大人気の話題だった。

あの子の好きな人はあの子、あの子の好きな人はなんとあの子。あの子が好きなの？　残念、あの子の好きな人とかぶっています。

なんでみんなそんな話ばかりするのだろう、とバナミはいつも思っていた。そもそも自分にはそういうのはまだわからない。けれど、クラス替えがあるたびに新しく好きな人を見つけなきゃいけない気持ちはもっとわからなかった。色鉛筆の箱の中から無理やり一本を選ぶみたいに好きな人を決めるのがいやだったし、そんなの不可能だと思っていた。「あいつは弟みたいなもんだよ」と言われるたびにむかついたけれど、「バナミはどうせ優太でしょ」と返して話を終わらせられることには多少感謝もしていた。それくらい、恋愛の話はわからなかった。

みんな本当に、その人のことが好きなんだろうか。聞かれるから適当に答えているだけなんじゃないか。そういう遊びなんじゃないだろうか。

たぶんそうなんだろう、とバナミは最近まで信じてきた。だってそうじゃなきゃおかしい。いくらなんでも、そう簡単に手近な誰かを好きになったりしない。

しかし中学に上がった頃から、そうじゃないかもしれないと思い始めた。志田っちに彼氏ができてバナミの恐れは的中した。みんな本当に恋なるものをしているのかもしれない、と。

もしかしたらそれは、みんなが言うようにとてもいいものなのかもしれない。楽しくて、素敵なものなのかも。でもあたしはしたくない、とバナミはさっきのユリの顔を頭から振り払おうとしながら強く思った。恋なんてなんだか気持ち悪い。それにマナミなら、きっと恋なんてしない。

「バナミ?」

声をかけられて飛び上がったバナミは、ゆっくりと振り返った。

帰宅したところらしい制服の優太が、怪訝そうに立ち止まっていた。すぐ横に立っていた噂の光井くんが、鋭い視線を投げてくる。

「あ、優太……」

「どうしたの?　なんか用?」

優太は聞き慣れないかすれ声で尋ねた。もう何年も話なんかしていなかったのに、まるでそのことに気づいていないようないつもどおりの調子だった。

「あ、うん、ちょっと宿題のことで……」

バナミは咄嗟に取り繕って、すぐに失敗したと思った。でも、もう後の祭りだ。案の定、優太は「じゃあ来れば」と平気な顔で家に誘った。

ふっくらとした白い頬に、眼鏡の奥のくりくり目。小柄な体にだぶだぶの制服を借りもののように着ている優太は、相変わらずそこらの女子よりよほど可憐だ。すらりとした光井くんはバナミと同じくらいの身長があるから、二人は友達というより先輩後輩みたいに見えた。

「わざわざ制服でどうしたの?」

「補習。ぼくはつきそいだけど」

「つきそいって?」

「暇だから一緒に受けてきた」

目を丸くするバナミを振り返って優太は「入りなよ」と促した。

「お邪魔します」

数年ぶりの優太の家だ。忘れていた懐かしいにおい。かつては自宅のように勝手に出入りしていたそこに、バナミは恐る恐る足を踏み入れた。

「おばさんは？」

「奥で仕事。あ、お母さんに用？」

「ううん」

広い玄関の隅にスニーカーを揃え、慎重に忍び足。そんなバナミを光井くんは呆れたように見ていたが、黙って手前の部屋に消えた。

先に立って自分の部屋に向かおうとする優太に続いて階段を上りかけたバナミは、優太の裾を引っ張って「ねえ、あの人、何」と小声で聞いた。

「あれ、光井って人でしょ。なんで優太んちにいるの。それに今、まあちゃんの部屋に入ってったよね」

「ああ、だってあの部屋、今あの子が使ってるんだもん」優太はこともなげに答えた。「翔ちゃんね。従弟なんだ。親が海外に転勤になったから、一年だけうちに住むことになったんだよ」

7　光井くん

宿題で悩んでるならぼくより翔ちゃんのほうがいいか。

優太はくるりと向きを変えると、バナミをせきたてるようにして上りかけた階段を下りた。

「大丈夫、翔ちゃん頭いいから。テストをボイコットしたからちょっと補習くらっただけで」

「へえ……」

バナミは背中を押されるままついに扉の前に立った。あの部屋の今を見るのが怖いような気がした。宝物が失われてしまう予感に、足がすくむような恐怖を覚えた。逃げ出してしまおうか？　おなかが痛くなったとか、急用ができたと言って——でも体が動かない。

《まなみ》のネームプレートのなくなった扉を、優太は静かな動作で開いた。

「翔ちゃん、バナミが宿題で聞きたいことあるんだって。教えてあげてくれる？」

「いいけど」

招き入れてくれた光井くんに会釈して、バナミは戸口から部屋を見回した。

「うわあ……」

薄々予想していた通り、何もかもが変わっていた。ほとんどまっさらと言ってもいい部屋のありさまに、バナミは息もできなかった。

全部なくなっていた。たくさんの飾りものも、絵も、花瓶も、クッションも。重厚なヨーロッパの家具は取り払われ、そのかわりに組み立て式のスチール棚が壁中を覆っていた。本棚のあったところにはオフィス家具のような白い机と椅子があり、同じく白いパネルのクロゼットとベッドが壁際に並んでいる。ふかふかの絨毯は固そうな黒いラグに変わり、まあちゃんの定位置だった窓辺にはもう何もなかった。

「まあちゃんの飾り棚はどうしたの」バナミは小さな声で聞いた。「椅子は？　ベッドは？　本棚も捨てちゃったの？」

「移しただけだよ。全部じゃないけど、リビングとかお母さんの部屋とかに。なんで？」

「ドアの、あの名前のプレートは？」

「プレート？　何それ」

優太はきょとんとした顔でバナミを見返した。バナミは信じられない思いで優太を見つめた。冗談を言っているのかと思ったが、そういうタイプでないことは昔から知っている。

忘れてしまったんだ。優太は、もう。

バナミはいきなりとてつもない疲労を感じた。この三日間の疲れが一気にのしかかってきたようだった。泥になってぐずぐずここで溶けてしまう前に帰ろうと、なんとか笑顔を浮かべた。

「ごめん、やっぱいいや。宿題は自分でやるから、もう帰る」

「そう？」

不思議そうな優太の横をすり抜けようとしたとき、黙っていた光井くんが「ねえ、バナミってことは、きみが例の《もう一人のマナミ》？」とからかうように尋ねた。

「まあちゃん、秘密、教えてあげる」

あれはいつの頃だったか。いつものように預けられて、祖父の迎えを待っていたとき。まあちゃんは起きていて、優太は――そう、まあちゃんの小さなテレビを借りて夕方の相撲中継を見ていたのではなかったか。

おばさんは膝の上に布を広げて縫いものをしていたけれど、珍しく居眠りをしていたのだ。チャンスだ、と思った。

バナミはまあちゃん――つまり、本物のマナミに、打ち明けたくてしかたなかった。自分もまた、マナミなのだと。

まあちゃんは神秘的なまなざしを虚空にひたと据えたまま、わずかに開いた唇のあいだから泡のような笑い声を「ふ、ふ、ふ」と立てていた。

バナミは彼女に慎重に近づいて、ザイホジと呼ばれる彼女の椅子にそっと手をかけ、耳元でささやいた。

「あのね、あたしもマナミなの。本当はまあちゃんと同じなの……」

ばかなことをした、と、今になれば思う。

そんなことを打ち明けてどうしようと思ったのだろう。秘密を共有することでまあちゃんの歓心を買いたかったのか。憧れのおひめさまであり本物の《まなみ》である彼女と、特別な絆を育めるとでも思ったか。あるいは彼女に成り代わって、自分が本物の《まなみ》としてあの部屋に君臨できるとでも考えたのだろうか……。

「なんで知ってるの」

「なんでって、そりゃ、聞いたからだよ」と光井くんは笑いだしそうな顔をして答えた。「一時期そう言って回ってたんだろ？　自分はバナミじゃなくてマナミだとかって。持ちネタがバナナじゃなくてバナミだってのに落ち着く前に」

「翔ちゃん」

　優太が焦ったように制止した。

「マナミでもバナナでもいいけどさ、おばさん、きみがそう言ってたのを聞いてぞっとしたんだって。だから麻奈美ちゃん——本物のほうの麻奈美にあんまり近づけないように気をつけたって言ってたよ。自分らは優太をきみんちにさんざん預けてたくせにさ。勝手なもんだよね」

　そうだったんだ。

　いつからか自分に向けられていた敵意のようなものの正体を知り、バナミは愕然とした。

　優太のお母さんがなんとなくよそよそしくなった時期のこと。参観日で将来の夢をテーマに作文を読まされたことがあった。優太は「バナミのトラックで世界を回る」とみんなの前で読み上げた。バナミはその頃トラックの旅は一人ではできないらしいと知ったところで、手近な優太を将来の相棒として熱心に誘っていたのだ。案の定二人は大いに冷やかされ、かわいそうに優太は泣き出して、散々な参観日となったのを覚えている。きらわれてしまったのは、てっきりそのせいだと思っていたのだが……。

「あたしがトラック運転手の娘だからきらわれたのかと思ってた。将来一緒にトラック乗ろうって優太をさんざん誘ったから」

「それもあるんじゃない。優太がきみにさらわれちゃったら、なんのために優太を育てたかわかんないんだから。まあ、麻奈美ちゃんが死んじゃった今となっては、もうどうでもいいのかもしれないけどさ」

光井くんはそう言って意地悪く笑った。


「優太、のど渇いた。コーラかなんか持ってきて。この人のも」

唐突な光井くんの命令に、優太は素直に従った。部屋のドアが閉まった瞬間、光井くんは「で、宿題ってどれのこと」と、打って変わって親切そうに尋ねた。

「数学？　理科？　持ってきてるんでしょ？」

「あ、いや」バナミはきまり悪く目をそらした。「やっぱりいいや。本当はちょっと通りかかっただけだし」

「ちょっと？　それにしちゃ、ずいぶん熱心に優太の部屋を見上げてたじゃないか。昨日からさ」

光井くんはにやにやしている。一気に顔が熱くなるのを感じた。

「優太じゃない、まあちゃんの部屋だよ！　電気がついてたからどうしたのかと思ったの！　そしたら見たことある男子が我が物顔でいたからびっくりして」

「それでわざわざ確かめに来たのか。道理で、どう見ても部活帰りにしか見えないわけだ」

くくくと笑った光井くんをにらみ、バナミは開き直って尋ねた。

「それより、あんたなんなの？　本当に優太の従弟なの」

「おれの母親がここのおばさんの妹だからね。ほとんど付き合いなかったんだけど、うちの親の海外赴任が決まったから今だと思って居候させてもらいにきたんだ」

「どうしてわざわざ」

「優太に興味があったから。同い年の従兄なのにろくに会ったこともなかったから、ずっと気になっててさ」

「だって光井くん、東京から来たんでしょ。家が遠いならそうは会わないよ」

「外国じゃあるまいし、たいした距離じゃないよ。それなのに初めて会ったの麻奈美ちゃんの葬式のときだぜ。だから変だなって思ってたんだよ。おれさ、実は疑ってたんだ。優太はおれの双子の兄弟じゃないかって」

「はあ？」

思わず大声を出すと、光井くんはしいっと声を下げさせた。そして潜めた声で早口で言った。

「だっておれら誕生日も一週間しかちがわないんだぜ。名前だって翔太に優太だ。うちにはおれらが二人乗りのベビーカーに乗ってる写真もある。だいいち、優太は麻奈美ちゃんと七つも離れてるんだぞ。姉弟というにはずいぶん歳が離れてる。ってことはつまり、そういうことじゃないのか」

「そういうって？」

要領を得ないバナミに光井くんはもどかしそうに説明した。

「だからさあ、ここのおばさんは、一生動けない麻奈美ちゃんの世話を託すために、双子の一人を引き取ったんじゃないかってこと。そう考えるといろいろ辻褄（つじつま）があうんだよ」

「ありえないでしょ、そんなこと。だいたい、あんた、優太と全然似てないじゃない」

思わず笑ってしまったバナミに、光井くんはむっとした様子で反論した。

「うるさいな、二卵性だったら似てなくたって全然不思議じゃないんだよ。双子なら通じるところもあるって言うだろ。だからともかく、確かめてみようと思ったわけ」

「確かめてどうしようっていうの」

「うちに連れて帰る。うちの親が来年海外から帰ってきたら一緒に暮らすつもり」

光井くんは切れ長の目に決意をみなぎらせて宣言した。

「へえ……」

光井くんには悪いが、あまりにも荒唐無稽（こうとうむけい）な話だ。ありえないし、仮にそれが真実だとしたって優太を連れ帰るなんて勝手に決められるわけがない。

バナミは視線をそらし、あらためて部屋のありさまを眺めた。こんなの悪夢だったらいいのに。本当は部屋は昔のままで、ここにいるのも光井くんなんかじゃなくてまあちゃんだったらいいのに……。

「ねえ、ちょっと。バナミさん。井上バナミさん」

黙りこんだバナミを光井くんがちょいちょいと呼んだ。

「なによ」

冷たい声に頓着することなく光井くんは言い募った。

「何、じゃなくてさ。協力してくれないかな？」

光井くんはドアの外を気にしてこそこそと言った。

「この一年で証拠を摑むつもりなんだ。考えてみたらきみのほうが知ってるだろ、優太のことも この家のことも」

「もう変わっちゃってるじゃない。だいたい証拠っていったって、何を探すつもりなの」

「それだよ。うちにはそれらしいものは例の写真しかなかったんだ。母子手帳がいちばん確実だと思ったんだけど、うちの母親、大事なものの引き出しには鍵をかけちゃっているからさ」と光井くんは腕組みして忌々しそうに言った。「だったらこっちの家で何か見つけるしかないじゃないか。昔のものとか。でも勝手に家探しするわけにはいかないし、優太に聞くわけにもいかないだろ。きみ、何か知らない？　優太が途中からこの家に来た証拠とか」

「いやあ……」

バナミは眉間にしわを寄せて考え込んだ。

「途中から来たって言われたって、いつのことだかわからないしさ。少なくとも幼稚園には最初からいたと思うよ。幼稚園に入る前だって近くの公園でよく一緒に遊んでたらしいけど、さすがに覚えてないんだよね。うちの親が生きてたら聞いてあげられたんだけど」

「確かにおれも、入園式のときは一人だった覚えがあるな。七五三のときも一人だったはず。写真があるから」

光井くんも真剣な顔つきで両腕を組む。

「ということは、赤ん坊のときに連れて来られたのかな」

「そもそも連れて来られたのかなあ。おじさんもおばさんも、優太のことふつうに息子扱いしてる感じだったけど」

「それならそれでいいんだよ。優太だって何も疑ってないみたいだし、ふつうに幸せそうだし。でもさ、もし、優太がおれの兄弟だったらと思うとさ」

光井くんは悔しそうに目の前の扉を見つめた。

「だって、おれだったかもしれないわけじゃん。おれがここで一生従姉の世話をして、優太がおれんちでおれみたいにのんきに暮らしてたかもしれないだろ。おれたちどっちも選んでないんだ。だからさ……」

バナミは光井くんの言葉を疑いながらも、ほんの少しだけ想像してみた。もし、幼い日を一緒に過ごしたのが優太でなくこの人だったら。おとなしくてマイペースな優太でなく、この、えらそうでちょっと意地悪な光井くんだったら、あたしはあの、世界中から置き去りにされたような時間をうまくやり過ごすことができただろうか？　それに光井くんのほうだって、あの止まったような時間に耐えることができただろうか？

「とりあえず、アルバム見せてもらったらいいんじゃないの」

バナミはそう提案した。

「アルバム？」

「うん。おうちの、ううん、まあちゃんのかな。おばさん何冊も作ってたよ、まあちゃんの記録みたいなの。こんな分厚いアルバムにしょっちゅう写真を入れて、日記みたいなの書いてた」

「それどこにあるんだろう」

光井くんは一気に目を輝かせた。

「昔はまあちゃんの本棚にあったけど。優太に聞けば？」

「おれがいきなり麻奈美ちゃんのアルバム見たいなんて言ったら怪しまれるじゃないか。きみがうまいこと言ってくれないかな」

「あたしが？　あたしだって怪しまれるよ。見たがる理由もないんだから」

「そこは懐かしくなったとか、適当に理由をつけてさ。きみ、さっきこの部屋見てすごい怒ってたじゃないか。元の部屋を思い出したいとか言えば口実になるだろ」

「勝手なこと言わないでよ」

バナミは途方に暮れた。そもそも光井くんの言い分を信じているわけでもないのだ。しかし

――

「なあ、頼むから」

バナミはいかにも不本意そうな顔をして「しかたないなあ」と言った。「いいけど、それならあんたも協力してよ。あたしたちにテニス教えて」

「はあ？」光井くんが目をむいた。

「うちら、部活ではまだラケットも持てないからさ、自分たちでこっそり練習してるの。経験者としてアドバイスしてよ。夏休み中だけでいいから」

そっちがいやなら、べつにいいけど。高飛車に言ってやったら、光井くんは気乗りしない様子で渋々ながら頷いた。

「うちらってことは、他にもいるの？」

「友達。二人いる」

　バナミはにんまりと笑った。

「ごめん、お茶しかなかったよ」

　優太がお盆を持って戻ってきて、二人は慌ててそっぽを向いた。

「宿題進んだ？」

「うん、まあ」光井くんがそしらぬ顔でごまかした。「そんなことより、この人が優太にちょっと頼みがあるってよ」

「なに？」

　床に正座をした優太が不思議そうに見上げた。

「あ、ええとね。この部屋、っていうかまあちゃんのことが、すごく懐かしくなっちゃって」

　光井くんの視線を感じながらバナミはへどもどと説明した。

「なんというか、昔はどうだったかなあって思って。あたしほら、まあちゃんのことすごく憧れていたからさ。アルバムとか見たいなあって思ったりして……」

「アルバム？」優太が首を傾げる。「アルバムなんてあったっけ？」

「ほら、おばさんがまあちゃんの写真を貼ってたやつ。緑の表紙に金色の文字が書いてある……」

「ああ、あれ。べつにいいけど」

　優太は不思議そうな顔をしながら、立ち上がって部屋を出て行った。

次に扉が開いたとき、入ってきたのは優太のお母さんだった。

8　おひめさまの服

「しばらくね、バナミちゃん」

数年ぶりに顔を合わせた優太のお母さんは、ずいぶん印象が変わっていた。ひっつめていた長い髪には華やかなパーマがかかり、まあちゃんと姉妹みたいに合わせていたゆったりしたワンピースでなくシンプルなポロシャツにジーンズ姿だ。優しげに細めた目にはかつて浮かんでいた嫌悪は読み取れなかったけれど、バナミは反射的に体を固くした。

「ごぶさたしてます。勝手にお邪魔してすいません」

「なに言ってるの。めっきり来てくれなくなっちゃって寂しいなって思ってたのよ。お姉さんになったわね」

「いえ……」

おばさんは数冊のアルバムを胸の前に抱えていた。その後ろでは優太が同じくアルバムを持って立っている。

「こんなの見たいなんて言ってくれる人いないから嬉しいわ。麻奈美も喜んでいると思う」

「突然ですいません。急に懐かしくなっちゃって」

「いいのよ。でも、もし宿題か何かで使うつもりだったら……」

「そういうわけじゃないです。ただ見たいだけで」

光井くんとちらりと視線を交わし、バナミは慎重に答えた。

「それなら大歓迎。いくらでも思い出に浸っていって」

おばさんはにこにこ笑って、アルバムをそっくりバナミに手渡した。けだるい腕に、ずしりとした重みがかかる。

「あ、よかったらお夕飯食べていかない？　今夜はトマトの冷たいお蕎麦なの。あなたあれ好きだったでしょう」

「いいです、すぐ帰りますから」

「遠慮しないで。ほかならぬバナミちゃんでしょ、家族みたいなものじゃないの。そのかわりおうちには自分で電話すること。電話の場所はわかるわよね、前と同じよ、階段の下」おばさんははしゃいでいるように見えた。「帰りは男の子たちに送って行かせるからって言ってね、近所でよかった、すぐそこだものね。それじゃあごゆっくり、準備できたら呼ぶから」

早口に言い終わるとおばさんは風のように出て行ってしまった。口を挟むこともできなかったバナミは、どうしよう、とどちらにともなく聞いた。

「食べてけばいいじゃん。お母さん、やたらテンション上がってるし」

優太がちょっと恥ずかしそうに言って、持っていたアルバムをバナミに差し出す。

「ああ、重かった。埃に気をつけて」

「うん、ありがと」

バナミは言葉少なに礼を述べた。目の前には十冊ものアルバム。一番上に手を伸ばしたら、上から新しい順ね、と優太が注意した。

「いちばん新しいのは、バナミが知らないときのだから持ってこなかったよ。最後に入院したときのだから」

「わかった」

「あと、お姉ちゃんが元気だった頃の写真はこのアルバムじゃないんだって。四歳だったかな、そのへんから始まってるから」

「元気だったってどういうこと?」と光井くんが不思議そうに尋ねた。「麻奈美ちゃん、生まれつきなんじゃ」

「違うよ。高熱出して脳症っていうのになって、それであんなふうになっちゃったんだ。ぼくもよく知らないけど」

優太はそう言ってしゃがみ、アルバムの塔から一番下を引き抜いた。

「ほら、これ。これが最初」

そこには色あせた写真があった。病院のベッドの上の小さな女の子。あどけない寝顔であるが、腕や鼻に繋(つな)がれているチューブが痛々しい。

「これ、まあちゃん?」

「そうなんだろうね。見たわけじゃないけど」

優太はぺらぺらとページをめくっていく。治療中の写真が多い。《退院延期》《重症心身障害》《完治見込無》手書きの文字がところどころ乱れていた。見ていられなくてバナミはこっそり目をそらした。光井くんも同じだったらしく、「優太はどこに写ってんの」といきなり話題を変えた。

「ぼく?」

優太は一冊目をぱたんと閉じて別のアルバムを探し始めた。

「ぼくが生まれたのはこれより後だから、三、四冊目からじゃないかな。でもぼくそんなに写ってないよ、これお姉ちゃんの記録だから」

「あ、そうか。じゃあ」

光井くんはさっそく中頃のアルバムを手に取った。

「なに、翔ちゃん、ぼくの写真見たいの」と優太がおかしそうに聞いた。

「いや、そういうわけじゃないけどさ。そうだ、優太のアルバムは? 優太のアルバムも持って来いよ、そっちのにもほら、麻奈美ちゃん写ってるだろ?」

「ぼくのはないんじゃないかなあ。記録する用事もないし」

「そっか」

光井くんは残念そうに言って、またアルバムをぺらぺらとめくり始めた。

「バナミもときどき写ってるよ。どのへんだったかなあ」

優太もアルバムを眺め始めた。バナミも新しいほうの一冊に手をのばした。

ああ、まあちゃんだ……。

そこには美しい少女がいた。あの夢見るようなまなざし。一筋の乱れもないつややかな髪、青いリボンのワンピース、首元に扇のように広がるフリルのレース飾り。絵本の世界のお姫様が、ふっくらと赤い唇に気まぐれな笑みを浮かべている。

忘れたことなんかなかったけれど、懐かしさに胸がきゅうっとしめつけられるようだった。バナミは次々とページをめくった。そう、この紫の小花のブラウス、覚えている。星空のスカートも、レースの髪飾りも。

ゆらゆら揺れる鳥のモビール、光を受けて虹色を放つクリスタルのピラミッド、回転木馬のオルゴール、ころころと涼しげな音のする竹の風鈴。そうそう、あった、あった。まあちゃんはきらきらしたものや動くもの、音の鳴るものが好きだった。みんな行く先々で見つけたものをこの部屋に持ち寄ったものだ。歌って踊るキリンとか、屋台の光るブレスレットとか、遠足の水族館ではバナミも鈴のついたラッコのキーホルダーを買ってきたっけ。

「こんなだったよね」

バナミが床に広げたアルバムをのぞきこみ、優太も「そうだったね」と頷いた。

「ぼくらが年長さんくらいのときかな。この頃バナミ、よく来てたよね」

「そうそう、うちの親が死んじゃって、おじいちゃんが忙しくしてたときだ。幼稚園から直行して寝るとこまで面倒みてもらってたよね」

「この頃はお姉ちゃんも元気だったんだよね。ちょうど今のぼくらと同じくらいだ」

優太は珍しいものを見るようにまあちゃんの写真を見つめた。

「大人だと思ってたけど、こうして見るとお姉ちゃんも子供だったんだね。ぼくに、っていうより、うちのクラスの高瀬さんにちょっと似てない?」

「ああ、本当だ。この角度だけな」

　光井くんもやってきて二人で盛り上がっている。

「それにしても、ずいぶんごちゃごちゃしてるね。棚の上まで飾りものびっしり」

「お父さんがどこ行ってもお土産買ってきたんだよ。新しいものは刺激になるからってどんどん増えて。人形が全部こっち向いてるから夜ちょっと怖かった」

　優太は調子よく話している。自分だって水族館で光るイルカを買ってきたくせに。バナミは二人にかまわずページを繰った。

「あ、これ、お正月だ。このときお母さん、お姉ちゃんに振袖着せたんだ」

「なんで首にタオル巻いてんの。せっかく振袖なのに」

「ごはん食べるとき、こぼしちゃうからだよ。とろとろのものしか食べられなかったから、スプーンでちょっとずつ飲ませるんだ」

「ふうん。これ車椅子？」

「これは座位保持（ざいほじ）っていって、体を固定する椅子。支えないとふにゃふにゃしちゃうから、クッションとかベルトとかでいい感じの姿勢を保ってくれるんだ」

「へえ。ちゃんとしてるんだねえ」

　やめてよ。つまらないことを話さないで。

　バナミは胸の中にもやもやがぼんやりと広がっていくのを感じた。

「麻奈美ちゃんの障害って、どんな感じだったの。こうやっていつも座ってる感じ？」

「うん、座ってるか、寝てるか。自分じゃ体をほとんど動かせないからね。赤ちゃんみたいなものなんだ。話すことはできないしこっちの言うこともほとんどわかんない。わかるのは名前くらいかな。呼べば振り向くし、楽しければ笑ったよ」

「へえ。じゃあ、この椅子に座るときとか、どうしてたの」

「抱っこするんだよ、お母さんがさ。大きいから重くて大変そうだった」

「本当に赤ちゃんなんだな……それじゃあ世話するの大変だ」

光井くんは独り言みたいに呟いて、すぐに「あ、ごめん」と謝った。ううん、本当のことだし、と優太はなんでもないように言った。

バナミは耳を塞ぎたかった。目もつぶってしまいたかった。アルバムなんかもう見たくもなかった。自分が覚えていることだけをずっと覚えていたかった。

まあちゃんがどんな子だったかあたしはちゃんと知ってる。つまんない言葉や色あせた写真なんかでがっかりしたくない。頼むから、がっかりさせないでよ。

バナミは奥歯をぐっと噛みしめ、自分の中に渦巻く声を抑え込もうと努めた。

まあちゃんが同級生？　そんなのまっぴらだ。障害者とか赤ちゃんとか、そんな知らない人みたいな言い方をするなんてどうかしている。彼女は麻奈美だ。本物のマナミ。金色の部屋の王女。

「ほら、ここ、バナミもいるよ」

優太がアルバムごと押しやってきた写真を見てバナミはめまいに襲われたように感じ、ぎゅっと目をつぶった。こんなの違う。本当じゃない。あたしたちはこんなじゃなかった。

夕方の光に部屋全体がくすんでいる。くしゃくしゃのベッドの上にはふくらんだ買い物袋がどさりと置かれ、倒れたおむつのパックの後ろに幼稚園の帽子が二つ、貝殻みたいに落ちている。

　まあちゃんは窓際のザイホジで口を開けて眠っている。髪の毛が数本口元に張りつき、首元の大きな襟(えり)飾り――スタイと呼ばれるよだれかけには小さなしみができている。胸元と腰のあたりを横切るベルトに挟まれふくらんだ布地のおかげでおなかはぽっこり丸く見えた。膝かけがわりの厚手のタオルにはアニメ映画のキャラクターが大きくプリントされており、力の入らない両手がキャラクターの目玉の上に行儀よくのせられている。

　優太は読みかけの絵本の上で丸くなっており、少し離れたところに浅黒く日焼けしたバナミが大の字になっていた。たまごボーロの空の袋が二人の間に落ちている。

「わあ、懐かしいね」

　バナミははしゃいで見せながら優太に写真を押し返した。おばさんが夕飯に呼びに来てくれなければ、そろそろ限界だったかもしれない。

「たくさん食べてね」

　食卓の上は好物でいっぱいだった。おばさん特製のサラダ仕立てのトマトのお蕎麦に甘めのたれの棒棒鶏(バンバンジー)、大皿にはピーマンの肉詰めが山と積まれ、蛸(たこ)とじゃがいもの煮物にアスパラベーコンのフライもある。

「ごちそうじゃん」と優太が笑った。「このフライなんて何年ぶりだよ」

「あなたたちが喜んでくれないから作らなかっただけよ」とおばさんが言い返す。「バナミちゃんが来てくれたから、嬉しくてたくさん作っちゃった。さあ、どんどん食べて。おなかすいてるでしょう」

「なんかすいません」

気まずい思いはありつつも、懐かしい味とおばさんの厚意が嬉しくて、バナミはもりもりとたいらげた。男子二人と変わらない勢いで、あるいはもっと食べたかもしれない。おばさんは、

「女の子がいるといいわねえ」と目を細めた。

「麻奈美がいなくなってから、むさ苦しくて困ってたのよ。バナミちゃん、また遊びに来てくれないかなっておばさんずっと思ってた」

「いやあ……」

バナミが笑ってごまかすと、「女の子っていったって、バナミだよ」と優太がそれほどありがたくない助け舟を出した。「ぼくよりよっぽど男らしいと思うけど」

「そうですよ。まあちゃんみたいな子ならまだしも、あたしなんかバカだしガサツだし」

「麻奈美だって小さいときはずいぶんおてんばだったのよ。木登りはする、喧嘩はする、ちょっとしたガキ大将だったんだから。あの子があのまま大きくなったらどうなっていたことやら」

「イメージ違いますね」と光井くんが控えめに口を挟んだ。「写真だとお嬢さん風だったけど」

「私が好きな服を着せてたからよ。あの子が文句を言えないおかげで、好きなだけ楽しませてもらったわ」

いたずらっぽく微笑んだおばさんに、バナミは「全部手作りでしたよね」と聞いた。

「まあちゃんの横の椅子でよく洋服作ってたの、覚えてます」

「全部は大げさだけど、だいたいね。素人のくせに夢中になっちゃって、とりつかれたみたいに作ってたわ。毎日のように通販で布を買って、麻奈美の様子を見ながらちまちま作って」

おばさんは懐かしそうに頷いた。

「最初はね、スタイだったの。枚数が必要だったし、売っているものは子供っぽいのが多かったから、素敵なのがほしかったのね。端切れでリボンを作ってスタイとお揃いにしたりしていたら、そのうち、服も作ればいいじゃないって思い始めてしまって」

「まあちゃんの服、いつも素敵でした。お姫様みたいだなって思ってた」

バナミは思い切って言った。

「ほんと？　ありがとう。そう言ってもらえて嬉しいな、実を言うとあんまり評判はよくなかったの。ああいう子を着飾らせるのをいやがる人もいるから」

「どうして？　ただ素敵にしたいだけでしょ？」

「ただ素敵にしたいだけよ。それってね、実はなかなか難しいことなの」

釈然としない顔の光井くんに静かに答えて、おばさんは「そうだ！」と唐突に立ち上がった。

「バナミちゃん、ちょっとこっち」

「はい？」

「いいから、こっちこっち」

男子二人を置き去りに、おばさんは弾むような足どりで階段を上がった。つきあたりの部屋に飛びこみ、戸口でためらっているバナミに手招きする。部屋の奥には見覚えのある重厚なクロゼットがあった。

「麻奈美が亡くなってお洋服なんかもういらなくなったんだけど、なんだか手が寂しくてね……」

そう言っておばさんは観音開きをきいっと開けた。

「バカみたいだけど、まだときどき作ってるの。あの子が大人になったらどんなだろうって思いながらね。どんな格好で大学に行くのかなとか、どんな格好でデートするのかなとか」

「はあ……」

ハンガーをかちゃかちゃ鳴らしながらあれこれ手に取っていたおばさんは、すいとひとつを抜き出した。

「あの子は十七歳だったけど、バナミちゃんは背が高いから、ちょうどいいくらいだと思うのよね。これなんかどうかな」

深いばら色のワンピース。ウエストからゆるやかに広がった裾は足首近くまであった。かっちりとしたシンプルなデザインのおかげで派手な感じはせず、小さな襟の控えめな白が清潔な印象を与えている。

「おひめさまの服だ」

思わず呟いたバナミに「え？」と聞き返しながら、おばさんはバナミの肩に背中にハンガーを押しあて、丈やウエストの具合を見た。

「ああ、やっぱり。ちょうどいいわ。バナミちゃん、よかったらこれ着てくれない？」

「え？」

今度はバナミが聞き返した。

「大丈夫、誰も袖を通してないから。あなたにとても似合うと思う」

「無理です。あたしはまあちゃんじゃないもん。こういうのはあたしには無理」

断ろうとしたけれど、おばさんは頑として譲らなかった。優太によく似たやさしげな瞳に思いつめたような光を浮かべ、ハンガーをぐいぐいと押しつけてくる。

「無理じゃない。着てみればわかる。もらってちょうだい。お願いだから」

「おばさん、どうして？　あたしなんかに」

あたしのことをずっときらっていたくせに。口をついて出そうになった言葉はどうにか飲み込んだ。おばさんはふっと力を緩め、ワンピースをハンガーから外して丁寧にたたんだ。

「あなたにも何か作ってあげようって、本当は昔から思っていたの。でも、結局作らなかった。おばさん、意地悪だったでしょ」

「そんなことないです。あたし、クソガキだったし」

「あなたはいい子だった。麻奈美をとっても慕ってくれてありがたいと思っていたよ。だめだったのは私。余裕がなくて、元気に育っていく女の子を見るとどうしようもなくイライラしてしまっていたの」

そんな理由で？

バナミは一瞬あっけにとられ、悔しいようなおかしいような、なんともいえない気持ちで

「覚えてませんけど」と小声で言った。

おばさんはふふっと笑って（その声は、きげんのいいときのまあちゃんの笑い声にとてもよく似ていた）、ワンピースをあらためて差し出した。

「だからこれはお詫びにさせて。着なくてもいいから、麻奈美の形見がわりに持っていて。でもきっと、バナミちゃんに似合うはずよ」

バナミは黙って小さく頷いた。すべらかな生地は驚くほど軽く、やわらかかった。あんなに憧れたまあちゃんの服が、いまや自分の腕の中にあるのだった。

9　希望と絶望

「は？　やだやだやだ、無理無理無理無理」

翌日、朝一に報告したらユリは柄にもなく大騒ぎをして、部活中も赤くなったり青くなったり大混乱を極めていたが、部活後に集まったときには彼女らしい冷静さを取り戻していた。

「約束しちゃったんならもういいけどさ、うちらの問題なんだから、次からはちゃんと事前に相談してよね」

ダッシュでシャワーを浴びてきたというユリは、さっぱりとした顔で文句を言った。

「いいじゃん、せっかくのチャンスなんだから。バナミに感謝でしょ」と志田っちが意味深な含み笑いでユリをつつく。

「なんのチャンスよ」

「テニスに決まってるじゃーん」

このっ、とユリがラケットを構え、志田っちはきゃあっと叫んでバナミの後ろに隠れた。

「でもさ、実際、あの光井くんがコーチしてくれるならこんなラッキーなくない？　球技大会優勝だよ？　光井くんに習ったらうちらも先輩たちなんて目じゃないよ」

「そりゃそうだけど、なにも光井くんでなくたって」

「いやならいいんだよ、ユリは。あたしとバナミだけうまくなるから」

「なに言ってんの、やるに決まってるじゃない。あんたたち二人が遠慮してもいいくらいよ」

堂々と言い放つユリのやる気はじゅうぶんだ。ポニーテールの位置はいつもよりだいぶ高く、待ち合わせにも一番にやってきた。

午後が自由参加の自主練となる水曜日と金曜日。自由参加なんて名ばかりで、みんなまじめにいつものとおり五時まで練習しているのだけれど、光井くんに教わるのだって自主練には違いないのでこの日をあてることにした。昼休憩にするっと抜けて、お昼をすませたら二時に集合。みんなが学校で自主練してるんだったらどこにいたってバレないじゃん、という光井くんのもっともな指摘により、場所は学校裏の公園に決まった。広くてたいらな場所であればコートがなくてもいいらしい。バナミたちの初心者ぶりを説明された光井くんがそう言うのだから、それでいいのだろう。部活みたいに走らされるばかりでないといいけど。

「おつかれー」

時間ぴったりに現れた光井くんを、興味津々の二人が出迎えた。

「本当に来たんだ。先生、よろしくお願いします」

三人で頭を下げる。

「おれ、ダメ出しくらいしかできないよ。あんまり期待しないでね」

人見知りなのか、ちょっと控えめな光井くんの後ろから、優太がひょこっと顔を出した。

「おつかれー」

「あ、優太じゃん。二人、従兄弟同士なんだって？」とユリが遠慮なく聞いた。「で、優太んちに一緒に住んでるんでしょ」

「うん。クラスも一緒だよ」と優太が屈託なく答えた。いちおうスポーツウェアで来た光井くんと違って、優太はジーンズにサンダル履き。やる気がないのが見え見えだ。

「二人とも部活は？」

今度は志田っちが尋ねた。

「おれらどこにも入ってないんだ」と光井くん。

「へえ、意外。光井くん、球技大会で大活躍してたから、絶対どこかの部活のエースやってると思ってた。すごかったよ、あのとき。あたしたち、ほんとに興奮したんだよ。はるかがやった、やってくれたって」

「中丸さんがすごかっただけだよ。おれは経験者だから頼まれて一緒にコートに入っただけで」

光井くんは照れくさそうにもごもごと言った。

「テニスやってたの？　いつから？　どこで？」

ユリが矢継ぎ早に尋ねた。緊張のためか、尋問みたいになっている。

「三年からスクールに通ってた。こっち来てやめたけど」

「どうして部活に入らないの？」

「優太が入るなら考えてもいいと思ったけどさ」

「ぼくは運動きらいだもん」優太はあっさりと言った。「マネージャーならやってもいいけど、自分ではやりたくないよ」

「へえ。従兄弟なのに似てないね」と、バナミは素知らぬ顔でからかった。

「そうなんだよ。ほとんど正反対なんだ、ぼくら」

むっとした顔の光井くんの隣で、優太がのんびりと頷いた。


公園の隅っこでレッスンが始まった。光井くんは意外にも親切な先生だった。並んでひたすら素振りに励む三人の間を動き回って、フォームを直したり、アドバイスをくれたりする。

「イメージが大事。ただ振るんじゃなくて、ボールをどう受けてどう飛ばすのか具体的に考えながらやらないと」

「はい、先生！」

「みんな動きが小さい。遠慮しないでもっと大きく振り抜いて」

「はい、先生！」

「力入れすぎるとケガするよ。軽く速くを意識して。こんなふうに、腕だけじゃなくて体全体を使うんだ」

「はい、先生！」

光井くんが教えてくれたフットワークを取り入れ、三人は踏み出す、振る、戻る、とリズムに乗って素振りをした。イラストで学んだバラバラの要素がだんだんと結びついてくる感覚がある。

「藤井さん、踏み出しもう半歩遠くでいいと思う。このへん」

「はいっ！」

「気をつけて。重心は後ろね」

「はいっ！」

光井くんがラケットで示した位置にユリはぐいっと踏み出した。何回かぐらついたが、しだいに慣れて安定してくる。いちいち顔を赤らめながらもやることはやるところはさすがだ。

「志田さんは振るのが早すぎ。体重移動を意識して、踏み出してひねる力を利用して」

「はあい」

志田っちも素直にタイミングを調整し始めた。ぎこちないながらも少しずつ形になっていくのが、隣で見ていてよくわかる。

「井上さんはまじめに」

「あ、はーい」

注意されてバナミも前に向き直った。強く踏み出し、ひねりながら腕を振り切る。ひゅっと風をきる音が気持ちいい。

「みんな頑張れー」ベンチで見守っていた優太が声援を送る。「あと五分したら休憩ねー」

「はーい」

二十分やって五分休憩。優太はマネージャーをやってくれることにしたようだ。熱中症対策のためにみんなにこまめに声をかけ、体調に気を配り、なにやらノートに書きこんでいる。

「優太、それ何書いてるの」

「これ？　みんなの分析ノート。それぞれの癖とか特徴とか、翔ちゃんの言ったアドバイスを記録しておくんだよ」

「わざわざそんなことまで……」

引き気味の志田っちに、バナミは「優太、そういうの好きだから」と教えた。

「幼稚園の頃、お相撲にはまって星取表とかつけてたもんね」

「まだつけてるよ」優太はきょとんと返した。「毎場所ね。幕内の力士には分析ノートもつけてる。得意な技とか苦手な相手とか、コンディションとかを全部」

「すごいな。おまえそんなことしてたの」

呆れ返った光井くんに、優太は「いつも勉強するふりしてやってるから」と涼しい顔で打ち明けた。

「ぼくテニスに興味はないけど、分析するのは得意なんだ。だからこっちで付き合うよ」

「優太、親切じゃん」

ユリがほめると、「まだまだこれからですよ」と不敵に笑ったのだった。

二回、三回。内緒の自主練を続けるうちに五人はしだいに打ち解けた。どうせ新学期が始まれば元のようにそっけなくすれ違うんだろうと薄々感じていたけれど、だからよけいに今仲良くしておかなければとみんなが少しだけ自分のタガを外したような雰囲気があった。光井くんは口の悪さを封印して丁寧な教え方をしてくれたし、自信家のユリやマイペースな志田っちも彼の教えを素直に聞いた。フォアハンドにバックハンド、サーブ。英子さんの教科書にあるものは全部ちゃんと身につけたくて、三人は必死だった。それがコートのお礼になるような気がしていたから。

ようやく打ち合いができるレベルに到達したのは八月も半ばを迎えてからのことで、バナミと志田っちがペアとしての固い絆を見せつけたため、ユリは光井くんと組むことになった。コートよりは近い距離でゆっくりとボールが行き来する。バナミたちのペアはまだそれほど長く続かないけれど、ユリたちのペアはずいぶん長く打ち合えるようになっていた。

「わあ、二人、息ぴったりー」と志田っちが黄色い声で茶化す。「お似合いだなあ、付き合っちゃいなよー」

「うるさい！」とユリはそのたびに真っ赤になって怒鳴った。「そういうのいいから！」

光井くんは苦笑いしつつもまんざらではなさそうで、ユリの思いも報われる日がくるのではないかという予感にバナミも志田っちもむずむずと嬉しくなり、つい、またちょっかいを出してしまう。しかし、あんまりふざけていると、「みんな、まじめに！」と厳しい声が飛んでくる。

「志田さん、ラケット傾いてるよ！」

「藤井さん、もっとすくい上げるように！」

「バナミ、つまさきちゃんと前に向ける！」

そう、優太もまた進化していたのだった。三人のフォームを教科書とじっくり見比べ、違っているところを容赦なく指摘してくる。いまや光井くんよりよほど厳しいコーチだった。

「細かいなあ、優太……」

みんなはこそこそとささやきあった。

「こういうの得意なんだよ、あいつ。昔から間違い探しの達人だったし、そういえばパズルゲームも上手だった」

バナミが言えば、「おれ間違い探しなんかそんなに得意じゃなかったな」と光井くんが不満げに首を傾げ、「光井くんさ、従兄弟だからって、いちいち張りあわなくていいと思うよ」と志田っちがうんざりしたようにたしなめる。一事が万事こうだから、さすがにそろそろ呆れているのだ。

「べつに張りあってるわけじゃないけど」

光井くんは拗ねたように言って、ごまかすように休憩を申し出た。

優太が譲ってくれたベンチにユリと光井くんを座らせ、バナミと志田っちはベンチの前に腰を下ろした。動くのをやめた途端に暑くなる。体にむっと熱がこもり、とめどなく出てくる汗がタオルにじゅわっと吸いこまれていく。

「ねえ、そういえばさっき副部長に呼び止められてさ。あんたたち最近自主練さぼってるの、どういうことって聞かれたよ」

手でぱたぱたと顔を扇ぎながら、志田っちが思い出したように言った。

「え？　それでなんて答えたの？」

ユリが不安そうに聞く。

「ふつうに練習しに行ってますって言った。本当のことだし」

「そしたら？」

「ふーんって言って戻っていった。なんか怒ってたけど」

「そう……」

バナミとユリは顔を見合わせて苦笑した。自分たちがいないときを見計らって志田っちに聞いたのだろう、と察したのだ。気の強そうなユリやちゃらんぽらんなバナミより、ふわふわにこにこしている志田っちのほうが脅（おど）かしやすいと思ったのだろう。全然わかっていないのだ。

「でもさ、うちらが抜けるようになったら、他の人もたまに抜けるようになったみたいだよ。こないだなんか酒井がしれっといなくなって、何かと思ったらクラスの子とドーナツ食べに行ってたんだって。サッコが聞いたら自由参加なんだからべつにいいでしょって逆ギレされたってさ」

「二年の中でも塾だとかで消える人出てきたみたいよ。なんだったんだろう、今までの忍耐は」

ユリが溜息まじりに言った。

「結局さ、二年になればあっち側にいけるって、そう思ってうちら頑張ってるわけじゃん。でも、こんな感じだと、そもそもあっち側にいってもなあって気がしてくるよ」

「わかる」

バナミは大きく頷いた。あっち側。あたしは本当に、あっち側にいきたいんだろうか？

「うちらのときはもっと優しくしてあげようよ。一年にも、二年にもさ」と志田っちが元気づけるように言った。

「できると思う？　だって現二年が三年になるんだよ。うちらには余計厳しくなるはず」ユリが顔をしかめる。「三年にねちねち言われ、一年にはラケットなんて百年早いってねちねち言わなきゃいけないんだ。うちら性格歪（ゆが）んじゃうかも」

「ねちねち言わなきゃいいじゃない。そうだ、一年二年を合同練習にして一緒にボール打とうよってやったらどうかな」

名案を思いついた気になって張り切って提案したら、「無理でしょ、そんなの三年にダメ出しされて終わりよ。そもそもコートが足りないんだから」とユリが即座に却下した。

「それに、はるかのときにカッキーに何言われたか忘れたの？　社会ってそういうものだって。ここで慣れとかないといけないって」

「えー、あたしそういうのやだなあ」

「そりゃみんなやだよ」とユリが声を荒らげた。「やだけど、しょうがないんでしょ。だからそれが社会なんだって。何もかも思い通りにしようったって無理なんだって」

「まあね……」

もやもやする気持ちを抑えてバナミは黙った。ユリがバナミにいらだったわけじゃないことはわかっている。バナミだってユリにもやもやしているわけじゃない。同じように思っていると、自分たちがいちばんわかっている。

「先生、そういうところから抜け出すにはどうしたらいいんですか？」

志田っちが、ベンチに座った光井くんに突然見えないマイクを向けた。

「え？　おれ？　さあ……」光井くんは困惑したように首をすくめた。「結局、大人にならないとだめなんじゃないの？　子供が何言ったって、ルールなんか変えられないでしょ。それこそ教師になって、顧問になるとか」

「それじゃ遅いよ。ルールを変えたいわけでもないし。ただ、めんどくさい社会ってのからどうにか自由になりたいって言ってるのー」

　志田っちが小さい子のように駄々をこねる。

「だって、どうすればいいのよ。外国にでも行くとか？」とユリが聞く。「そんなの無理じゃない」

「外国じゃなくたって、どっかにましなところはあるかもしれないよ。でも結局のところ、おれら十二歳やそこらのガキなんて、学校からも家からも逃げ出すことなんてできないじゃん。自分のいるとこ抜け出してましなところに行こうと思ったら、やっぱり東大とか行って違う世界を目指すしかないんじゃないのかな」

「それって単にあっち側に回るってことじゃないの？」

　バナミは思わず口を出した。

「あたしはそういうの、なんかやだ」

「じゃあどうすればいいのさ」

「や、わかんないけど……」

　バナミは口ごもった。ただ自由にしたいだけなんだよなあ、とこっそりと思う。でも、それってなんなのか、急にわからなくなってしまった。好き勝手したいだけ、そういう単なるわがままとは違うものだとなんとなくは思っている。同様に、大人になったら、えらくなったら、そうやってなにか資格をとってはじめて得られるものでもないような気もするのだけど、じゃあなんなのか、どうしたらいいのか――なんて考えたところで、ユリや光井くんでさえお手上げな問題を自分なんかが解けるわけはないのだ。

「ねえ、自分たちで新しく作ればいいんじゃない？」と、黙って聞いていた優太が言った。

「ごめん、何の話？」

ユリが眉を寄せる。

「きみらの部活のことだよ。そんなに悩むくらいだったらさ、自分たちのいいように新ソフトテニス部作っちゃえばいいじゃん」

「そんな簡単に」と言いかけた声に、バナミは「それいいね」と大声をかぶせてしまった。

「そしたらうちらちゃんと練習できるし、一年をいじめなくてすむじゃない。さすが優太、名案だよそれ」

優太はへへっと笑った。

「待ってよ、そんなこと言ったって、どうせ学校のコートは今ある部活が使ってるから使えないのよ。なら結局はコートになんか入れないじゃない」

「運動公園とかのコート予約すればいいじゃん。お金は出しあってさ。週一でもいいから借りればいいよ」と志田っちも乗ってきた。「どうせうちら初心者なんだから、ちゃんとした試合なんか組めないでしょ。だったら練習も基本自由参加にしてさ、無理して出なくてもいいようにして」

「そしたらメンバーはあたしと志田っちとユリでしょ、コーチは光井くんで優太がマネージャー。はるかも誘おう、自由参加なら来れるときもあるでしょ」

「考えてみたら男女混成でもいいんだよな。だったらおれ、プレイヤーとしてもやりたいな」

「それなら鳥羽くんも誘おうかなあ。一緒にできたら楽しそう」

「鳥羽って登山部だろ。じゃあ兼部オーケーにしよう、自由参加ならたまにやりたいだけの人も入りやすいもんな」

「でもそれ、なんかずるくない？　そんないいとこどりみたいなことしていいのかな」

　ユリが唇を尖らせた。

「べつにいいんじゃない？　まじめにやりたい人は今ある部活でやればいいってだけの話だもん」

　志田っちがあっけらかんと返した。

「でも、やっぱりそれってフェアじゃないよ。どうしてあたしたちだけそんなわがまま許されるわけ？　そんな権利ある？　そう聞かれたら答えられるの？　だいたい今ある部活の人たちにすごい恨まれるにきまってるじゃない。どうしてあんたたちそう考えなしなのよ」

「ごめん……」びっくりしたように光井くんが謝った。

　しらけてしまった空気の中、優太が「じゃあ部長はぼくがやるよ」と手を上げた。

「そしたら、苦情はみんなぼくに来るでしょ。ぼくなら何か言われても平気だし、フェアじゃないって怒られても全部ぼくのせいにすればいいんだから。みんなは安心してテニスできるよ」

「だからさあ、そんな簡単なことじゃないんだってば！」

ユリが勢いよく立ち上がった。眉をつり上げ、怒りに青ざめている。

「いいかげんにして。そもそも正規の部活はもうあるんだから、同じ競技の新しい部なんて学校が認めるわけないでしょう。ましてや一年が立ち上げるなんてどう考えても無理なのよ。できもしないこと言わないで！」

ぶちまけるように吐き捨てて、ユリはずんずんと元の立ち位置に戻ってしまった。ラケットを握りしめ、背中に構えて勢いよく振り下ろす。びゅん、びゅん。鬼気迫る様子を見て光井くんがこわごわと呟いた。

「すげえスマッシュ……」

「え？　あれはサーブでしょ」

優太が不思議そうに聞き返した。


新しい部を作る。楽しい計画だったけれど、その話についてはもう誰も触れなかった。ユリに言われなくたって、本当はみんなわかっていたのだ。ただ、夢を語りたかっただけ。現実逃避したかっただけ。

「じゃあ。二人とも、また金曜ね」

「おつかれー」

手を振って、公園の入口で別れた。ユリは今日は本屋に寄るという。ちょっとだけぎこちなさを残しているが、喧嘩した後というのはいつだってそうだ。ユリは昔から引きずらない。明日には何事もなかったように来るだろう。雨降って地固まるどころか、ユリの場合はコートにレーキをかけたみたいにきれいにたいらに直すたちだ。

「バナミ、明日ねー。先生たち、ありがとねー」

志田っちもそう言って公園の中に戻っていった。鳥羽くんと待ち合わせなのだそうだ。ただ一緒に帰るためにわざわざやってくる鳥羽くんはえらい彼氏だな、とバナミは思った。荷物まで持ってくれるのだという。

それに引きかえ……。バナミはマイペースな男子たちに冷ややかな目を向けた。近くの自販機でジュースを買っているところだ。人を待たせておいて急ぐでもなく、のんきにじっくり選んでいる。対照的な後ろ姿は、やはりどう見ても双子とは程遠い。

「悪い悪い、優太が札しか持ってなくてさ」

一足先に戻ってきた光井くんは缶コーヒーに口をつけた。バナミが自分のバッグから飲みさしの麦茶を出そうかどうか迷っているうち、優太が両手に缶を持って小走りに戻ってきた。

「あ、優太……」

「ごめん、二人は先帰ってて。ぼくこれから行くとこあるから」

そう言って、二人の横を素通りしていく。てっきり一本は自分へのおごりだと思ったバナミは呆然とそれを見送り、ちょっと赤面した。恥ずかしまぎれに、光井くんにやつあたる。

「光井くんさあ、また優太にたかってたでしょ。ジュースぐらい自分で買いなよ。お小遣いもらってるんでしょ」

「だって優太がいいいって言うから」

光井くんは悪びれる様子もなくおいしそうに缶を傾けた。

「優太どこ行ったの？」

「さあ。あいつのことは、おれまだよくわかんないんだって」

光井くんはあっという間に飲み干して走って缶を捨てに行き、戻ってくると「早く帰ろうぜ」とえらそうに言った。

「で、その後どうなの？」バナミは歩きながら尋ねた。「探してる証拠、見つかった？」

「まだ。あのアルバム借りたままになってるから、一枚ずつチェックしてるんだけど」光井くんは不満そうに答えた。「おれらが生まれたあたりの写真がどこにあるかわからないんだよね。抜けたりとんだりしてるから、全部のページを確かめなきゃいけなくてさ。あ、井上さんの写真は結構あるよ。昔からでかかったんだね。写真だけ見れば三人きょうだいみたいなんだもん、おれちょっと嫉妬したよ」

「きょうだいって言うほど仲良くもなかったけどね。あたしたち」

バナミは呆れて訂正した。

「だってあたしと優太だよ。あの子外遊びに誘っても全然来ないし、あたしだってパズルやお相撲には全然興味なかったし。優太をうちで預かってたときなんて、あたしのことなんてほっぽってうちのおじいちゃんと二人でずっと遊んでるんだから。嫉妬されるほどのことは全然ないよ」

「そうなんだ……。その頃の写真、きみんちにないの」

「ない。うちそういうの全然残ってないんだよね、撮る人もいないし」

「そうかあ」光井くんは大げさに頭をかきむしった。「手詰まりかなあ」

「そもそも、あんたの疑い自体がまちがいなんだと思うよ。双子ってわけじゃないんだよ。二人、全然似てないし通じ合ってもいなそうだもん」

「そんなにはっきり言うなよな。似てない双子だっているし、育った環境が違えば気が合わなくたって当然だろ。それに、おれらが双子じゃないって証拠だってまだ見つかっていないんだ。だったらまだわからないじゃないか」

「そりゃそうだけど」

バナミは内心さじを投げた。強いて言うなら、このやたらと執念ぶかいところが優太に似ているといえば似ている。本人に教えれば有頂天になりそうだから黙っていることにした。この男の子は球技大会のときのクールな印象とはうらはらに、実際はかなり面倒くさい人物なのだった。

「――そういえば、さっきさ」

バナミは話を変えた。

「うん？」

「優太、自分が全部責任とるとか言ってたじゃない。苦情引き受けるとか、自分のせいにしていいとか。あの子、ああいうこと、まだ言う？」

「まだって？」

「昔さ、そういうことあって。なんでも自分のせいにしたいみたいな。で、ちょっともめたことあったんだよね」

「どういうふうに？」光井くんは真剣な声で尋ねた。

「これ、言っていいかわかんないんだけど――」

バナミは迷いつつ説明した。

あれは、小学校中学年だっただろうか。まあちゃんが死んでしまって、優太がうちに来ることもなくなった頃だったと思う。冬休み明けの寒い寒い時期だったことを覚えている。

ある日登校すると、ひと騒ぎ起きていた。飼育小屋の扉の鍵が開いていて、飼っていた鶏が逃げてしまったというのだ。朝、見回りをしていた先生が近くの茂みの中で死んでいるのを見つけたという。おそらく猫にやられたのだろうとのことだった。先生がすぐに片付けたから見た者はいないはずだが、血まみれの無残な死骸だったとみんなが恐ろしげに噂していた。

前日の世話当番は優太のクラスだった。飼育係は二人いて、優太はその一人だった。鍵を閉め忘れたのは自分だと優太がすぐに謝って、さんざんみんなに責められた。けれど実際には優太は道具を片付けに行っており、鍵閉めを忘れたのはもう一人のほうだった。優太が責められるのに耐えられなくなった彼女が数日後に帰りの会で真実を打ち明けた。優太はいっそう責められた。みんなを騙した罪は鶏を死なせた罪より重かった。優太は孤立してしまった。終業式までの三か月近く、クラスで優太に話しかける人はいなかったという。

「――あの子、わざわざ罪をかぶろうとするんだよ。そういうことが何度もあったの。クラスが違うから最近どうしてたのか知らなかったけど、まだやってるんだと思ってあたし実はショックだった」

「罪をかぶる、は大げさじゃないの。女子の前で格好つけたかっただけだろ。おれのせいにしていいよって言うのが優しさだと思ってるんだよ」

光井くんは笑い飛ばそうとした。

「相手のためっていうよりは、怒られる機会を進んで拾おうとしていた感じなんだよね。やってもないことでわざわざ叱られたり責められたりするなんて、変でしょ。あたしずっと気になってた」

聞いた話だからどこまで本当かわからなかったが、バナミは本当はひどく腹を立てていた。でも、何もしなかった。クラスも違ったし、女が口出しするというのもなんだか悪い気がしたし、なにより優太のお母さんからやんわりと遠ざけられたことに反発する気持ちもあって、優太にかかわることをバナミ自身が避けていたから。

「おれは、それは気づかなかったけど……」

光井くんは難しい顔でじっと何かを考えているようだったが、やがて「なんでもくれようとするんだよね」とぽつりと言った。

「あいつさ、こっちがちょっと見たり、いいなって言っただけで、あ、はいって差し出すんだよ。気づかなくてごめんみたいな顔してさ。食べ物もＣＤも教科書も小遣いも、なんでもかんでも、目が合っただけでだよ。いらないって言ってもきかないし、自分が持ってるのがまちがいだ、こうなったら一刻も早く手放したいって感じで無理やり寄越すんだ。だから最近、先に差し出されるよりましな気がして優太にたかっちゃうんだけど……。それってやっぱりおかしいよな」

「うん」

バナミは昔のことを思い出していた。優太はそれなりに親切ではあったけれど、なんでも差し出すようなことはしなかった。むしろ、毎日のようにバナミとおやつの取り合いをしていたし、自分の好物は絶対に譲らなかったはずだ。

「昔はそうじゃなかったよ。わざと怒られようとするようなこともなかった。喧嘩したときだって、自分は悪くないって意地張ってしょっちゅう泣いてたもん」

「そっか。あいつ、どうしちゃったんだろう」

「あたしに聞かないでよ」責められているように感じてバナミは声をとがらせた。「本当に双子だって思うなら、あんたがどうにかしてあげてよ」

「どうしろっていうのさ。まだ半年の付き合いなんだぞ」光井くんは途方に暮れたように言った。「優太のことなんかなんにもわかんないよ」

10 独立記念日

翌日、一日練を終えた夕方五時。

野球部やサッカー部が慌ただしく片付けをしている校庭をぶらぶらと歩いていると、生徒玄関に見覚えのある姿があった。優太と光井くんだ。わざわざ制服を着て、外水道の脇の花壇に腰かけている。やってくる三人に気づくと立ち上がって手を振った。

「あれ？　なんでいるの」

「職員室に用事」

そう言って、二人はすたすたと玄関への階段を上っていった。こんな時間に、また補習かな。後ろ姿を見つめていると、ユリが小走りで二人を追いかけていった。

「え、どうしたの」

「うちらも行こ」

そう言って、ためらいなく薄暗い玄関に吸い込まれていく。バナミは志田っちと顔を見合わせ、急いで後を追った。

ユリは無人の校舎をどんどん歩いていく。すぐに優太たちに追いついた。二人は上履きを持ってこなかったのか、ちゃっかり来客用の緑のスリッパを履いている。職員室の看板が見えてくると、ユリは早口に説明した。

「昨日あたし本屋行くって言ったじゃん。だから正門くだっていったら駅のほうに出たとこで優太に捕まったんだ。それでちょっと話して、じゃあ先生に相談してみようかってことになったの」

「相談って何を？」

「だから、昨日の話よ」

「昨日って？」

「うちらで新しい部を作ろうって話！」

「ええ？」

詳しく聞き返す暇もなく、「失礼しまーす」と間延びした声で優太が職員室の引き戸を開けた。

一年担当の先生たちの島ではなく、その奥の二年の先生たちのエリア。優太がスリッパをパタパタいわせて向かった先には、見覚えのない五十代くらいの先生がいた。光井くんが小声で教えてくれたところによると、囲碁将棋部の顧問だという。四角い顔に丸い眼鏡の、穏やかそうな先生だ。机のネームプレートにはフエルトペンの大きな字で塩田とあった。

「おう、宮原くん。なんか相談があるんだって？」

先生は眼鏡をはずして机に置き、ゆったりとみんなを見回した。

「はい。実は……」

優太は昨日みんなで話したことをすらすらと説明した。バナミはこっそり周りを見回した。カッキーの姿はない。「木曜は会議でいつもいないじゃん」と、ユリがこっそり耳打ちした。

「なるほど、きみらは独立を考えているというわけか。それも一年生にして。これは将来有望だ」

先生はおもしろそうに笑った。

「先生、顧問になってくれますか」と優太が尋ねた。

「そうだねえ、ぼくは囲碁将棋部の顧問だから兼務ということになるが……」

「兼務している先生もいます。かるた部の先生は茶道部の顧問もしてますよね」とユリがすばやく指摘した。

「そのとおり、兼務がルール違反ということはないからね。ただ、両立できるかどうかは別だよ」

「囲碁将棋部ってそんなに忙しいんですか」とバナミが聞いた。

「それほどでもないね。だからきみらはぼくに声をかけてくれたんだろう？」

「そうです」

優太が馬鹿正直に答えた。先生は気分を害した様子もなく、机に立っているファイルの中から一冊を抜き出した。眼鏡をかけ直して中の書類をめくりながら、「人数は、五人か」と呟く。

「いちおう本校では最低六人の部員が必要だとされているな」

「あと一人なら大丈夫です」と志田っちが即座に請け合った。

「それなら人数の問題はクリアだ。しかし、きみらが今所属している既存の部があるだろう。ひとつの競技にひとつの部活が原則だ。向こうを廃止するわけにはいかない、というのはわかるね？」

「はい」

「ということは、きみらの新ソフトテニス部というのは、残念ながら作ることは難しいということにならないかな」

「男女混合でもですか？　たとえば男女ペアのダブルスに特化したミックスダブルス部とした場合にはどうですか」と光井くんが聞いた。

「仮にそうした場合には、きちんと試合を組んで、大会に出てといった活動が前提になるよ。参加が任意で練習場所も確保しづらいとなると、そういうのは難しいんじゃないかな？」

「あ、そうですね」

優太が残念そうに言った。

「なら、同好会っていう手もありますよね。それならいけるんじゃないですか」

光井くんがすかさず尋ね、ユリも熱心に頷いた。

「同好会なら、必ずしも試合や大会を目指さなくても成立すると思うんです。ソフトテニスが好きで、やりたいって人の集まりなんですから」

「そのとおりだ。いいところに目をつけたね」

先生は愉快そうに言い、眼鏡をはずしてファイルをぱたんと閉じた。

「ただね、同好会であっても、学校に所属する団体ということには変わりがないんだよ。学校の外が主な活動の場所となると学校としては認められないし、何かあったときに責任を負うことができないんだ。きみたちの熱意はとても理解できるんだけど、これればっかりはなあ」

「はあ……」

やっぱりだめなのか。みんながっかりしてうつむいた。

「学校はいいです。責任はぼくがとりますから。それでもだめですか」

優太が懸命に訴えたけれども、先生はやっぱり首を縦には振らなかった。

「宮原くんの気持ちは立派だと思うけどね、学校の外に出てしまえばきみたちはいやおうなく子供であり、生徒なんだ。責任をとるのは大人であり、学校なんだよ。これは意地悪ではなくてね、きみたち子供を守るためにそういう仕組みになっているんだ」

「そうですか」

五人は、顔を見合わせた。そして「わかりました」と頷いた。残念だけどしかたない。やるだけのことはやったんだ。そういう、さっぱりとした顔つきだった。

「ありがとうございました」

職員室を出て行こうとしたとき、一年生側の席にいたモリーがくるりと椅子を回して振り返り、「ねえ、あなたたち」と呼び止めた。げっ、モリー。また面倒くさいことを言われるんじゃないかと身構えたみんなにいつもの大きな笑みを向け、モリーは「それでもかまわないんじゃないかしら」と言った。

「え？」

みんなは目を瞬かせ、きょろきょろと互いの顔を見比べた。

「どういうことですか？」と光井くんが聞いた。

「学校はあなたたちの活動を認めることができないけれど、それでもかまわないんじゃないかしらってことよ。だってあなたたち、みんなでテニスをしたいだけなのでしょう。学校や先生に認められることがあなたたちにとってそんなに大事なことですか？」

最後にかわいく小首を傾げて、モリーはきらきらした目でみんなを見上げた。反射的にいらっとしつつ、バナミは、ん？　と眉を寄せた。あれ、言われてみれば……？

「守谷先生」

塩田先生が、困ったような笑いを浮かべてモリーをたしなめた。モリーはぺろっと舌を出し、大げさに首をすくめて（だから、そういうところ！）自分の机にすいっと向き直った。

みんなはくすくす笑いながら職員室を後にした。速足で、小走りで、しまいにはダッシュで一目散に下駄箱に向かいながら、我慢できなくてげらげら笑った。

「あたしたちバカだねー」

スニーカーに履き替えながら、ユリがすがすがしい顔で言った。

「ユリがいちばんバカじゃん、あんな真剣に悩んでさあ」と笑いに肩を震わせながら志田っちがからから。

「あんたたちだって人のこと言えないんだからね！　なにが『ぼくが全部責任とる』よ、自分の責任は自分でとるわよ」

ユリが優太の声真似をすれば、もたもたとサンダルを履いていた優太が「なんだよ、みんなほっとした顔してたくせに」とぶつくさ言った。

「でも、言われてみればそのとおりだよ。あたしたち、単にみんなでテニスをしたいだけなんだった。難しく考えすぎてたよ」

バナミも浮かんだ涙を拭った。

そう、簡単なことだった。どうせ学校の外でしかできないのなら、わざわざ部活にする必要なんかなかったのだ。放課後に何をしようとあたしたちの勝手。だから、勝手にやればいいのだ。

帰り道、みんなは高揚した気分のままコンビニでアイスを買って、食べながら歩いた。気分は晴れ晴れとして、しゃべることはいくらでもあり、どんなことでもおかしかった。それぞれの方向に別れる直前になって、優太が「あっ」と大声を上げた。

「なんだよ」と光井くんがうるさそうに顔をしかめた。

「忘れてた！　そういえば、公園のコート取れたんだよ。今度の日曜日。もしキャンセル待ちが出たらお願いしますって頼んでおいたら連絡が来たんだ」

「そうなの？　優太えらい、ファインプレーじゃん」

　ユリが飛びあがって喜んだ。

「マネージャーとして当然のことだよ」と優太が得意げに胸を張る。

「行こう行こう！　あ、はるかも誘ってみようかな」

　盛り上がるみんなから一歩遅れて、バナミは気まずい思いで切り出した。

「ごめん、あたし日曜は用事あって。残念だけど」

「えー、そうなの？　タイミングわるっ」

「何時まで？　終わってから来れば？」

「どのくらいかかるか、よくわかんないんだ。行けたら行くわ」

「そっかあ。じゃあどんなコートか確かめておくからさ」

「頼むね。次は絶対行くから」

　バナミは笑って頷いた。残念だけど、今回はしかたない。その日は大事な約束があるのだ。

11　あたしは○○○

　一日付き合ってほしい。コートを借りるために英子さんに出された条件だ。日付と時間を指定されただけで、何をするのかも知らされないまま当日を迎えようとしている。

「多少華やかな服装で来てくれればありがたいのだけど、面倒なら制服でかまわないわ。一年生なら、まだそれなりにぴんとしているでしょうから」

「華やかって、ドレスとかですか」バナミは尋ねた。「あたしドレスは持ってないんですけど」

「いいえ、それほど大げさなものではなくてね。ほら、お稽古の発表会に着るようなものよ。ちょっとしたアンサンブルとか、ワンピースとか、そういうもの」

「はあ……」

要領を得ないバナミに、英子さんは「まあ、いいわ。制服でいらっしゃい。なんならどこかに見繕いに寄ってもいいのだし」となぐさめるように言ったのだった。

どうしようかなあ。

バナミはベッドの下に押し込んである袋のことを思いながら、百度目にもなる寝返りを打った。

あのときは持っていなかった。でも今はここにある。

あのばら色のワンピースを着て行こうかどうしようか、ずっと迷い続けているのだった。英子さんの話を聞いたときはぴんとこなかったけれど、ばら色のワンピースはまさに英子さんの言ったとおりのものだと今ならわかる。だったらそれを着て行けばいいと頭ではわかっているのだけれど、恥ずかしさがどうしても邪魔をした。なにしろあんな服を着るのはバナミのやることではない。ああいった装いが許されるのはまあちゃんであり、マナミであり、まちがってもバナミではないのだ。

だいたいあたし、こんなだし……。

バナミは鏡に映った自分の姿を思い出して呻いた。上背があるのはしかたないとして、体つきはどちらかというとがっしりタイプだ。顔立ちだってぼんやりとして、志田っちみたいにかわいくもなければユリみたいにきれいでもない。髪型は幼稚園の頃から変わらぬショートカット。あの頃からよく男の子にまちがえられていたけれど、今だってぱっと見では少女というより少年だ。

「ああもう、せめて日焼け止めを塗っておくんだった」

強烈な後悔に苛(さいな)まれ、バナミはベッドの上で転げ回った。

それに、おすすめのトリートメントのこととか、ユリに教えてもらえばよかった。ばれない程度に眉毛を整えるやりかただって、志田っちが教えてくれるって言ったのに、いいよあたしはと断ったのだ。サッコにマニキュアを塗ってあげると言われたときだっておじさんおばさんが厳しいせいにして逃げてきたし、睫毛(まつげ)をくるっと上げるあの恐ろしい道具の使い方をみんながわいわい教え合っていたときにはトイレに行くふりをしてこっそり時間をつぶしたりした。だって自分はバナミなのだ。バナナじゃなくてバナミ。バナナから連想してゴリラ女と呼ばれていたときもあるし、その前はバカミと呼ばれていた。そういう男子とばかり遊んで、女子たちから白い目で見られたくらいだ。あたしはバカでガサツなバナミ。着るのはシャツに短パンであって、おひめさまの服ではない。

やっぱり無難に制服だよな。

昨日と同じ結論にたどりつき、バナミはようやく眠るためにぎゅっと目をつぶった。

「あら、思ったより大きいわね、その服。袖が余っているじゃない」

約束の時間に訪ねたら、英子さんはまずそう言った。

「そうか、新入生だから大きめに作るのよね」

「そうなんです。いちおう、あたし中一なんで」バナミは誘われるまま靴を脱ぎながら肩をすくめた。「だめですかね、これだと」

「だめではないけど」

英子さんは厳しい表情でじっくりとバナミの姿を眺めた。ありふれた紺色のブレザーにジャンパースカート。靴下はいちおう新しい、校則どおりの白い無地だし、靴も入学式のときにだけ履いた黒い革のローファーだ。

「こうして見ると思ったより幼く見えるのね、あなた。もう少しお姉さんに見えそうだと思ったけど、制服なら年相応だわ」

「すいません。誰かから高校生の制服借りてきたほうがいいですか？」

「いえ、その必要はありませんよ。なんならこちらで用意すると言ったでしょう。こちらの用事に付き合っていただくんだから、当然のことです」

「そうは言っても」

バナミは英子さんの今日の姿にすっかり気圧され、気後れしていた。なんと和装だ。それも、すごくゴージャスな。

真珠色の生地に銀色の秋草のつるがはらりと流れかかり、金色の蔦の葉が点々とあしらわれている。帯もまた金色だが、鈍い色味に大きな刺繡で全体の印象をきりっと引き締めている。髪はいつもと違う分け方にセットされ、しっかりと施されたお化粧で印象もがらりと変わって、ほとんど別人みたいに見えた。

「とりあえず、いらっしゃい。うちにあるのでいくつか試してみましょう」

英子さんはバナミを屋敷の中に招いた。冷房がきいている。庭から見えていたあのリビングルームを通り抜け、右手の襖をするりと開いた。

「あなたの体格なら私の娘時代のもので大丈夫だと思うのよ。ちょっと出してみたりしていたの」

畳の上に、たとう紙に包まれた着物が数枚。

「あたしに着物?」

慌てふためくバナミをよそに英子さんは次々と包みを開いてはああでもないこうでもないと真剣なまなざしでバナミに着物を当て始めた。触るのもはばかられるようなつやつやした生地、繊細な刺繡や織模様。どれもこれもが見たこともないほど美しく豪華だった。つまりは、絶対に高価だ。こんなの汚したり破いたりしたら……。おじさんおばさんの顔が脳裏に浮かび、バナミは血の気が引くのを感じた。

「青も似合うけどピンクもいいわね。ほら、この色柄なら古臭くないでしょう。あなたウサギとブドウとどちらがお好み?」

「いやあ、どっちもまあまあ好きですけど……」

「じゃあこちらね」とウサギのほうを残して、英子さんはまたあれこれと悩み始める。ついこのあいだ似たようなことがあったな。されるがままになりながら、バナミは虚空を見つめて考えた。大人って、誰かに服を見繕いたいものなのだろうか？

「そうすると帯はこれとして、あらでももう少し大きいほうがいいかしら。少し長いぶんにはどうとでもなるから……」

「あの、あたし着物ってそんなに似合わないと思うんですけど」

「なに言ってるの。似合わない人なんていないわよ。昔はみんな着物を着てたんだから」

英子さんは気にも留めず、帯を手に取って見比べている。

「あの、でもあたし人生で浴衣しか着たことないですよ。それも幼稚園のときだけ。いきなり着たってちゃんと動けないと思うんですけど」

「踊りに行くわけでもあるまいし、動く必要はないから大丈夫。ちょっと歩けて立って座れれば御の字よ。そういえばあなた、足は大きいほうかしら」

「二十四センチですけど」

「いいわ、それなら新品がいくらもあるから」

立ち上がってたんすに向かった英子さんを、バナミは必死で呼び止めた。

「英子さん、英子さん」

「なあに」

「お気持ちはありがたいんですけど、あたし、実は持ってきた服があって……」

英子さんは拍子抜けしたような顔をした。

「あなたね、そういうことは早くお言いなさいよ」

というわけで、バナミはあのばら色のワンピースを初めて身に着けることになった。どんなにみっともなく見えるだろう。泣きたいような気持ちになったが、高価な着物をだめにするよりはましだ。未練がましくかばんの底に忍ばせてきたそれを、目をつぶって一気にかぶる。やわらかな布が波打ち、皮膚の上をすべっていった。

「あらまあ、いいじゃないの」

背中のファスナーを上げてくれた英子さんが歓声を上げた。

「なんだ、あなた素敵なのを持ってるのじゃない。最初からそれでいらっしゃいよ」

「すみません……」

バナミは恥ずかしさにうつむいた。自分がマナミだったらいいのにと思った。愛の果実のマナミ。マナミとして育ったら、この服が似合うような少女になれていたかもしれないのに。

「ほら、姿勢よく。せっかくのお洋服が台なしでしょう。お母様のお手製かしら、さすがねえ」

「お母さんじゃないです」とバナミは小さく言った。「知り合いです。あたしの母親はとっくに死んじゃったので」

「そうなの。じゃあ、お母様に見せてあげたかったわねえ」

英子さんはそう言って、不意に席を外した。バナミは姿見から目を背けて立った。絶対に見ないと決めていた。他人に笑われるのはかまわない。でも自分が自分をみじめに思うのはあんまりだ。

戻ってきた英子さんは小さな包みを持っていた。

「これ、つけてもいいかしら？　ぴったりだと思うのよ」

開いた手のひらに、ころんと白い陶器の鳥が載せられていた。目と羽のラインが空色で描かれている。どことなく古びた感じがするから、誰かのお下がりなのだろう。

左の襟元を優しくつまみながら、英子さんが「昔、フランスの骨董市で買ったものよ」と教えてくれた。「自分でつけるわけでもないのに、気に入ってしまってね。安物だけど、よかったらもらって」

「ありがとうございます……」

バナミはうつむいたまま、つけてもらったブローチを見た。愛嬌のある点の目が無邪気にこちらを見上げている。なんだか元気づけられているように思えた。

えへっと笑ったバナミにつられたように頰を緩めて、英子さんは、じゃあ行きましょうか、と姿見にくるりと背を向けた。


高速道路に乗ってから、英子さんは行先をようやく明かした。着物のままでサングラスをかけ、慣れた様子で運転しながら。

「東京ですか」

「ええ。叔父の米寿祝いの会があってね」

「米寿って、八十八歳でしたっけ」

「そう。腹立たしいことに盛大にやるのよ。だから私、ちょっと乗り込んでやろうと思って」

「乗り込む？　お祝いしに行くんでしょう」

英子さんは赤い唇をきれいに弓なりにしてにっこりと笑った。

「いいえ」

「喧嘩をしに行くのよ」

車は一時間ほどで東京に入った。高いビルの立ち並ぶ通りを進み、ほどなく地下の駐車場に乗り入れた。エンジンを切った英子さんは大きなスカーフをケープがわりに首に巻きつけ、お化粧と髪を入念に整えた。外したスカーフを後部座席に投げ込むと、真剣な面持ちでバナミに言った。

「いいこと、バナミさんは私の後ろにいるだけでいいわ。黙ってにこにこしていれば――いえ、にこにこもしなくていいわ。会場にはたくさんの人がいるし、誰かが声をかけてくることもあるかもしれない。でも気にしないで無視しなさい。感じよくする必要はありません」

「えー、それはちょっと……」

無視しろなんて言われたのは初めてだ。大人を無視？　していいものなの？

英子さんはバナミの目をのぞきこんで勇気づけるように頷いた。

「大丈夫、自分がお姫様だと思いなさい。お姫様は軽々しく声をかけてくる相手にいちいち愛想をふりまいたりしないでしょう。ほんのわずかな時間だけでいいの、そういう遊びをしにきたと思って、なりきってくれないかしら」

お姫様――そう聞いて、バナミはまあちゃんの姿を思い浮かべた。

「あたし、そういうの、けっこう得意かもしれません」

「それは心強いわ」

二人は車を降り、エレベーターホールに向かった。

「四階を押してくれるかしら」

先に乗り込んだ英子さんは着物の裾を直しながら頼んだ。バナミは丸いボタンの並んだパネルに書かれた文字を見て尋ねた。

「ここ、ホテルなんですか？」

「え？　ああ、そうよ。昔から、こういうときは、うちはいつもここ……」

心ここにあらずの様子で答えた英子さんは、緊張しているように見えた。抱えかばんを胸の前に握りしめ、ぎゅっと結んだ口の端には小さなしわが寄っている。

上昇するエレベーターの中で、バナミは思わず腕を伸ばして英子さんの手を握った。

「え？」

英子さんが驚いたような顔をした。バナミも自分のしたことに驚いた。

「あ、ごめんなさい。緊張しちゃって」

英子さんは「いいのよ」と笑い、バナミの手をぎゅっと握り返してくれた。

エレベーターが止まったとき、二人はもう大丈夫だった。英子さんは颯爽と歩き出した。バナミもまた、ローファーのつまさきを堂々と踏み出した。正面にあった大きな鏡にはお姫様が映っていた。ばら色のワンピースに身を包み、かすかな笑みを浮かべて世界をにらみかえす少女が。

立派なホテルだった。角には豪華な花が飾られ、大きな窓からは階下の庭園が見渡せた。小さくピアノが流れる静寂の中を英子さんは勝手知ったる様子で進んだ。通りかかるお仕着せの人たちが足を止めてお辞儀をするのに小さく頷き、目的の場所に向かってどんどんと歩いていった。バナミも背筋をぴんと伸ばし、こんなところになんか何の興味もないわ、という顔をして英子さんの少し後ろを歩いた。

不意にざわめきが耳に入った。開け放たれた大きな観音開きの扉の向こうでパーティーが開かれているのだった。白いクロスをかけた丸テーブルが何台も並び、華やかに着飾った人たちが和やかに歓談している。結婚式だろうか。そう思った瞬間、壇上に掲げられた横断幕に気がついた。そこには墨痕（ぼっこん）も鮮やかに《北原泰二の米寿を祝う会》と大書されている。英子さんはふん、と鼻で笑った。

「ここですか」

「そのようね」

扉の横に設（しつら）えられた細長いテーブルの前で立っていた女の人が、二人に気づいて「ご参加でいらっしゃいますか」と話しかけてきた。「恐れ入りますがお名前を頂戴いたします」

「ええ」

英子さんは頷いて、差し出された帳面にさらさらと名前を書いた。女の人は驚いたように英子さんの顔を見て、「少々お待ちくださいませ」と言い置き慌てたように走っていった。

英子さんは扉の前でゆったりと会場内を見渡した。口元に強固な微笑みを浮かべ、さげすむような冷たい目で辺りを睥睨（へいげい）しているのだった。

「英子さん」

バナミは後ろからそっと声をかけた。英子さんは振り返らなかった。会場では壇上で誰かがスピーチをしていた。正面の金屏風の前でこちらを向いて座っているおじいさんが泰二さんなのだろう。えらそうではあるけれど、思ったよりも見た目はふつうだ。

さっきの女の人が最前列の丸テーブルに駆け寄って何事か話したら、テーブルについていた家族らしき人たちが泡をくって顔を見合わせ、ナプキンを放り出して金屏風の席にばらばらと駆けよった。スピーチの途中であるにもかかわらず、泰二さんがよろよろと立ち上がる。「ツエ！」と叫ぶと、近くにいたホテルの人がステッキを慌てた様子で差し出した。杖を頼りに懸命に歩いてくる泰二さんの後ろから、家族らしき人たちが列をなしてそろそろとついてくる。

「みっともないこと」

低い声で呟いた英子さんに、バナミはもう一度呼びかけた。

「英子さん」

英子さんはしかめ面のまま振り返り、瞬きをひとつして、それからもう一度彼らのほうに目をやった。そしてふうっと溜息をついて、晴れ晴れとした笑顔で言った。

「帰りましょうか」

踵（きびす）を返して歩き出す。ようよう会場から脱出してきた泰二さんが後ろから怒鳴りつけた。

「英子！　お前というやつは、どういうつもりだ！　よく恥ずかしげもなくのこのこ顔を出せたものだな！」

「叔父様にお祝いを申し上げに寄っただけですわ。ほんの気持ちですけれど、ご祝儀だけでもお渡ししたくて」

英子さんは上品な仕草で袱紗に包んだ祝儀袋を取り出した。立派なスーツのおじさんが泰二さんを押しのけるようにして分厚いそれを乱暴に奪い取り、ひきつった笑顔でとりなした。

「まあまあ、親父。せっかく来てくれたんだ。英子ちゃん、早く席に。さあ」

「あら、悪いわよ。私は一族を追放された身ですから」

「本家の一人娘が何を言っているんだ」

おじさんが強引に手を取ろうとした。英子さんはするりと腕を引っ込めた。

「それにほら、あの話を発表するいい機会だ。親父の米寿に本家の跡取り、こんなにめでたいことはない。もちろんそのつもりで来たんだろう？」

「そうですよ、おばさん。ぼくもようやくこの日が来て嬉しいよ」

おじさんの後ろから高校生くらいの男の人がやってきて、英子さんの背中にそっと手を添えた。英子さんは体をよじって距離を取ると、バナミの肩を抱き寄せた。

「なんのお話かしら。用がすんだのでお暇しますわ。それでは叔父様、どうぞいつまでもお元気でいらしてね」

莞爾と笑って歩き出す。続こうとしたバナミの腕を、高校生がぐいっと摑んだ。

「おい、おまえ。おまえはいったいなんなんだよ」

腕を軽々と振り払い、バナミは彼を無関心な瞳で見つめ返した。

「あたしは、マナミ」

そうして二人は今度こそ歩き去った。

12　お姫様たちの休日

　エレベーターに飛びこむなり、英子さんはこらえきれなかったように両手で顔を覆った。そして「ああ、おもしろかっ、た！」と大きな声で言った。

「あなたのおかげで最高だったわ。見た？　あの人たちの情けない姿。まったくどうしようもなかったわねえ」

「聞こえますよ」とバナミは焦って上を見上げた。いいホテルだからなのか、エレベーターまで静かなのだ。

「かまいやしないわ」

　ふふふ、と笑いながら英子さんは髪の毛をばさばさと指でといた。

「でも、本当によかったんですか？　帰っちゃって」

「いいのよ、どうせもともと私の席なんてなかったんだから。こうなるとは思っていなかったけど、あなたに助けられたわね。結果的に目的は果たせたし、パーティーをそこまで台なしにしなくてすんだ」

「パーティーを台なしにする予定だったんですか」

「そうよ。もっと大々的にね。あとでゆっくり話してあげるわ」

英子さんはさっぱりとした顔で言った。

「思ったより早くすんだから、まずはどこかでお昼にしましょうか。予定ではさっきのパーティーですませるつもりだったけれど、こうなったらゆっくり食べられるところに行きましょう。あなた、行きたいお店はある？」

「東京で？　思いつかないなあ」

「じゃあ私が決めていいかしら。知っているお店があるんだけれど」

「もちろんです」

エレベーターが音もなく地下に到着した。二人は駐車したばかりの車に戻り、勢いよく乗り込んだ。シートベルトをかけながら、英子さんが思い出し笑いに肩を震わせた。

「それにしてもあなた、どうして肝心なところで自分の名前を言いまちがうのよ。私ふきだしそうになっちゃったわよ」

「あれは、あたしの……」言いかけて、バナミは「ちょっと舌嚙んじゃって」と苦笑いでごまかした。


英子さんが選んだのは、小さなお寿司のお店だった。

店内は混んでいなかったけれど、カウンターではなく上の階の小さな個室に通された。畳に絨毯が敷かれ、洋式のテーブル席になっている。英子さんの向かいに腰かけると、店主らしき人が上がってきてお茶の世話をしてくれた。

「洋食でもいいかと思ったのだけど、着物にこぼすと面倒だから。悪いけど付き合ってちょうだいね。生ものだけじゃなくて巻きずしとか丼物もあるから、好きなものを頼んで」

渡されたお品書きをぺらぺらめくり、バナミはううんと唸(うな)って頭をかいた。

「お寿司は苦手だったかしら」

心配そうに表情を曇らせた英子さんにお品書きを返して、バナミは正直に言った。

「大好きなんですけど、よくわかりません。ランチセットとかありますか」

「じゃあお任せにしましょう。きらいなものはある？　食べられないものは？」

「お寿司はなんでも大好きなんだけど、あたしちょっとだけワサビがだめで」

「ではお嬢様はさびぬきで」と店主が愛想よく言った。「おなかはどのくらい入りますか」

「甘いものが入るくらいは残しておきなさいね」と英子さんが注意した。「でも食べ盛りなんだから、手控えなんかしなくていいわ」

「ほどよい加減でお出ししましょう。奥様はどのように？」

「私は軽めに頼みます。ああ、二人とも茶碗蒸しは大きいほうにしてね」

「承知しました」

店主は階下に戻っていった。英子さんはリラックスした様子で手をお絞りで拭い、「お疲れさま」とあらためてバナミをねぎらった。

「あたしは何もしなかったですけどね」バナミも手を拭った。「ここ、常連さんなんですか」

「実家が近所でね。小さい頃からときどき来ていたの。さっきの人は三代目だったかしら」

「へえ……」何気なく頷いて、バナミはふと首を傾げた。「あれ、英子さんってあのテニスコートのおうちで育ったんだと思ってました」

「いえ、私はもともとこっちなの。あそこは祖父母の隠居所でね。夏休みに通っていたの」

英子さんはお茶を口にし、食べながら聞いてね、と前置きして話し出した。種明かしをしてくれるつもりのようだった。


長い話だった。流れるように出てくる料理に箸をつけながら英子さんが語った人生は、思いもよらないものだった。

英子さんは旧家の一人娘として樺太（からふと）に生まれた。実家は江戸時代から続く貿易商で、第二次世界大戦のさなかにあって樺太で事業を成功させていた。終戦にともない東京に戻ってからも家業は順調に拡大し、英子さんは恵まれた少女時代を過ごしたのち、女子大へと進んだ。留学を望んでいたけれど、卒業したら結婚することが決まっていたため叶わなかった。家のための結婚だ。代々そうしてきたのだし、相手の人格も申し分ない。またとない良縁に周囲は大いに喜んだ。英子さんの気持ちを気にする人はいなかった。それが男子に生まれなかった者の務めであると、みんな知っていたので。

だから英子さんは、婚約者のもとに乗り込んで破談にしてほしいと訴えた。あなたがきらいなのではなくて自分が結婚を望んでいないだけなのだ、これからは自分の力で生きていくつもりだし、あなたにももっとふさわしい相手がいるはずだ、と。婚約者は噂にたがわぬいい人で、意外にも話をよく聞いてくれた。「あなたのような方には我が家は窮屈でしょうから」と爽やかな笑みを浮かべ、結納（ゆいのう）まですませているにもかかわらず縁談を白紙に戻すことを了承して、今後の付き合いにも支障のないように取り計らうと請け合ってくれた。

父親は激怒した。面目は丸潰れ、大きな借りができたうえに、英子さんが自分の力で生きていくと啖呵（たんか）を切ったことが子煩悩だった彼の逆鱗（げきりん）に触れたのだ。彼は無責任な馬鹿娘、おまえなんかに何ができると怒鳴って灰皿を投げつけた。今ならまだ間に合う、先方に許しを乞いに行け。英子さんは頑として拒み続け、売り言葉に買い言葉でついに勘当を勝ち取った。着の身着のまま飛び出そうとした英子さんを母親がこっそり引き留めた。

「好きに生きなさい。そのかわりもう帰ってきてはだめよ」

そう告げて、当面の生活費にはじゅうぶんすぎるほどのお金と、大阪にある知人の会社への紹介状を手渡してくれたのだった。

「しばらくしたら向こうに支社を出すことになって念願のアメリカに移ったってわけなの。行ってみたら全然華やかじゃないし、私の英語も通じないし、仕事もうまくいかないしで、そりゃあひどかったけれどね。最初は毎晩悔し泣き。でもそのうちなんとか軌道に乗って」

「それからずっとアメリカにいたんですか」

「ええ。一度も帰らなかった。このままここで死ぬまで一人で生きていくんだろうと思っていたわ」

ところがある日、そんな英子さんのもとに、縁を切ったはずの実家から三十年ぶりの連絡が来た。父親の介護をしろという泰二叔父からの要請だった。実家には体を悪くした気難しい父親が一人残されていた。母親は既に亡くなっていたけれど、英子さんには報せのひとつもなかったのだという。

英子さんは帰国して、あの離れに暮らしながらたった一人で父親を介護した。他人に世話をされるなんてまっぴらだと怒るからプロの手を借りることもできず、怒鳴ったり物を投げたりする父親のそばで昼も夜もないような毎日を過ごしていたのだ。

「私はね、早く死んでくれって思っていたわ。毎朝毎晩祈ってた。疲れて頭がおかしくなっていたのか、私が元々そういう人間だったのかわからないけど、もうそれしか考えられなくなっていたのよね。今となっては、そうは言っても晩年を一緒に過ごせてよかったのかもしれないとも思っているけど」

　英子さんはいつしかバナミではなく、窓の外を見つめながら話していた。すだれに透ける街路樹の葉が影絵のように黒く見えた。弱い風に少しだけ揺れている。

「結局、父が亡くなったのは十年近く経ってからだったわ。それがつい数か月前のことよ。お葬式が終わった途端に、今度は叔父がしょっちゅう連絡してくるようになった。自分の孫を養子にしろと言ってきたの。そうすれば本家も続くし、私が受け取った財産を受け継ぐことができるでしょう。おまえには子供も孫もいないんだからそうすべきだって日に何度も電話してくるし、その孫とやらも妙にまとわりついてくるようになって困っていたのよ。そのつもりはないって何度つっぱねても、例のごとくこちらの言うことになんて聞く耳を持たないしね。

　私も頭にきてしまって、そんなに言うなら今度の叔父さんのお祝いの席で正式にお返事いたしますって、つい言ってしまったの。自分の米寿の祝いに本家の跡取りとして孫が取り立てられたら嬉しいでしょう。気を持たせておいて、ぬか喜びさせてやろうと思ったのよ。それであなたに頼んだの」

「あたし？」

「そう、あなたよ。要するにね、私にも実は孫がいるんです、だから養子なんてとりませんって、壇上で宣言するつもりだったの。その孫の役を探していたのよ。泰二叔父のあの孫が高校三年だというから、高校生くらいの子をね。そうしたらあなたがやってきたものだから」

「孫の役だったんですか！」

バナミは椅子の上でのけぞった。あの大きなパーティーの壇上に上げられて偽の孫を演じるなんて、考えただけで足がすくんでしまいそうだ。英子さんはちょっと笑って、これも食べなさいと自分の前にあった煮物の小鉢を寄せてくれた。甘く煮つけたこりこりの貝が絶品だった。さっき一瞬で食べてしまって名残惜しく思ったのを見られていたのかもしれない。

「どうせ後でばれてしまったでしょうけど、せいぜいお祝いをぶち壊してやろうって思っていたのよ。本当はそれらしいアルバイトでも頼むつもりだったのだけど、人形みたいな行儀のいい子なんかより、あなたみたいな元気な子のほうが断然本物らしいじゃない。でも、あなたで本当によかったわ。怒りに任せて悪趣味なショーを開いてしまうところだった。止めてくれて助かったわ」

「いえいえ……」

バナミはもごもごと口をおさえてお辞儀をした。実のところ、あれはつい声をかけただけだ。置いていかれるような気がして、なんだか心細かったから。

「まあこれでしばらくは、あの人たちは夜も眠れないことでしょう。いい気味よ」

英子さんはふふんと笑って、熱いお茶をおいしそうにすすった。

「こちらはめいっぱい楽しみましょう。どこか行きたいところはない？　芝居でも観光でも連れて行くわよ」

「急に言われても」

バナミは箸を置いて真剣に考えた。

「原宿でも行ってみる？　若い子はみんなあそこが好きでしょう」

「この暑いのに街歩きはなあ。汗だくになっちゃう」

「東京タワーにでも上りに行くのはどうかしら。それとも浅草でおみくじでもひく？」

「英子さんもあたしもこんな格好だし、あんまり目立つようなところには行きたくないな」

「そうねえ、それじゃあこんな格好でも不自然じゃないところに行きましょうか。美術館でもひやかして、お茶をして帰るっていうのはどう？」

「美術館？」バナミは名画の前にたたずむ今日の自分を想像してみた。「いいかも」

「きまりね」と英子さんは嬉しそうに言った。


「あたし、こんなとこ初めて」

展示室のまんなかに立ったバナミはその場でくるりと回り、感嘆の溜息をついた。重厚な石造りの建物と正面の庭にあったおそろしげな彫刻に入る前から恐れをなしていたバナミだったが、入ってみれば四方の壁にずらりと並んだ美しい絵画に囲まれて、心がふわりと浮き立った。愛らしい赤ちゃん、光に満ちた木々、舞い降りてくる天使に、肖像画の神秘的なまなざし……。

「好きなように見て回るといいわ。出口のあたりで合流しましょう」と、すぐそばのベンチに腰をかけた英子さんが言った。

「英子さんは？」

「私はここが特等席なの。この絵が好きでね、来るといつもここに座って長いことこの絵を眺めるのよ。考えごともはかどるし、なぜだかとてもリラックスできるの」

英子さんは目の前の大きな絵に穏やかな視線を戻した。

これ、見たことがある。バナミは英子さんの後ろからその絵をじっと見つめた。授業でやった気がする。確かスイレンというのだ。池にスイレンが浮かんでいるだけの絵。教科書で見たときにはなんとも思わなかったけれど、こうしてみると不思議にきれいだ。

青にピンクに緑色、画面いっぱいに描かれた複雑な色の水面に、ぽちぽちとスイレンの群れ。映っているのは頭上の木の葉の影か空、水の中に空があるみたいにも見えるし、全部が空みたいにも見えてくる。つかず離れずたゆたっているスイレンに誘われるように心がゆらゆらしはじめて、ぽつんぽつん、泡みたいに何かが浮き上がってくる。へんなの、これって実際にある景色なのかな？　それとも誰かの心の中の池なのだろうか。

魔法にかかったみたいにぼんやりとしかけたバナミを振り返って英子さんは微笑んだ。

「だからあなたは気にしないで楽しんでいらっしゃい。お気に入りが見つかるといいわね」

「はい！」

我に返ったバナミはその場を離れ、部屋の入口に戻って順繰りに見ていった。いろんなのがあるんだなあ、とバナミは密かに感心した。素敵なの、きれいなの、好きなのも、怖いのもある。なんで好きかもわからないもの、なんできらいかもわからないもの、おもしろいもの、微笑ましい光景、見覚えのあるような表情……。

夢中になっているうちに、バナミははっと気がついた。ここ、まあちゃんの部屋に似てるんだ。

無数の飾りもので埋めつくされたあの部屋。まあちゃんを喜ばすための小さな美術館はもう失われてしまったけれど、バナミはあの部屋と再びめぐりあえたような気持ちになった。それはきっと、あたしが今日、お姫様の服を着ているからだ。まあちゃんがそうさせてくれた、いや、もしかしたら、まあちゃんがこの服を通じてちょっとだけバナミの中に戻ってきてくれたのかもしれない……。

バナミは嬉しくなって、鼻をつんとそびやかし、しとやかな歩き方でぐるぐると歩き回った。あれもこれも、みんな自分のためのもの。ここはあたしの王国。心の中ではそういうことにして、好きなだけお姫様気分に浸った。今日だけ。一生のうち、今日だけだ。あたしはちょっとだけマナミに戻る。それくらいのこと、きっと許されるはず。

英子さんと合流したときには三時近くになっていた。すぐそこだからと日陰を選んで五分ほどそぞろ歩き、洋食屋さんだというお店に入った。歴史のありそうな、上品なお店だ。白いクロスのかかったテーブルにつくと、英子さんは「おやつにしましょう」と言って二人分のパフェと紅茶を注文した。

「気に入ったものはあった？」

てっぺんのミントを皿の端に避けながら英子さんが尋ねた。

「いくつも。寝ている赤ちゃんの絵に、一階にあった女の人の彫刻に、英子さんのスイレンに、貴族の女の人の肖像画……」バナミはクリームを少しずつすくいとりながら思いつくまま数え上げた。「でも一番好きなのはドレスの女の人たちがボートに乗っている絵かも。舟遊びっていう絵で、二人で楽しそうだったから」

なんだか自分と英子さんみたいだなって思ったのだ。けれど、恥ずかしかったのでごまかした。

「そう。あれもモネね。私の好きな絵と同じ作者」

「あ、そうなんですか。言われてみれば似てたかも」

バナミは意識して背筋を伸ばし、英子さんをこっそり真似して上品に食べようと努めた。

「本物って思ったより小さかったり、きれいだったりするんですね。おもしろかったあ」

「それはよかった。私も楽しかったわ。遊びに出るなんて久しくなかったことだから」

「忙しいんですか？」

「そういうわけでもないんだけれど、一人だと億劫になってしまってね。なかなかそういう明るい気持ちになれなくて」

「そっか、大人だと友達と都合が合わなそうですもんね」

あっけらかんと返したバナミを見て英子さんは瞬間口をつぐみ、「そうなのよ」とやけに明るく笑った。

「親しくしてた友達はみんな海外だし、学生時代の友人とはほとんど縁が切れてしまっていますからね。この歳になると友達付き合いというのはなかなか難しいものなのよ」

「そうなんですか。寂しいな」

バナミは反射的にユリたちの顔を思い浮かべた。そうだ、みんなは今頃公園のコートで楽しくやっているだろう。明日も明後日もいつだって会えるから今日会えなくても寂しくはないけれど、いつか付き合いが途絶えてしまう日が来たらきっと寂しく思うんだろう。そんなことを考えていたら、「寂しくはないわ」と英子さんが言った。

「あなただって、違う学校に行った友達と縁が切れたりしていない？　そういう相手に会えなくて寂しいと思うかしら。互いに別の方向に歩き続けているだけなのだから、ただときどき思い出してどうしてるかなって思うくらいではない？」

「それが寂しいってことじゃないの？」

「え？　そうなの？」

英子さんは目をぱちぱちさせて、少しの間考え、「たぶん、あなたが正しいわ」と神妙に言った。

「で、連絡しないんですか？」

「連絡って？　誰に？」

「縁が切れた友達に」

「いまさら？」

「だめですか？」

「駄目ではないけれど——もう何十年もご無沙汰だもの」

「また会えばいいじゃないですか。ほら、おうちのコートで一緒にテニスをしていた友達とか、声をかけてみたらいいと思います。また一緒にやろうよって」

「あなた、私をいくつだと思っているのよ」

英子さんは笑い出し、「公園のコートでおじいちゃんたちがよくテニスしてますよ」と口を尖らせたバナミに「ずっとやってきた人は別です」とぴしゃりと言った。

「連絡先も聞いていないし、今どうしているかも知らないわ。だいたい、昔仲が良かったからといって今になって仲良くできるかといったら、そんなに簡単じゃないと思う。当時思い描いていた姿からはずいぶんかけ離れてしまったし……」

英子さんはしだいにしょんぼりしてしまった。やっぱり寂しいんじゃないか。バナミはそう思ったけれど、口には出さなかった。

「私もあなたみたいな子だったら、あの子にちゃんと連絡先を聞けていたのかもしれないわね。当時はただの近所の子としか思わなかった。あんなに慕ってくれたのにちゃんと別れも言わなかった。また会おうねとも言わなかった……」

重い溜息を長く吐き出し、英子さんは独り言みたいに言った。

「ねえ、あなたって、本当にお名前通りの女の子ね。こう育ってほしいって願ってつけたら、その通りに育つものなのかしら。それとも赤ちゃんのあなたを見て、あなたにぴったりの名前を贈ったのかしらね」

「ぴったりって？」

バナミはあっけにとられて聞き返した。

「だから、バナミさん。英語らしく発音するとbonhomieね。親しみやすいとか、気さくな、気立てのいいって意味よ。素敵なお名前ね。親御さん、センスのある方だわ」

「あ、いや、偶然だと思います」

バナミはきまり悪く縮こまった。だって元々は愛実なのだ。お父さんが字面の恥ずかしさに負けてとうとうバナミになってしまった、手違いの名前。

「だってトラックの運転手だし」

「だからなんなの？　センスは職業とは無関係よ」

平然と返した英子さんに中途半端な笑顔を向け、バナミは黙って紅茶のカップを口に寄せた。お父さんが英語？　いやいや、ありえない。勉強なんてからきしだったみたいだし、英会話ができたという話を聞いたこともないのだ。

でももし、万が一、英子さんの言うように親しみやすくあるようにと願ってくれたなんてことがあったとしたら……？

どきどきと胸が鳴って、じわりと頰があたたかくなった。

顔も声も覚えていないお父さん。大事な届を出せないくらい照れ屋だったその人は、もしかしたら、英語の名前を考えたなんて恥ずかしくて言えなかったのかもしれない。だからいつも適当な言い訳をしていたのかもしれない。

——なあんて、ね。あるわけないか。

ティーカップの中で赤いお茶がゆらゆら揺れた。そこに映った複雑な模様が自分の顔なのかそうでないのか、バナミにはわからなかった。

13　英子さんの友達

帰り道、車の中でバナミはみんなで職員室に乗り込んだ話をした。何を言っても先生がのらくらとかわして絶対に首を縦に振ってくれず、次々と論破されてしまったところをおもしろおかしく話したら英子さんは大笑いした。

「残念だったわねえ。おもしろいアイディアなのに」

「はい。でも結局、じゃあ自分たちで勝手にやろうって話になったんで、かえってよかったかもしれない。優太がコートの予約をしてくれたんです。なかなか取れないけど、キャンセル待ちを狙ってやろうってことになって」

「またうちでやってもいいわよ」と英子さんは言った。「月に一度か二度ならね」

「えっ、助かります！」

バナミはつい大声を出し、慌てて口をおさえた。そしてふと思いつき、英子さんを誘った。

「よかったら英子さんも入りませんか。学校の部活じゃないなら誰が参加したっていいんだから」

「言ったでしょう、私にはテニスはもう無理。眺めているだけでじゅうぶんよ」

そう言って、英子さんはぐっとアクセルを踏み込んだ。

英子さんの家で制服に着替え、バナミは自転車で帰宅した。おばさんが先に帰っていて、「バナミちゃん、シャワーするなら洗濯機回しちゃってねー」と台所から大声で言った。

「あいよー」

同じボリュームで返してシャワーを浴び、洗濯機を回し、洗い終わった洗濯物をかごに入れて二階に運んだ。足元に丸まったタオルケットを踏みつけてベッドを乗り越え、ベランダに出る。おばさんの仕事のエプロンやおじさんのワイシャツの中から濡れて黒っぽく見えるあのワンピースを抜き出した。物干しざおにひっかけ、丁寧にしわをのばしながら、バナミは夢みたいな一日をうっとりと反芻（はんすう）した。

これを着たんだ、あたしが。一日だけ、マナミに戻って……。

一生に一度たりとも起こるはずのなかったことだった。ついさっきまでの現実が、いまやものすごい速さで遠ざかっていっているように感じる。寂しいとは思わなかった。寂しいと思う余地もないほど決定的に去ってしまったから。

もうこれを着ることはないだろう、とバナミは満ち足りた気持ちで思った。あたしはバナミの人生に戻るのだ。親しみやすい、気さくな、バナミの。

「ねえ、あんたたちも部活やめるの」

ランニング中、トップ集団から突然下がってきた酒井雫が恐ろしい顔をして聞いた。

「やめるときはちゃんとあんたに先に言うから安心しなよ」とユリが振り返って牽制（けんせい）した。

「いや、いいよ」酒井は投げやりに返した。「あたし二学期から転部するから」

「え、マジで？」

「だってやってらんないもん。好きでリーダーやってるんじゃないしさ。限界ですって言ったら、あっそ、お疲れ様だって。もういいわ」

「そうなんだ」

みんなが複雑な顔をしているのに気づいた酒井は「で、悪いけどあんたたちのうちの誰かって言っといたから」と嚙みつくように言った。

「何がよ」

「次の一年リーダーに決まってんでしょ。誰か推薦しろって言われたから」

「はあ？」

一斉に声を上げた三人を残して、酒井は「頼むね」と手を上げて集団の外からダッシュをかけ、先頭に戻っていった。

「入れてあげればいいじゃん」

ひゅっ、ひゅっ。軽快に素振りをしながらそう言ったのは光井くんだ。

翌日の自主練で集まったとき、さっそく彼女の話題で盛り上がったのだ。

「酒井を？　うちらの自主練にってこと？　やだよ」と、ユリが顔をしかめる。

「そう？　べつにいいじゃん」と優太も言った。「困るわけじゃなし、自由参加なんだから」

「いや、困るよ。あたしら酒井と一緒じゃ楽しくないもん」

「そうだよ、せっかく楽しくやってるところに酒井が来たらピリピリしちゃう。だったら他の人入れたいよ」

　バナミと志田っちも口々に同意した。

「他の人って？」

「誰でもだよ。それこそべつに誰だって、学校の外の人でも……」

「なら酒井さんだって入る権利があるんじゃないの」と光井くんが冷たく言った。「というか、それより、きみらの誰かがリーダーとやらになるんだったら、もしかして部活の状況だって変えられるんじゃないの？　そしたらおれらと自主練なんかする必要ないんじゃない？」

「えー、今更そういうこと言う？」とユリが不満げにラケットを手の中でくるくる回した。

「光井くんだって乗り気だったじゃん」

「それはそうだけど、なんならおれらだけで勝手にやるし。なあ、優太」

「ぼくは分析係したいから、できたらみんなとやりたいけどな。部活と両立できないのかな」

「そうは言っても、おれらがやろうとしてることって、コートおさえるのとかけっこう無理ある計画だよ。優太が毎日電話かけまくってるの、きみらは知らないだろ」

「あ、ごめん。大変な思いさせて……」

　バナミたちは顔を見合わせ、気まずく優太に謝った。優太がマネージャーとしてはりきってくれるのに甘えて、つい任せきりにしてしまっていたのだ。

「ぼくはいいんだよ、好きでやってるんだから」と、優太が光井くんをなだめた。「いま、各施設のデータノートも作ってて、いつが取れやすいかとか調べてるんだ。それに機会は多いほうがいいでしょう。こないだのバナミみたいに参加できない日だってあるんだし、月に数回はコートの日を確保したいじゃない」

バナミはそれを聞いて思い出し、大声で言った。

「あ、そういえば英子さんがさ、コート使ってもいいって」

「え？」

ユリと志田っちがびっくりして振り向いた。

「ほんと？　また行っていいの？」

「うん、月に二回くらいならね。あたしたちがこういうことやろうとしてるって話したら、それならって言ってくれた」

二人はやったあ、と手を取りあって喜んで、「でもいつ英子さんにそんな話したの」と不思議そうに尋ねた。

「この前スーパーで買い物してたら偶然会って」

バナミは咄嗟にお出かけのことを伏せ、ごまかした。自分だけ呼ばれたのが二人に悪いような気がしたし、あの姿で出かけたことは誰にも言いたくなかったので。

「へえ、英子さん、自分でスーパーなんか行くんだ。お手伝いさんが行くのかと思ってた」

「お手伝いさんも今はほとんど来てないって言ってたよ。必要なときだけ頼むんだって。ほら、男手がないから植木屋さんとかは頼むけど」

聞き知ったことを教えると、志田っちが「離婚とかしたのかな」と呟いた。

「ううん、結婚しなかったって言ってた。アメリカでずっと働いてたんだって。介護のために戻ってきたらしいよ」

「そうなんだあ、意外。いかにもマダムって感じなのに」

「いや、恋人をアメリカに置いてきたのかもしれないよ。やむにやまれぬ事情でさ」とユリが言えば、「悲恋物語だあ」と志田っちが目を輝かせた。

きゃあきゃあ盛り上がる二人をじろりと横目でにらんで、光井くんが「で、その人が、コート使わせてくれるんだ？」とバナミに向かって念を押した。

「うん。いつでもいいって言ってたよ。事前に知らせてくれれば」

「それなら第何週目の何曜日って決めてもいいかもね」と優太。

「でもそこ、みんなで行ったらさすがに迷惑なんじゃないの。人んちの庭なんだろ」

「公園みたいに広いから大丈夫。それに英子さん、もしかしてちょっとくらいにぎやかなほうがいいのかも」

「え、どうして？」

「なんか、ちょっと寂しいのかもしれないと思って。海外にいたからこっちの友達とはみんな縁が切れちゃったらしいし」

「連絡すればいいじゃんね」と志田っちがきょとんとした顔で言う。

「そう思うんだけど、連絡先もわかんないらしいよ。ほら、あのコートで一緒に遊んだ友達」

「ああ、あの手紙の友達？」とユリ。

「え？　誰？」

「ほら、手紙よ、テニスの教科書コピーしてたら出てきた……」

ユリはもどかしそうに説明した。バナミははっとして叫んだ。

「あ、そうだ！　手紙、返すの忘れてた！」

あの手紙がテニスバッグの中に残っていたのに気づいたのは教科書を返した後のことだった。約束の日に返そうと思っていたのに、服装の件で悩んでいてすっかり忘れてしまっていたのだ。

「バナミったら」ユリが呆れ顔をしたけれど、志田っちは「ちょうどいい！」と目を輝かせた。

「あたしたちで手紙の主を探そうよ。お礼がわりのサプライズ。喜んでくれそうじゃない？」

「それいい！　でもどうやって？」

「イニシャルが書いてあったでしょ」

「手がかりってイニシャルだけなの？　無理じゃない？」と光井くんがばかにしたように笑ったが、「中身にヒントがあるかもしれないじゃない」とユリが助け船を出した。「まずは解読しないといけないけど」

「解読って？　暗号かなんかかよ」

「いや、英語なの。筆記体で書いてあって読めなかったんだよ」バナミはラケットを放り出し、テニスバッグをごそごそ探した。「待って、コピーしたテキストと一緒に入れたはず……あった！」

取り出した手紙を慎重に開き、隣の優太に手渡した。

一瞥（いちべつ）した優太が「全然わかんないや」と光井くんに回す。「翔ちゃん読める？」

「いや。塾でも習わなかったから」光井くんも汗を拭きながら答えた。

「だよねえ」三人はがっくり肩を落とした。

「あ、ねえ、石井は？　あいつなら読めるんじゃない？」ユリが提案したけれど、バナミは

「えー、絵梨はやだよ。馬鹿にされそうだし、絶対見せ物にするよ」と反対した。

「それもそうか。じゃあ、自分たちで解読するしかないかなあ」

ユリが頷くと、志田っちが顔を上げた。

「こないだ職員室行ったときさ、モリーが机で仕事してたでしょ。あのときメモを筆記体で書いてたよ、さらさらーって。あのときは、うわあ、うざって思ったんだけどさ」

「そうだった？　気づかなかった」

バナミはユリと顔を見合わせた。あのときは別のものに気を取られてしまっていたのだ。デスクマットに挟まれていた小さな紙きれ。バナミから取り上げたあのオールドミスの落書きが、ご丁寧に飾られていたものだから。

「えー、じゃあモリーに頼む？」

渋い顔をしたユリにバナミもしかめ面を向けた。

「やだよ、絶対いらない説教してくるもん。他に読めそうな人いないかな」

話し合っていると、光井くんがこれ見よがしに溜息をついた。

「きみたち、本当に勉強しないんだね。教科書の後ろの見返しに筆記体の一覧表がついているのを知らないの？」

「そこ、mじゃなくてrじゃない？」

「これテニスって書いてあるよね」

ブロック体と筆記体の対照表を突き合わせ、みんなはパズルを解くように手紙の文面を解読していった。光井くんの部屋だ。床の真ん中に置いた手紙を車座になってのぞきこんでいる。一時間近くかけてなんとか筆記体をブロック体に置き換えることに成功し、次いで翻訳にとりかかった。まだ習っていない単語や文法がたくさん出てきてバナミにはちんぷんかんぷんだったけれど、英和辞典とハイレベルな受験塾に通っていた光井くんのおかげで、古文書みたいな手紙の内容が少しずつ明らかになってきた。

《親愛なるA
昨日のお話興奮しました。あなたと私は正反対の境遇にあるけれど、同じ方法で自由になることができるのだと信じます。一生懸命勉強をしてあなたの後に続くつもりです。あなたはきっとたやすく成功するでしょう。私もなんとかやってみます。あなたの貸してくれた多くの小説の女の子たちは勇気によって自分の人生を切り開いていきました。私にはお金も家柄もないけれど、勇気なら自分の中から取り出すことができるので。
私たちが夢を叶えた暁にはニューヨークでご近所さんになるでしょう。そして毎日会うでしょう。テニスをしたりショッピングをしたり夜中の映画を見に行ったり、おばさんになってもおばあさんになってもいつまでも楽しくすごしたい。
また夏に会いましょう　M》

「手がかりらしいものはないかあ」バナミはごろりと後ろに倒れた。「貧しい子っぽいけど、英子さんの家に比べればそりゃあみんな貧しいよなあ」

「やけに大げさな書き方だよね。それこそ小説から拾ったみたいで見てるだけで恥ずかしいよ。おれ鳥肌たっちゃった」と光井くんが大げさに腕をさすってみせた。「しかも、なにこの絵。少女マンガかよ」

「当時はこういうのが流行ってたんでしょ」ユリがつんとして言い返す。

「手がかりにはならないよねえ。似顔絵だとしてもこれじゃ探せないし」

優太が真剣にイラストを眺めていると、光井くんが手紙を指先でつまんで取った。

「だいたい、この夢ってなんなんだよ。夢を叶えたらニューヨークでご近所さんってどういうこと？　ニューヨーク市警に入りたいとか、ニューヨーク市長になりたいとか？」

「あの英子さんが？　そうとは思えないけど」とバナミは思わず笑った。

「じゃあなんだよ」

「わかるわけないでしょ。もう本人に聞いちゃう？」

「そしたらサプライズにならないじゃない。だいたい夢の中身がわかったとして、手紙の相手を探す手がかりになるとは限らないよ」とユリが冷静につっこむ。

「サプライズはあきらめてもいいんじゃないかな。この手紙を見せて、英子さんの記憶を喚起したほうが効率的だと思う」光井くんが茶化すのをやめて難しい顔で言った。「人探しなんて素人には大変なんだぞ。少しでもたくさんの材料を思い出してもらったほうがいい」

「そうだね、これを見たら相手の名前くらい思い出せるかもしれない」と優太も同調する。

「名前くらい覚えてるでしょ。教えてくれるんじゃないの」

「だって名前を覚えてるんだったらそもそも自分で探せるじゃないか。大人なら」

「あ、そうか」

「とりあえず、ぼくら一回その人に会いに行ったほうがいいと思うな」

優太が考え深げに呟いた。


善は急げ。五人は英子さんの家に行ってみることにした。平日の夕方に来たのは初めてだ。不在だったらどうしようと思ったけれど、ベルを鳴らしたら英子さんが顔を出した。

「あら」

一瞬親しげな笑みを浮かべた英子さんは、男子二人の姿を認めて目をぱちぱちさせた。

「みなさんが噂の脱出組というわけね？」

「そうです」優太が英子さんを見上げて堂々と言った。「コートを使わせてもらえると聞いたので、ご挨拶にきました」

「それはご丁寧に。暑いから中へどうぞ」

みんなはラケットを隅に置き、広い玄関に並んで靴を脱いだ。緊張した面持ちの一同の後ろから優太がきょろきょろしながら歩いてくる。

適当にかけなさいと言われ、L字型の大きなソファにきっちり並んで腰かけた。バナミは庭に向いた大きな窓を指さした。

「ほら、あれがコート」

「本当だ、すごいな」と光井くんが感嘆の声をもらした。優太は相変わらず無遠慮に部屋の中を見回して、行儀悪いよと志田っちに叱られている。

「で、今日からやっていく？　ネットを持ってきましょうか？」

お茶を出してくれながら、英子さんは親切に聞いてくれた。

「まずは日程の相談に来たんです。ぼくらの希望としては、月に二回、何曜日って決めたいんです」と優太が切り出した。

「いいわ」向かいの一人がけに座った英子さんが頷いた。「何曜日にしたいの？」

「できれば土日のどちらかで。というのは、どこのコートも土日の競争率が高いので、めったに予約が取れないんです」

「私はどちらでもかまわないわよ。あなたがたの都合のいいほうでいいわ」

「じゃあ日曜でもいいですか。部活休みの日のほうが、いろんな人が参加しやすいから」

「ええ」

ゆったりと頷く英子さんにバナミは急いで付け足した。

「あたしたち、コートをお借りする以外は自分たちでやりますから。この前は麦茶もごちそうしてもらっちゃったけど、これからはなるべくお宅の負担にならないようにしたいんです。練習は午後だけにしますし、公園と同じだけの使用料もお支払いします。英子さんのほうからも守ってほしいことがあれば……」

「あまりうるさいことは言いたくないの。使用料も必要ないわ。どうしても支払いたいなら、そのぶんでみんなの飲み物だとか道具だとかを買いなさい。うちで熱中症になられたり、不要な怪我をされたりするほうが困るから、そういうところにお金を使って。いいわね」

ぴしゃりと言われ、みんなは途端に小さくなって「はい」と素直に返事をした。英子さんは微笑んで、「それとね」といたずらっぽく付け加えた。

「せっかくここまで来るんですから、あなたたち、ちゃんと練習することよ。楽しくやるのがいちばんだけど、目標をちゃんと立てて上達目指してやりなさい。元の部活で頑張っている人たちとまともな試合ができるようになってくれないと、私がただあなたたちを甘やかしているだけと思われてしまいますからね」

「はいっ」

五人は揃っていい返事をした。優太が咳払いをし、居住まいを正した。

「それでは第二・第四日曜日の昼一時から夕方五時までということで。最初の練習は八月の第四日曜でいいですか」

「結構。そうしましょう」

英子さんはまじめな顔をして、優太の差し出した手をしっかりと握った。

優太が打ち合わせ通りに尋ねた。回りくどいが、そのあたりから攻めようというのだ。

「ところで、バナミから聞いたんですけど、英子さんは教科書を見てテニスを覚えたんですよね。学校ではやらなかったんですか？」

「授業で一、二度は触ったかもしれないけど、ちゃんとやった記憶はないわ。私は文化部だったし運動も得意ってわけじゃなかったから、わざわざ習ったりもしなかったのよ。どうして？」

「いえ、せっかく自宅にコートがあるのにもったいないなと思って……」

優太の愛想笑いに、「この家は祖父のだもの。東京の自宅にはなかったわ。夏に来ても、大人たちが遊ぶのを見てるくらいでじゅうぶんだったの。最初はね」と英子さんは淡々と答えた。

「じゃあどうして、いきなりテニスを勉強し始めたんですか」と志田っちが無邪気に尋ねる。

「なりゆきというか……。中等部の頃だったかしら、ここの近所の子と友達になってね。その子がやってみたいと言うから、しかたなく一緒にやり始めたのよ」

「近所の子？」

「ええ。いくつか年下のね」

英子さんは言葉少なに答えて、「どんな子だったんですか？　なんて名前？」と身を乗り出したバナミに「いいじゃない、私の話なんか」といくらか投げやりに返した。

「どうしてそんなことを聞くの」

だって英子さん、その子に会いたいんでしょ。

そう言いたかったけれど、バナミはこらえた。こういうときはユリだ。ちらりと視線を送ると、ユリはきゅっと口を結んで例の手紙を取り出した。

「実は、お借りした教科書から手紙が出てきたんです。これ、そのお友達の手紙なんじゃないかと思って」

そっと差し出した手紙を英子さんは不思議そうな顔をして受け取った。

「手紙？」

「お返ししそびれていてすみません」

たたまれた紙を無造作に開いた英子さんは、目を丸くして、すぐに小さな笑みをこぼした。

「まあ、これ、懐かしい……」

じっと見つめて、裏返して、またひっくり返して指先でそっと撫でた。

「よくこんなもの残ってたわね。あの教科書に挟まっていたの？」

「そうだと思います。コピーをとったときに落ちちゃったみたいで」

「そう……」

英子さんは名残惜しそうに見つめながら手紙を元通りに折りとじて、それを手の中に包んだまま、ゆっくりと語り始めた。

「あの子と初めて会ったときのこと、よく覚えているわ。もう五十年以上も前の話よ。彼女はまだ小学生だったわね。私は中学生で、夏休みになるとここにやられていたけれど、祖父母との毎日に退屈して本ばかり読んでいた。来客といえば叔父の一家がときどき遊びに寄るくらいで、でもいとこたちと仲がいいわけでもなかったから彼らが来ると気晴らしに出ていたくらい。

あの日も叔父の一家がやってきて、テニスやゲームで遊び始めた。私は本屋にでも行こうと思って家を出ようとしていたの。そうしたらふと、向こうから視線を感じたのね。振り向いたら目隠しの木の間から小さな女の子がのぞいていたの。テニスをしているいとこたちを、怖いくらいの目で見ていた。

やりたいんだなと思って、私はその子に声をかけた。そうしたら驚いた顔をして、ぱっと逃げていってしまったの。変な子、と思ってその日は追いかけもしなかった。で、次の日、何気なく庭に出たら、その子がまた来ていたの。誰かテニスをしていたわけでもなかったのに、同じところからじっと見ていた。よほどのことだと思ったわ。それで、いらっしゃいよって声をかけたの。テニス、やりたいんでしょって」

「優しい」

呟いた志田っちにかすかに首を振ってみせ、英子さんは続けた。

「その子はまた逃げ出そうとして、でもちょっとしたら戻ってきて、もう一度呼んだら観念したみたいに入ってきた。道具はあるかって聞いたら持ってないと言うからその辺にあったのを適当に出して、どうぞって言ったの。経験者なら、まあなんとかするだろうと思ったのね。

そしたらその子、ボールとラケットを握りしめて怒ったみたいににらみつけてくるのよ。一人じゃできないって怒ってるのかと思って、できそうな人誰か連れて来ましょうかって聞いてみたら、みるみる涙を溜めちゃって。私きょうだいがなかったから、どうしたものやら困ってしまって。必死になだめて聞き出したら、その子テニスなんてやったことがなかったの。やってみたかっただけだったのね」

「あ、だから英子さんが面倒みてあげたんだ」

優太が言うと、英子さんは苦笑いして頷いた。

「ええ。あの子がただテニスをしたいだけの経験者なら、家の誰かに頼んで相手をしてもらえばいいと私も軽く考えていたのよ。でも触ったこともないとなると人に頼むわけにもいかないでしょう。だからしぶしぶ、ちょっとやってみましょうって二人で適当にボールを投げたりラケットを振ったりしてみたけど、てんで形にならなかった。あなたたちよりよっぽどひどかったわ。くたくたになってその日は帰した。満足しただろうから、もう来ないだろうと思ったの。そうしたら次の日、部屋で読書をしていたら、お友達が来てますよって呼ばれるじゃないの。

それからその子、毎日来たわ。ちょっと遠慮してほしいなって思うくらいに、雨の日だって来るんだから。無下（むげ）にするのもかわいそうだからテニスをしたり、お茶会の真似事をしたり、部屋に上げて本を貸したりした。東京に帰る日にもう来ないって言ったら泣くのよ。だからしかたなく来年また夏に来ると約束した。もちろん翌年もその子は来たわ。その翌年も、次の年もね」

「そんなに仲良くなったなら、その子の家にも遊びに行ったりしたんじゃないですか」と光井くんが聞いた。「場所とか、覚えてないですか？」

「仲良くは、なっていなかったのかもしれない」

英子さんはそう言って微笑んだ。

「少なくとも、当時の私は彼女を本当の友達と思ってはいなかったのだと思う。私はひどい人間だった。つんつんして、意地悪だった。それでも懐いてきてくれるから、嬉しいような困ったような、妙な気持ちだったわ。

実は、彼女がうちに来るようになってすぐ、家の者がどこの子なのか調べをつけてきていたの。近所でも有名な荒れたおうちの子だったわ。お父様が難しい人で、いつもお金に困っているというような。不幸な子だから追い出せというのではなくて、だから優しくしてやれと言われていたの。私もそういう気があった。どんなに親しくしていても、半分仕事みたいに思っていた。この子は違う世界の子だ、かわいそうだから親切にしてあげなきゃって」

「感じわる」と光井くんがぼそっと呟いた。ユリが肘で光井くんを小突いた。

英子さんはくすっと笑って「その通りよ」と言った。

「でもね、あの子のほうもそうだったと思うわ。あの子だってきっと私を本当には友達と思っていなかった。私たちは共犯みたいなものだったの」

「どういうことですか」

「彼女はすごく野心家だったということよ。意地っ張りで気が強くて、向上心が強かった。うちに入り浸って彼女が何をしていたかって、テニスを楽しむどころじゃなかった。あの子、私の本棚の本を読んだり、私のテキストで勉強したりしていたのよ。彼女はとんでもない努力家だった。勉強してどこかに行こうとしていた。でもおかしいの、そうは言っても子供だから、あの子は一生懸命英語を学んでアメリカで映画女優になろうと目論んでいたのよ」

「なにそれ?」バナミは間の抜けた声を上げた。「よりによって、そこ行く?」

「どんな夢を見ようとその人の勝手だけれど、さすがに難しいんじゃないかと私も内心思っていたわ。ともかくあの子は本気だった。私が英語を学んでいると知ったら、自分にも教えてくれとせがんできたわ。使い古しの教科書をあげて、辞書をあげて、会話の練習に付き合って。彼女だけじゃなくて私も必死だった。というのは、私も彼女と同じようなことを考えていたから」

「英子さんも映画女優に?」とユリが眉を上げた。

「いいえ、そっちじゃなくてアメリカのほうよ。私も英語にすがっていた。決められた結婚から逃れるために外国に逃げるつもりだったの。つまり私たちは二人とも同じことを考えていた。家から逃げて、遠くで一人でやっていく。そのための修行を密かにしていたようなものだったのよ」

「それで、ニューヨークでご近所さんってわけか」と光井くんが遠慮なく言った。「うまくいったら合流するって」

「私たちのささやかな夢よ」英子さんは笑った。「いつか二人で一緒にアメリカに住みましょうって盛り上がって、どんなアパートに住むとか、ニューヨークがいいだのサンフランシスコがいいだの、そんなことばかり話していたわ。でも私、学校が忙しくなったりして、いつのまにか夏休みにここに来ることもなくなったのね。ちゃんとさよならも言わないままになってしまって、なのに気にも留めなかった。大学生の頃、友人たちを連れて避暑に来たときに一度見かけたの。あの子だって思ったけど、仲間の手前、声をかけなかったのよ。会ったのはそれが最後。女優になったかどうかはわからないけれど、たぶん地元を離れたんじゃないかしら」

手の中の手紙をテーブルに置き、英子さんは言った。

「あの子が私の唯一の友人だったんじゃないかって今になって思うの。親しい人はたくさんいたけれど、あの子ほど気持ちの通じた子はいなかった。でももう遅いの。私はあんなにきらっていた家に戻ってきてしまったし、いまさら合わせる顔もないわ。だからこの手紙が見つかっただけで、もうじゅうぶんなのよ」

「探そうよ、英子さん。その子を」バナミはついに声を上げた。「見つけて、またおうちに呼べばいいいじゃない。その子だってきっと喜ぶはずだよ」

「いやよ」英子さんはきっぱりと答えた。「私は見つけたくない。それに、見つけられたくもない。あの子だって同じだと思うわ」

「それは会ってみないとわからないんじゃないですか」とユリが食い下がった。

「わかるわよ。あの子は私とよく似ていたもの」

「英子さんが変わったのと同じくらい、その子だって変わったかもしれないでしょ」と志田っちが加勢する。「その子も英子さんみたいに寂しがってたらかわいそうじゃないですか」

「私はべつに寂しくはないわ」

英子さんの声が険を帯びてきたとき、光井くんが「あの、ちょっといいですか」と割りこんだ。「手紙のことで気になっていたんですけど、その手紙って、本当に例の友達から英子さんにあてたものですか？」

「え？　ああ、そうよ。彼女のマークが入っているからまちがいないわ。どうして？」

不思議そうに問い返した英子さんに光井くんが言った。

「いや、宛名がAってところがどうしても気になって。英子さんなら、ふつうEになるんじゃないのかと」

「ああ、Aというのはちょっとしたおふざけ。私たちは英語で会話をしようって決めていたから、互いの名前をもじった英語の名前で呼び合っていたの」

英子さんはきまり悪そうに目を泳がせた。

「なるほど」光井くんは感心したように頷いた。「Aはアリスですか？　それともアビー？　オードリーかな」

「内緒よ」と英子さんはそっぽを向いた。

「そうですか。じゃあ、Mは？　メアリー？　ミニー？　マリリン？」

「それも内緒。そんなこと教えられないわ」

「そうですか。ちなみにMの元の名前は？」

「元の名前は……」英子さんは口を開きかけ、はっと気づいて光井くんを軽くにらんだ。「あなた、油断も隙もないわね」

「ちぇっ、惜しかった」

光井くんは悪びれもせず、にやっと笑った。

14 いくつかの戦い

「あんまり収穫なかったね」

夕暮れの帰り道。どこかすっきりしない気持ちが五人の足を鈍らせていた。

「もっと手がかりが見つかるかと思ったのに、結局わかったのはあの家の近所で育ったってだけ。顔も名前もわかんないんじゃ探しようがないよ」

がっかりしたバナミに、光井くんが言った。

「いや、一つはっきりしただろ。英子さんは、本当にその友達を探す気がないんだよ。名前も教えてくれなかったけど、あれは絶対覚えていたろ。会いたくない相手を探してあげたって迷惑だよ。Mのことは忘れよう」

「ううん、口ではああ言ったけど、英子さん、絶対また会いたいと思ってるよ。ちゃんとさよなら言わなかった、連絡先も聞けなかったってすごく後悔してたもん」

バナミはむきになって言い返した。だってあの日、英子さんの寂しさを知ってしまった。知ってしまったから、もうなかったことになんかできない。

「昔のことで恨まれてたり、きらわれてたりするのが怖いだけなんだよ。だったらあたしたちが確かめて、怒ってなかったら英子さんと会わせてあげればいいじゃない。そのくらい手伝ってあげたっていいじゃない。あんなでかい家にひとりぼっちでさ、うちらがテニスしてるの見ながら昔の親友のこと思い出してるだけなんてかわいそうだよ」

「ねえバナミ、あたしたちそこまでしていいのかな」と志田っちが遠慮がちに口を挟んだ。

「バナミの気持ちはわかるよ。いいことだとも思う。だから勝手に盛り上がっちゃったけど、考えてみたら大人同士の問題を解決しようって思うのはいきすぎなんじゃないかなあ」

「あたしもそう思う。それに、相手の今の状態を知ってこれ以上悲しい思いしたくないって気持ち、わからなくはないもん。ほっといてあげようよ」とユリも続けた。「もしMがアメリカで映画女優になる夢を叶えたならアメリカに住んでた英子さんは絶対気づいていたはずでしょ。でも今どうしているか知らないってことは、夢は叶わなかったんだよ。Mが本気で目指していたとしたら、会うの、相当気まずいじゃない」

「まあね」

バナミは口を尖らしてうつむいた。みんなの言葉はもっともなのだが、納得できなかった。

「でも、とりあえずよかったじゃん、コートは貸してくれるって正式に決まったんだから。今日だってそのために行ったんだろ」

光井くんが励ますように言った。本来の目的を思い出したみんなは、そうだった、と表情を明るくした。

「おれらはおれらのことをしよう。もう夏休みも終わるんだ、宿題だって残ってるしきみらは部活だってある。英子さんの友達のことは英子さんの気が変わるまで保留にしておけばいいんだよ」

「……そうだね」

バナミは笑顔を作った。納得はできないけれど、宿題や部活で余裕がないこともまた事実だ。

「宿題といえば、バナミ、サッコの写し終わったらすぐ回してよね」

「ああ、ごめん。明日持ってくる。あたしのワークはどこ行ってる？」

「あたしが持ってる。明日サッコに回すから、そしたら志田っちの番ね」

「待ってるー」

二人とはいつもの角で別れた。優太と光井くんとはもう少し一緒だ。二人の姿が完全に見えなくなってしまってから、優太はバナミに向き直って「今日、挨拶できなかったね」と言った。

「本当はそのつもりで行ったんだけど、言い出すタイミングがなくて」

「え？　挨拶って誰に？」

「誰だか知らないけど、もう一人いたんじゃないの、あの家に。にぎやかなのが好きな人なら挨拶に行ったら喜ぶかと思ったんだ」

「もう一人って、英子さんはひとりぐらしだよ。誰のことを言ってるの」

眉を寄せて聞き返すと、優太も不思議そうに首を傾げた。

「だって、介護してるって言わなかった？　ぼく、お姉ちゃんみたいな人がいるのかと思って。にぎやかなのが好きな人なら、お客さん来ると喜ぶでしょ」

「ああ、ごめん。そうか、言い方が悪かったね。英子さん、お父さんの介護をしてたんだよ。でももう亡くなったんだって」

「なんだ、そういうこと。ならいいんだ」

優太は拍子抜けしたように言った。

「優太、またそんなこと気にしてたの？」光井くんがとがめた。「すぐそうやってお節介するのやめろって言ったじゃん」

「いいじゃん、べつに。ぼくの勝手だよ」

優太は不機嫌そうにそっぽを向いた。

「だって、度を越してるよ。車椅子の人を見たら百メートル先からだって走って行って手伝おうとするし、傘忘れたやつがいれば自分の傘やっちゃうし、頼まれもしないのに人のぶんまで責任とろうとする。その結果遅刻したり、風邪ひいたり、おばさん心配させたりするんだ」

「うるさいな」

優太は逃げるように足を速めた。光井くんは優太の肩を摑んで無理やり足止めすると、強い口調でいさめた。

「いいかげん、気づけよ。おまえのお節介なんか、誰もあてにしてないんだよ。おまえだけが世界中の人間に奉仕しなくたっていいんだって。みんなにいいようにされるだけじゃないか。おれらが心配してるってわかんないのかよ」

「うるさいって言ってるじゃん。何も関係ないくせに、翔ちゃんのほうがよっぽどお節介だよ」

優太は光井くんを突き飛ばし、肩を怒らせてずんずん歩いて行ってしまった。

「大丈夫？」

後ろからそうっと呼びかけると、光井くんは街灯の下に尻餅をついたまま、ぶぶぶぶぶ、と唇を震わせた。それからぐいんと立ち上がると、お尻を手で雑に払って歩き出した。歩きながら「試験のときさ」と言った。「クラスのやつが、消しゴム忘れたってあいつの消しゴム取ったんだよ。次は別のやつが来て、鉛筆忘れたって鉛筆一本持ってった。今度はまた別のやつが来て、自分も鉛筆忘れたって言ってまた鉛筆を持ってった。わかるだろ。あいつらクスクス笑いながら優太の筆箱になんにもなくなるまで寄ってたかって取り上げたんだよ。優太は頼めばなんでも差し出すってわかっててやったんだ。遊びのつもりだったのかもしれないけど、あんなのただのいやがらせだ」

「そんなこと、あったの」

「うん」と光井くんは険しい顔で頷いた。「女子の一部なんだけど、いやなやつらがいるんだよ。試験が始まるときには優太の机には何もなくなってた。鉛筆も消しゴムも定規もコンパスも。でも優太は何も言わなかった。先生が入ってきて問題用紙が配られ始めても、何も言わずに動かなかった。先生は気づかなかった。だからおれ、頭にきて、優太の机に自分の筆箱置いてきた」

「はあ？」バナミは目を丸くした。「もしかして、試験を白紙で出したってそういうこと？」

「そう。くそくらえって思ったんだ。どいつもこいつも、あいつらも、先生も、優太も。それでおれ、全部の試験でそうした。優太がなんか持ってても、おれのものだとわかったらあいつら遠慮して取りになかった。だから優太は試験を受けられた」

光井くんは歩くのを忘れたみたいに立ち止まり、また、ぶぶぶぶ、と唇を震わせた。

「おれには無理だよ」

「うん」

バナミもぶぶぶぶ、と唇を震わせて、光井くんのバッグのベルトを摑み、散歩中の犬みたいにぐいぐい引っ張りながら歩き出した。

優太はたぶん、そういうふうにできてしまっているのだ。バナミはそう思っているし、光井くんも気づいている。なんでも人のために差し出さないと気がすまない。拒まれたって、たとえ相手に悪意があって、からかわれているとわかっていたって、そうせずにはいられないのだ。

優太のそれはずっとまあちゃんのためだったけれど、まあちゃんがいなくなったからといって役目を下りることができないんだと思う。あるいは、まあちゃんがいなくなってしまったからこそ、なおさらそうしなくてはいけないと思っているのかもしれない。

「だからって、なんでもかんでも差し出さなくたっていいのに」

バナミは口に出してから、あれ、と思った。なんでもかんでも差し出そうとする、役に立とうとしてくれる親切な人が、ほかにもいたような気がする。

「どうかした？」

光井くんが、従順に引っ張られながら聞いた。バナミはううんと首を振った。何か大切なことに気づいたような気がしたけれど、それが何なのかはもやもやとしてわからなかった。

約束を取り付けたため、晴れて第四日曜日のコート練習が確定した。それまでにMを見つけてあげたかったけれど、みんなの中ではあの話はもうなかったことになってしまっていた。

それより目下の問題は九月からの部活をどうするかだった。優太たちとの自主練は、部活と両立できるように日程をなるべく調整することになった。けれど、実際どちらもちゃんとやろうと思ったら、体力的にかなりきつい。それに勉強時間がほぼ消えることになる。

バナミは部活のほうをあきらめようとほとんど心に決めていた。もともと楽しそうな雰囲気にひかれて入っただけだったのだし、現実には楽しいどころか殺伐としていたわけだから、楽しいほうに行きたいと考えるのは自然なことのように思えた。それに部活ほど拘束されない自由参加形式ならば今より勉強時間も取れるようになる。小学校までは中の中をキープしていたバナミだったが、中学に入ってからの成績は自分でもびっくりするほど悪かった。面倒をみてもらっている手前、あんまりな成績ではおじさんとおばさんに申し訳ない。二学期からはもう少し頑張らないとまずいよなあと、自分なりに危機感を抱いていたのだった。

「バナミがあっち一本に絞るんだったら、あたしもそうするわ」と、ユリはあっさりと言った。

「あたしもー。鳥羽くんも誘えるし」志田っちも即座に同意した。

となれば早いところ退部を申し出なければいけないのだけれど、最初に話を通さなければならない酒井その人に先を越されてしまったために誰に話を持って行けばいいのかわからなくなってしまい、そのうえ酒井の後任を押しつけられそうになっている。話がややこしくなってしまって、三人は落ち着かない気持ちで毎日の部活に参加していた。

酒井雫の退部はいつしか周知となっており、酒井本人が沈黙を守る中、次の一年リーダーが誰になるのか、そこここで噂されていた。サッコの情報によると部活動に熱心なグループのうち酒井とつるんでいた横尾と柴田がもっとも有力視されており、目立つ女子グループのリーダー格である安藤を推す声もまた高まっているようだった。

「横尾か柴田なら、どうせこれまでどおりでしょ。でも安藤ならちょっとはましじゃないかって言われてる。あの子男子部に人気あるし、男子部と一緒に練習とかできるかもしれないよねって」

　練習後、埃っぽい用具室で片付けをしながらサッコが言った。

「へー」

　三人は気まずい思いであいまいな相槌を打った。サッコは気にせず続けた。

「それにさ、安藤なら酒井ほどスパルタじゃないでしょ。あの子いつも走ると脚が太くなるって文句言いまくってるんだから、なんでもかんでも外周走らせるみたいなことはしないと思うんだ。どっちかっていったら安藤のほうがいいよね」

「そうだねえ」

「でも安藤って現副部長と相性最悪でしょ。あの子結構いいかげんだし、毎回もめたら面倒くさそう。副部長がキレたら結局はうちらにとばっちり来るじゃん。だったら横尾か柴田のほうがある意味安全だよねとか」

「あのさあ、誰がリーダーになったってそんな変わんないと思うよ。男子部と練習なんか向こうの顧問が受け入れるわけないんだし、だいたいうちらが騒いだところで後任は先輩たちが決めるんだから意味ないじゃない」

　ユリが鬱陶しそうにサッコの言葉を遮った。

「そりゃそうだけどさ。でも何か変わるかもしれないって期待しちゃうじゃん」サッコは突然強い口調で言い返した。「あたしたちだって、みんながぽろぽろいなくなってくような部活はいやなんだよ。この機会に何か変わったらいいなって思ってんの。あんたたちは中丸みたいにやめていくのかもしれないけど、あたしたちはここで頑張るつもりなの。せめて、いる間だけでもちょっとは真剣に考えてよ」

「ごめん」

　思わぬ剣幕に言葉を失った三人を置いて、サッコは荒々しく出て行ってしまった。

「うちらのことも、たぶん話題になってるんだろうね」とユリが呟いた。「はるかの真似してやめる一派だと思われてるんだ」

「べつにいいけどね。元々うちら、やる気がないって思われてるし」

「でもなんか、サッコに悪いことしたね。サッコも誘えばよかったのかな」

「誘ってもあの子は来ないよ。仲いい子たちがみんな残るんだろうから」

「だよねえ」

　三人は用具入れを片付けながら、言い訳じみた会話を続けた。サッコとは、ちょっと距離ができた気がしていた。元々べったりした仲ではなかったくせに、いざ線を引かれてしまうと一丁前に傷つくものだ。やめるとなれば、人の数だけ同じことが起こるのだろう。そう思うと退部を申し出る勇気がなかなか出ないのだった。

「今月いっぱいって、夏休みの最終日に言えばいいよ」

「そうしよっか」

そんな結論でお茶を濁していたところ、がたんと音がしてまたドアが開いた。この時間なら一年だろうと、三人は背を向けたままおざなりにお決まりの挨拶をした。

「おつかれさまでーす」

「おつかれー」

聞き覚えのある声。ぎくりとして振り返ると、ドアの前に部長の姿があった。

三年生はもうとっくに帰ったはず。硬直する三人をよそに、部長は「なんか手伝う？」と辺りを見回しながらぶらぶらと歩いてくる。

「もう終わりなので」とバナミは慌てて言った。「大丈夫です」

「あ、そう？」

部長は残念そうな顔で近くにあったボールかごの上に腰かけた。

「酒井から聞いてる？　後任やってってって話」

「ああ、まあ」

三人はちらちら視線を交わしながらもじもじとうつむいた。部長と直接話すのなんて、入部のとき以来ではないだろうか。酒井や副部長より全然穏やかな人なのに、なんだか怖い。部長はまっすぐに切り揃えた前髪の下の目を柔和に細めて言った。

「そろそろ決めたいんだよね。あたしらもう引退だから、引退式のときに一緒に発表しちゃいたいんだよ。ちなみに次の部長は灰田ね。現副部長」

「はあ……」

「断るなら早くしないとさ。他の子当たらなきゃいけないでしょ。自分から言いに来てくれるかなと思って待ってたけど、来ないから聞きに来たんだよ。どうする？　やる？　それとも、やめる？」

「え？」

「聞いたよ、部活やめて学校の外で練習しようとしてるんでしょ。あの、中丸と組んでた男子に教わって」部長はぐっと親指を立てた。「いいと思う」

「ええ？」

部長は目を丸くする三人をおもしろそうに見て、あはっと笑った。

「一年のときはね、あんまり練習にならないのは確か。あたしだって一年の頃はずっとやめたかったもん。あの頃もしそういう集まりがあったらそっちに行ってたかもしれない。だから好きなようにしたらいいと思う。個人的にはね」

「はあ……」

え、この人、こんなに話のわかる人なわけ。

信じられないような気持ちで見つめていたら、部長は残念でしたと言わんばかりに「でも部長としてはそうじゃない」と付け足した。「部長としては残ってくれる部員のために最善の手を打たなきゃいけないの。だからあんたたちを引きとめに来た。単刀直入に言うね。部のために残って」

「いまさらそんなこと言われたって……」

バナミは思わず大声で言った。

部長は「まあ聞いて」と、リラックスした口調で続けた。

「やめたくなる気持ちはわかる。でも、できることはこれから増えてく。三年が消えて人数に余裕ができたらラケット持てるし、じきコートも使えるようになる。試合とか遠征とか大会とか、やっぱり学校の部活じゃないとできないことはたくさんあるの。だから簡単にそれを捨てないでほしいと思う。部活は自分たちで変えればいいんだよ。一年リーダーになればミーティングに出られる。何だって提案できる。その気があるなら残ればいい。ちょっと相談してみなよ」

部長の視線を感じながら、三人はこそこそと言い合った。

「まあ一理あるよね」

「どうする？　もう一回考えてみる？」

「バナミが残るならあたしも残るよ？」

「あたしも」

「えー？」

決まっていたはずの気持ちがあっけなくぐらぐら揺れた。バナミはユリと志田っちの視線から目をそらした。二人とも本当は残りたいの？　もしかしてあたしに気を遣って一緒にやめるって言っただけ？　あんなに盛り上がったのはその場限りのことだったのかな。それとも二人は、部活とあの楽しい自主練を本気で両立するつもりなのだろうか……。

話し合う三人を眺めていた部長が「休部という手もあるよ」とだめ押しのように提案した。

「休部？」

「禁じ手だけどね。打ち明けてしまうと、お察しのとおりうちの部は多すぎる人数には向いてない。だから去る者追わずでやってきたけど、人数が減りすぎても困るんだよ。三年が抜けたら二年が八人。もし一年みんながあんたたちに続いてやめたら、部活動として成り立たなくなってしまう。試合が組みづらくなるし、問題ある部だと見なされる。来年の一年だって三年ばかりで二年がいなかったら怖くて入ってこられないよね。だったらあんたたちは単に休んでいることにする。休んでいるだけだから、いつ戻ってきてもかまわない。試合のときだけ戻ってもいい」

「いくらなんでも、そんなのフェアじゃないですよ。まじめにやってる人がかわいそうじゃないですか」とユリが控え目に反論した。

「それに、そんなの副部長は絶対許さないと思います。カッキーだって」と志田っちも続けた。

「うん、あたしもそう思う。だからそこは自分たちでうまく交渉してよ。あたしはそこまで面倒みない」部長はあっさりと突き放した。「でも悪くない発想だと思わない？　どっちかを捨ててどっちかを取るだけじゃ、新しいものなんか生まれないよ」

「あたしたち、そんな大げさなことをしたいわけじゃないんで」

射貫くような部長の視線にたじろいで、バナミは顔をひきつらせた。

「やだな、もうしてるじゃない。中丸が出てっただけなら問題はなかった。スクール通いなんて誰でもできることじゃないからね。でもあんたたちが始めた自主練とやらのおかげで、そういうやり方もあるんだってみんなが外に目を向け始めた。一年だけじゃなくて二年生の中にもそういう子が出てきた。だったらもう、部活のほうも前と同じではいられないよね」

「あたしたちのせいにするんですか」

「うん。あんたたちのせいだよ」

部長はボールかごから飛びおりて、まっすぐに歩いてきた。背中に回ったユリと志田っちに押し出され、バナミはつんのめるように部長と向き合った。部長はバナミを見上げ、挑発するような口調で言った。

「だから、こうなったらあんたたちが部活を新しくしてよ。灰田もうるさいし柿沼はいいかげんだけど、どうにか戦って勝ち取ってもらいたい」

「戦う？」

「新しいことをするなら戦って勝ち取る。それがうちの部の伝統」

部長はにこっと笑った。

「どうしてあたしが部長になったかわかる？　テニスがうまいからじゃない。恋愛禁止ルールの廃止を勝ち取ったからだよ」


数日後、バナミは朝から職員室に向かっていた。ユリと志田っちも一緒だ。半月前には笑いながら駆け抜けた長い廊下を、今日、緊張した足取りで引き返している。

顧問のカッキーに相談があると伝えてあった。カッキーは部長と副部長も同席させると脅かすように言ったので、そうしてくれと三人は頼んだ。カッキーは腹を立てた様子で火曜日の朝一に来るようにと命じた。

あれから話し合った結果、退部するのではなく、また休部するのでもなく、練習の方法を変えてもらえばいいのではないかという結論に至ったのだった。まず、人数の多い一年生を四、五人のグループに分けてもらう。活動内容は従来の体力づくりに加えて二年にまじってのコート練、ルールを学び戦術を研究する部室練、それに加えて自主練の四つのメニューにしてもらう。グループごとに日替わりでこれら四つを回していけばどうだろう。三人は知恵をしぼってそう考えた。自主練はもちろん自由参加だ。そうすれば休みたい人は休めるし、外部で練習することもできる。

「うまくいくかなあ」志田っちが心配そうに呟いた。

「だめなら予定通りやめるまでよ」ユリが不敵な笑みを浮かべた。

「できたらあたし、土曜日も試合がない限りは完全に自主練にしてほしいんだよね。テスト前とかきついしさ」バナミはわざと軽々しく言った。

「いいね、それ。それも盛り込もう、忘れないでよ」

「あたしが言うの？」

「そうだよ、成績的にバナミが言うのがいちばん説得力あるし」

ユリがくくっと笑った。

副部長もカッキーもさぞ驚くことだろう。三人揃って話があると神妙な顔で言い出すからには、退部の申し出だと思っているに違いないのだから。

「絶対めちゃくちゃ怒られるよ、やだねえ」と志田っちがふわふわ言った。

「終わったらさ、結果がどうでも、アイス食べて帰ろうよ。今日はあたし豪華なほうのかき氷にするって決めてる」

「じゃああたしはチョコモナカ」

「あたしはねえ、パッキンをパッキンしないで一人で食べる！」

「それ、いい！」

はしゃぐ三人を見て、通りがかった知らない先生が笑った。手をつないで笑い合って、この世の春みたいに見えるんだろう。緊張で冷たくなった指を互いに握って震えを抑えていることも、怖くて泣きそうなのをテンションを上げることでごまかしていることも、このまま誰にも気づかれなければいいとバナミは思った。同時に、あたしたちがどれだけ勇気を振り絞っているか思い知れ、とも。

勇気で人生を切り開くって、あの手紙に書いてあったな。

浮足立った頭の隅でバナミはふと思い出した。お金も家柄もなくたって、勇気だけなら自分の中から取り出せるって。

すごい子だったんだろうな、あの手紙の子。友達になってみたいくらいだ。

「失礼しまーす」

大きな声で職員室に足を踏み入れた瞬間にも、そんなことを考えていた。

15　サプライズ

夕方、食事の前にバナミは近所のレンタルビデオ店に出かけた。延滞しそうなＤＶＤの返却を言づかったのだ。海外ドラマの続きを借りてくるよう頼まれ、お駄賃がわりに自分のぶんを借りる許可ももらった。部活ジャージにビーサンで、流行りの曲が流れる店内をぺたぺた歩く。

見たかった映画、まだ新作かな。スカッとするアクションと、サッコがおもしろかったって言ってたドラマもいいな。邦画、ドラマ、海外ドラマ。棚の間をうろうろしていると、「あれ、バナミ」と知っている声がした。

「おお、優太。おつかれ」

カウンターの列を離れて歩いてきた優太は「珍しいね」とバナミのかごをのぞきこんだ。

「お使い?」

「そう、おばさんが今このドラマにはまっててさ。優太は?」

「返しに来たとこ」と返却バッグを開いてみせる。

「どうしたのこれ。ずいぶん借りたね」

「探し物してたからさ。ある程度絞り込んではいたけど、数こなさないとと思って」

「探し物って?」

「これだよ」

優太は持っていたノートを差し出した。手書きの一覧表が何ページも続いている。

「七十年代、パニック映画。七十年代、ホラー映画。七十年代、ラブコメ映画。……何これ」

「だいたいそのくらいの年代だと思うんだよ。日本から行った無名の若手女優が出られそうなジャンルで絞って、確かめていってるところ」

「日本から行った無名の若手女優って、もしかして英子さんの友達の」

「うん。芸名がMで始まるかどうかはわかんないけど、とりあえずMで始まる日本名の女優さんを探してる。小さな役でもキャストの名前をじっくり見てたら見つけられるかもしれないから」

「えー!?」

バナミは驚いて表の中身に目を通した。タイトルと公開日、監督、それらしいキャストの有無と名前が几帳面に書き込まれている。

いつのまにこんな調査をしていたんだろう。一人だけで、お小遣いを使って、時間をかけて。

「みんなはああ言ったけどさ、アメリカって映画を山ほど作ってるんだよ。日本で公開されるような大作だけじゃなくて、小さい会社のインディーズみたいな作品だってたくさんあるんだ。ここにはそういう映画も置いてあるからうまくすれば見つけられるんじゃないかと思って」

「優太もういいよ」バナミは優太のノートを背中に隠した。

「え?　どうして?」

「こんなの大変すぎるよ。本当に女優になってるのかもわかんないし、あたしたち顔も知らないんだよ。見つかるわけない。もうやめよう。英子さんだって見つけてほしいなんて思ってなかったでしょ。頑張るだけ無駄なんだよ」

「でもバナミは探したいんでしょ?」優太は返せと手を突き出した。「ぼくもそうだ。探してあげたいと思う。見つからないかもしれないけど、やってみないとわかんないだろ」

「だって探さないことにきめたじゃん。向こうも探されたくないし、英子さんも探したくないんだからって。今になって会ったって気まずいだけかもしれないからって」

「わかってるよ。でもそれだって、本当の気持ちかわかんない。ぼくらが迷っているように、英子さんの中にだって探したい気持ちと探したくない気持ちが両方あるかもしれないよ。今あきらめたことをいつか後悔するかもしれないんだ。取り返しのつかないことってあるんだよ。今がそれになるかもしれないんだ」

優太は機敏にノートを奪い返した。そして得意げに鼻をふくらませて言った。

「それにさ、実はもう有力な候補を見つけてるんだ」

「ええ?」

「スクリーンショット撮ってあるから、見る?」

そこで二人は用をすますと、そのまま優太の家に向かった。

「この人かどうかはまだわからないよ」と断って、優太が光井くんのパソコンに保存された画像を開いた。「マリエ・オハラっていう女優さん。名前のない役みたいだからどの人なのかわかんないんだけど、アジア系の若い人はこの人だけだからこの人だろうって翔ちゃんと話してて」

画面には、沈みそうな船の上で両親と抱き合う若い女性が映っていた。目のぱっちりした、アイドルみたいなかわいい人。あの手紙のイラストにそっくりだ。

「この人が……」バナミは涙ぐみそうになった。まさか、まさか、見つかるなんて。「二人にも教えなきゃ!」

「まだ確定じゃないってば。でも年齢とか英語が下手なところがぴったり条件に合うんだ。配給会社にメールしたから、返事が来たらみんなに話そうかと思ってたんだよ」と優太が慎重に言った。

「頼むから確定であることを願うよ。いいかげん寝不足だし、宿題やる暇もないんだから」と光井くんが疲れた顔でぼやいた。「でもまあ、明日、とりあえず話しておくか」

「あ、光井くんも探してくれたの？」

「手分けしたほうが数こなせるからね。クレジットだけ見ればいいから、たいした手間じゃないよ」と優太がけろっとした顔で言う。

「なんかごめん……。そうだ、宿題、二人にも回すよ。もうだいたい揃ったから」

「マジ？　助かる。全然進んでないからさ」光井くんは万歳して天を仰ぎ、そのまま倒れこむようにベッドに背を預けた。「でもさ、やっぱりもうちょっと効率的な探し方があればいいよな。これじゃいつ終わるかわからないよ。ほかに何か手がかりがなかったかなあ」

「それについてはもうさんざん話し合ったじゃない。ないものはないよ。手紙も返しちゃったし」

そう言うと、優太が「ちょっと待ってて」と光井くんの部屋を出て行った。とんとん、と階段を上がっていく足音を聞いていた光井くんは、「そうだ」と呟き、慌ただしく立ち上がった。本棚に飾られていた写真立てを取って戻ってくると、「これ見て」と差し出した。バナミはそれを見て首を傾げた。

「写真？」

公園のベンチだろうか、木漏れ日の下、並んで座る二人の女性。

「そう。これさ、右がここのおばさん」

光井くんは気まずそうにぼそぼそと言った。言われてみれば面影がある。

「で、左が、おれの母親」

「へえ」きれいな人だと思った。そして、気がついた。「あれ、これ二人とも……」

二人の母親は、同じくらい大きなおなかを抱えるように手を当てて、誇らしげに微笑んでいる。ということは二人とも同じ時期に子供を産んだということだ。つまり——

「これ、探してた証拠じゃん！」

「そうなんだよ」光井くんが眉を下げた。「あれからおばさんアルバムの整理を始めてさ。こんなの出てきたって持ってきてくれたんだよ。これ、おれらが生まれるちょっと前に撮った写真なんだって。この後二人とも同じ病院に入院して、入れ違いに子供を産んだんだって。おばさん、当時の写真も見せてくれた。疑いようもなかったよ。おれと優太は、双子なんかじゃなかったんだ」

失望か、それとも安堵か、どっちつかずの情けない顔で光井くんは言った。

「まあ、よかったね、わかって」

「まあね」光井くんは写真立てを元のところにそっと戻した。「まぎらわしいことすんなよって感じだよ。同じ時期に子供ができたのは偶然、名前が似てたのは示し合わせたからで、それなのにおれらがこれまでほとんど顔を合わせもしなかったのはおばさんとおれの母親が大喧嘩したからだったたんだってさ。おれがここに来たいって言いだすまでは絶交してたって言うんだぜ。そんな大人げない親っている？　心配して損したよ」

「でもそのおかげで従兄弟どうし仲良くなれたじゃない。優太も無理やり連れて来られてつらい思いをしたわけじゃないってわかったんだから、光井くんが思い切って調べてくれてよかったんだよ。優太、弟分ができたからか最近妙に張り切ってるし」

「全然似てないし、どう見てもおれのほうが兄貴だけどね」

「そうでもないよ」バナミはいひひと笑って言った。「意外と似てるよ、全然似てない双子に見えるくらいにはね」

「なんの話？」

戻ってきた優太に聞かれて、二人は「知らなーい」とわざとらしく答えた。

「変なの」

にやにやしている二人の前に、優太は広げたノートを突き出した。

「これ、あの手紙。みんなが一生懸命解読しているとき書き写しておいたんだ」

「うわあ」

二人は歓声を上げた。そこにはあの手紙が、ほとんど完全に再現されていたのだった。

「これ優太が書いたの？　すげえな」

光井くんがほめると、優太は「ふつうだよ」と返した。

「何がヒントになるかわかんないから、なるべく正確に模写したつもり。字は下手だけどさ」

「いや、筆記体もちゃんと書けてるし、こんなイラストよく描けたな。優太、美術得意なのか」

「得意じゃないけど、ぼく相撲のノートつけてるだろ。あれに力士のイラストも描いてるし、インデックスに相撲文字を模写したりしてたから、こういうの慣れてるんだ」

「ふうん。おまえってつくづく変わってるよな」

光井くんはノートを受け取り、あらためてじっくり眺めた。

「単語の一文字目だけを読んでいくと意味のある言葉になる暗号とか、あるよな」

「そうなの？」

「うん。それか、一文字目だけでなく一文字目とその単語の最後の文字とか、行の最初と最後の文字とか。拾ってつなげると他の言葉になるってしかけがあるんだよ。ほかにも行の頭だけをつなげて読むとか、特定の文字を置き換えるとか」

「翔ちゃん、やけに詳しいね」

「おまえにミステリー映画を山ほど見せられたからだよ」光井くんは優太を半目でにらんで、ノートに視線を戻した。「こないだ、それ試さなかったな」

「やってみる？」

「後でね。今日はもう時間ないから」光井くんはこれ見よがしにＤＶＤの山を眺めやった。

「きみらが部活やってる間に試してみるよ。そのかわり宿題の件は頼むね」

「わかった。あ、じゃあ、そのノート今日借りていい？　あたしも、もう一回よく見たいんだ」

「いいよ」

優太が頷いたので、バナミはありがたく借りて帰った。

バナミはその夜、机の上に肘をつき、あらためて手紙をとっくりと眺めた。こうして見ると、送り主はとても女の子らしい子だ。決然とした内容に気を取られていたけれど、丁寧に書かれた文字といい、繊細なイラストといい、罫線や枠まで手書きで自分好みに気を遣っているところといい、いかにも少女らしい無邪気さがある。自分たちだってしょっちゅう手紙を回すけど、折り方をハートにしたりペンの色を工夫するくらいのもので、こんなに凝ったものは書いたこともらったこともない。よっぽど親しい相手でなければこんな手紙は渡せない。心をこめればこめるほど引かれたり気持ち悪がられたりしてしまうから、こういうのは絶対にそうしないとわかっている相手限定のものなのだ。英子さんとMのあいだにはそれほどの信頼関係があったはず——つまり、親友と呼べるくらいの。

M。オハラマリエさん。夢を叶えて女優になった彼女は、今どんな顔をしているだろう。連絡はちゃんと取れるだろうか。英語でやりとりしなきゃいけないだろうか。英子さんのことを覚えているかな。怒っていないかな。難しいかもしれないけど、どうにか二人を会わせてあげたい。

おじさんのパソコンを借りてオハラマリエと検索してみたけれど、それらしい人は出てこなかった。有名ではないのだろう。英子さんが気づかないのも無理はない、脇役ばかりの女優さんなのかもしれない。でも、それだってじゅうぶん立派だ。英子さんは、きっと彼女の成功を喜んでくれるはず。

そんなことを考えながら、バナミは優太の模写した手紙を自分のノートに慎重に書き写した。

イラストは省いたけれど、筆記体はなるべく正確に。Mを探すためじゃない。忘れられなかったからだ。勇気によって人生を切り開くというあの言葉。他人の手紙を盗むのは悪いことだとわかっているが、あの言葉を自分でも持っていたかった。きれいに写して、お守りみたいにこっそり持っているつもりだった。

写し終わったときにはもう十時を過ぎていた。ノートを閉じ、バナミは大きく伸びをした。今日はもう寝よう。朝から職員室に乗り込んで、それからふつうに部活に出て、心も体もくたくただ。進まなかった宿題のことは気になるけれど、今日じゃなくても間に合うはず。そうだ、明日、優太たちに持って行ってあげなきゃいけなかった。

バナミは宿題をかき集め、机の上でとんとん揃えた。ワークだけでも大変なのにプリントまでつく教科もあるのだからいやになる。理科の復習プリントに社会の年代暗記表、英語なんてモリーお手製の薄い冊子がついてきた。一学期の要点に加えてなぜか読書案内や英語の歌の紹介のコラムなんかもあったりして、彼女らしい鬱陶しさだ。げんなりしながらしまおうとしたとき、バナミは「ん?」と眉を寄せた。

なんか今、見たようなものが。

しまいかけた冊子を取り出したバナミは、「え、なんで?」と思わず困惑の声を上げた。

サマーワークというタイトルの下に花の絵のあしらわれた気どった表紙。バナミの視線は花ではなく、周囲を縁取る特徴的な飾り線に釘付けになっていた。それは、たったいま模写したばかりの、あの手紙の枠線とまったく同じだったからだ。

次の日、いつもの公園に集合するやいなやバナミはみんなに打ち明けた。

「あのさ、あたし、大変なことに気づいてしまったみたいなんだけど」

簡単に説明し、ベンチの上にワークブックと手紙の模写を並べて示した。みんなはそれらを見比べたが、喜んでいるというよりはひどく戸惑っているように見えた。気持ちはよくわかる。バナミ自身だって半信半疑なのだ。

「本当だ。言われてみれば同じに見えるね……」

光井くんが慎重な口ぶりで腕組みをした。

「でもほら、こういうのって、様式っていうか、おきまりのパターンがあるじゃない。これもそうなんじゃないかな、きっと」とユリは慰めるように笑顔で言った。

「それにこの模様、モリーが自分で描いたかどうかわからないもんね。どっかの図案をそのまま貼ったんじゃないかなあ」と志田っちもすまなそうに指摘した。

「あはは、だよねえ、あたしもそういうことじゃないかなあと思った」バナミはわざと大きな声で笑い飛ばした。「ありえないってわかってたんだけどさ。でも念のためみんなの意見を聞いたほうがいいかなと思ったんだ。ごめんね、大騒ぎして」

「ううん……」

みんなは並べた図柄からもバナミからも目をそらして視線をうろうろとさまよわせた。バナミは恥ずかしくてせかせかと模写をしまった。バカなことを言ってしまった。昨夜は大発見に舞い上がって、しかし気持ちの整理がつかずに悶々として夜も眠れないほどだったのだけれど、考えてみたらこんな模様はありふれたものなのだ。自分が気づいていなかっただけで、どこにでもあるものなのだ……。

　バナミは照れ隠しに大声で明かした。

「それに、実は優太たちが有力な候補を見つけてくれたんだ。映画に出てる女優さん。今問い合わせてくれてるんだけど、そっちは本物だと思う」

「え？　そうなの？」ユリと志田っちは男の子たちのほうを振り向いた。

「まあ、いちおうね。まだ確定じゃないけど」と光井くんが気まずそうに頷いた。「この人」

　印刷されたマリエさんの画像を目にした二人は「わあ、そっくり」と目を丸くした。

「マリエさんっていうんだ。モリーよりはこっちのほうがまだわかる」とユリが言う。

「でもみんな、手がかりを見つけたなんてすごいよ、あたし絶対無理だと思ってた」と志田っちが気を遣ってはしゃいだ声を上げた。

「どっちも外れの可能性のほうが高いけどね」と光井くんが呟き、バナミは「いや、絶対この人だよ」と大げさに騒いだ。そのとき、黙ってワークブックを見つめていた優太がいきなり大声を上げた。

「わかった、これ、mなんだ！」

「え？　何？」

「mだよ。この模様。筆記体の、小文字のm。ほら」

　優太は興奮した様子で枠線をみんなに見えるように指さした。数センチおきにあらわれる波頭のようなひだ模様。波頭のように見える部分がmをかたどった模様なのだと言われれば、確かにそのような気がしてくる。

「ああ、ほんとだ」

「うん、mに見えるかも」

「でもやっぱり偶然じゃない？」

「なんで気づかないのかなあ」と優太は不思議そうに言った。「あのとき英子さん、彼女のマークが入ってるからこの手紙は彼女のものでまちがいないって言ったじゃないか。マークって何のことだろうって、ぼくずっと不思議に思ってた。イニシャルはただのイニシャルだし、イラストはマークとは言わないでしょ。自分のマークを作るんだったら、もっとささやかな、でも自分のものだってちゃんとわかるようなものにするんじゃないかってずっと気になっていたんだよ。これがそうなんだとすれば納得できる気がしない？　だから英子さんはぱっと見て、あの子のだってわかったんじゃないのかな」

「そうだったらいいなって、あたしだって思うけどさ。でもこれが正真正銘のMのマークだとしたら、Mがモリーってことになるんだよ。さすがにありえないでしょう。しかもモリーの名前はMじゃない。あの人、小夜子って名前だもん」

「あ、そうか。そういえばそうだった」

バナミは冷静なユリの指摘に頷いた。そうだ、ミス・モリーには守谷小夜子という名前がちゃんとあるのだった。

「やっぱりただの偶然なんだよ、優太。あたしが変なこと言ったからそんなふうに思えただけで、モリーがMのわけがないんだ。ごめん、忘れて。オハラさんのほうが正解なんだよ」

「なんでさ。本名もわからない女優より、よっぽど有力な手がかりじゃないか。違うなら違うでかまわないんだから、どうせなら本人にあたってみようよ」

優太は言い張った。

「本人にあたるって、直接聞きに行くってこと？」

「そうだよ。だってミズ・守谷なら職員室に行けばいるんだから。アメリカに探しに行くより
よっぽど効率的じゃないか」

優太は身軽に立ち上がり、出口に向かって歩き出した。

「え、今から？」

「みんなは練習しててていいよ」

四人は顔を見合わせた。そして優太を追ってばたばたと駆け出した。


まだ昼休みなのか、先生たちの姿はまばらだ。職員室の扉の外から様子をうかがっていると
後ろからカッキーがやってきて「またきみたちか」と顔をしかめた。

「昨日の件なら、まだ結論は出てないぞ」

苦々しそうに言い、みんなを押しのけるようにして職員室に入っていく。

「昨日の件って？」優太が尋ねた。

「後で説明するよ。それより、モリーに会ったらなんて言うつもり？　この模様はあなたのト
レードマークですかなんてさすがに聞けないわよ」とユリが問い返す。

「あ、そうか。どうしよう翔ちゃん」

「ううん、じゃあ、おれが話をするよ。井上さん、さっきの冊子貸して」

バナミは急いで冊子を手渡した。そのとき奥の扉から出てきたモリーがマグカップを手に席に戻っていくのが見えた。

「来たっ」

光井くんが飛び出していき、バナミたちもぞろぞろとついていった。

「ミズ・守谷。守谷先生。すいません、今いいですか」

よく通る声で呼びかけられ、モリーは「はあい」と愛想よく顔を上げた。

「あら、ミスター・光井。みなさんもお揃いでどうしたの？」

「これなんですけど、ちょっと質問があって」

光井くんは感じのいい笑顔で持っていた冊子を差し出した。

「何かしら」モリーはちょこんと首を傾げた。「わからないところがあった？」

「あ、いえ。実は中身じゃなくて、この表紙のことなんです。おれの伯母、というかこの宮原の母親なんですけど、刺繡に凝っているんです。この図案がとても気に入ったんだそうで。もし、この図案が載っている本か何かがあるなら貸してもらえないかと思って」

呆れ顔の優太を背中に隠すようにして、光井くんはぺらぺらとしゃべった。バナミは内心ひやひやしていたが、さも、そうなんです、という顔をしてにこにこと頷いた。

「まあ嬉しい。でも申し訳ないわね。見本があるわけではないのよ。その絵は私が描いたものだから」

「そうなんですか？」光井くんは大げさに驚いた。「本当に？　先生が、全部？」

「ええ、まあ」モリーは困ったように頷いた。

「すごいなあ。え、じゃあもしかして、この飾りの線とかも？」

「そうだけど、そんな大層なものじゃないわ、手癖のようなものだもの」

「いや、こんなユニークな模様見たことないって伯母も言ってました。あれ、そうすると、このモコモコ――もしかして守谷のｍですか？」

「あらためて言われるとなんだか恥ずかしいわねえ」モリーは居心地悪そうに両手を頬に当てた。「そう、ｍよ。驚いたわね、生徒に気づかれたのは初めてよ。刺繍に使うのはかまわないけど、意味は内緒にしておいてくれる？」

　モリーは冊子を光井くんに返して、念を押すようにみんなの顔を見回した。そして秘密を打ち明けるように言った。

「昔ね、自分だけのしるしを作るのが流行ったの。ほら、手紙なんかに添えるサインがわりよ。図案にして忍ばせれば、知らない人には誰が書いたかわからないでしょう？」モリーはちらりとバナミに視線をよこし、微笑んだ。「しょっちゅう書いていたものだから、こういうときについ使ってしまうのよね。もう何十年も経っているのに」

「……かっこいいと思います、そういうの」

　バナミは小さな声で言った。


　全速力で公園に戻ってきた五人は、興奮で真っ赤な顔を見合わせて口々に言い合った。

「ねえ、これ、確定じゃない。優太の言う通りだったよ！」

「信じられないけど信じざるを得ないよ。英子さんの話とも合致する。ミズ・守谷がＭだ」

「まさか見つかるなんて、思いもしなかった！　これって奇跡じゃない？」

「しかも、あのモリーだよ。英子さんと気が合うなんて到底思えないんだもん、バナミがあのマークに気づかなかったら一生誰も気づかなかったよ」

　五人はきゃあきゃあ騒ぎながら芝生に腰を落ち着けた。モリーの話はいつだって盛り上がる。話題はしだいにモリー個人の話に移っていた。

「道理であの人芝居がかってるわけだわ。女優志望なら納得ね。きっと教壇をスクリーンだと思ってるんだ」とユリが笑う。

「でも、なんだかまだ信じられないな。英子さんの話に出てきた友達は、もっと荒々しくて生意気そうな子だったじゃない。ミズ・守谷って全然そういう感じじゃなくない？」

「子供の頃の性格のまま大人になる人ばっかりじゃないってことだろ。でもミズ・守谷って物腰はやわらかいけど性格は結構きついよね」

「そういえばそうだわ。あの雰囲気に騙されちゃうけど、あの人、相当気が強いよ。突っ張ってるっていうかさ」

　落書き事件を根に持っているバナミが鼻息荒く主張すると、「それさ、たぶん英子さんをモデルにしてるんだよ」と志田っちがなだめるように言った。

「だってモリーの話し方、英子さんにちょっと似てない？　服とか雰囲気とか、そういうのも含めてモリーは英子さんに学んだんじゃないかなあ。そのおかげで先生になれたんだとしたら、今あんなふうに《私はこんなにやり遂げました》って感じなのもわかるような気がするよ」

「そっか、あの人、そうやってモリーになったんだ……」

バナミははっとし、それから深く納得した。身に覚えがあったからだ。バナミがまあちゃんに憧れてマナミを生きてきたように、モリーもまた、英子さんへの憧れによって自分を形作ってきたのだろう。急に親近感が湧いてきて、バナミはモリーを少し許してもいいような気になった。あの屈辱はきっと一生忘れることができないけれども、まあ、少しだけなら。

「あ、どうせ本人だってわかったんなら、Ｍって何なのか聞けばよかった」

優太が悔しそうな声を上げた。

「なに言ってるの、守谷のＭでしょ」

「もじったって言ってたじゃないか。ぼくマリアだと思うんだよな、守谷に音が似てるから。今度会ったら英子さんに確かめてみないと」

「あ、それだよ。英子さんにモリーのこと教えに行かなきゃ」

バナミは勢いよく立ち上がった。五十年ぶりに親友が見つかったのだ。一刻も早く教えてあげなきゃ。

駆け出そうとしたとき、背中のバッグがぐいっと引かれた。

「バナミ、ストップ！」

「ちょっと、なに。放してよ」

強く引っ張られた衝撃で転びそうになったバナミは涙目で後ろをにらんだ。

「だめだよ、まだ」

怖い顔をした志田っちが仁王立ちしている。

「どうして？」

「サプライズするんでしょ！　見つかったよって報告するんじゃ、あたしたちただの調査員じゃない。せっかくだからちゃんと二人を再会させてあげなきゃ」

「ちゃんとって？」

「演出ってことでしょ。志田っちが言いたいのは」とユリが言った。「志田っち、何か案があるの？」

「演出？　そんなことより、早く会わせてあげるほうが大事じゃないの。だって五十年ぶりの再会なんだよ。一日だって早いほうがいいじゃない」

「おれも志田さんに賛成」と光井くんが手を上げた。「今すぐ行くのはやめたほうがいいと思う」

「なんでよ」バナミは逸る気持ちにいらいらしながら不機嫌に聞いた。

「英子さんが歓迎するとは限らないからだよ」光井くんは真剣な顔をして答えた。「この前、友達を探されるのをあれだけいやがっていただろ。見つかりましたなんていきなり言いに行ってごらんよ、会いたくないって言ったでしょって会うのを拒否しそうな気がするんだ。そうなったら全部水の泡になる」

「そうかなあ」

バナミは友達を探そうと提案したときの英子さんの頑なな横顔を思い出した。光井くんの言うことも一理ある。みんなの顔を見回して、バナミはしぶしぶ腰を下ろした。

「こういうのは計画的にやるべきだ。一発勝負と心得て、しっかりと作戦を立てなくちゃ」

光井くんの言葉に、みんなは表情を引き締めた。

16　アイムアハッピー・フォーエバー

決行は次の日曜日。最初にコートを使わせてもらうその日こそ絶好のチャンスであると、光井くんが断言した。夏休み最後の大イベントだ。

「要は二人が同時にその場にいられるようなイベントがあればいいんだ、もちろんぼくらも一緒にね。となればやっぱり、口実としてはテニスが一番確実でしょ。自主練にかこつけて、何か楽しいことを企画しよう」

「楽しいことって？」

「テニスのトーナメントでもする？　それか、ペア組んでラリー大会。いちばん長く続いたペアが優勝とか」

　思いつくままに提案すると、「あの二人が参加してくれると思うの」と光井くんが冷たく言った。

「じゃあどういうのがいいのよ」

「みんなが参加できるバーベキューとかそういうのだよ。夏祭りみたいなのでもいい」

「そんなのあたしたちだけで準備なんかできないよ。それにどこでやろうっていうの」

「英子さんちでしょ？　コートを使わせてもらう流れで集まるんだから」

「だったらバーベキューなんてもってのほかじゃない。よそのお庭だよ」

「それもそうか」

光井くんは両腕を組んで考え込んだ。

「じゃあ、最初の日を記念してパーティーでもする？　麦茶で乾杯するとか」

「それなら、お茶会っていうのはどう？」と優太が乗ってきた。「英子さんが言ってなかった？　二人でお茶会したって。お茶とお菓子くらいならぼくらにも用意できるよね」

「いいと思う！　あのお庭でお茶会なんて素敵だもん。そうだ、あそこの東屋でやらせてもらおうよ。お花とか飾ってさ」

志田っちが目を輝かせた。

「でも大げさなのはだめだよ、英子さんが気を遣ってまたいろいろ用意してくれたら悪いから」

バナミが念を押せば、「英子さんはあなたたちだけでやりなさいって言うんじゃない？　わざわざ出てきてくれないんじゃないかな」とユリが心配そうに言った。

「最初だからみんなで英子さんに挨拶するっていう名目ならどう？　そうしたら英子さんだって顔くらい出してくれるでしょ」

「それ、名案！」

光井くんの提案に、みんなが拍手で賛成した。

「でもモリーはどういう理由で呼ぶの？　あの人、うちらのテニスとはなんの関係もないんだよ」

「あ、そうか。顧問ってわけでもないんだし、来てもらう理由がないんだよね。下手なことを言って、ややこしいことになっても困るし」

「英子さんに会いに来てってうちらが頼むのも変だもんねえ。喜んで来てくれそうな感じはするけど」

「じゃあどうやって誘えばいいの？」

「うちらの自主練によかったら参加しませんか、とか？　モリーだって昔はテニスやってたんだから誘ったら来てくれるんじゃない？」

「英子さんみたいに、もうやってないから無理って断られたら、そこで話が終わっちゃう」

「招待状を出そうよ。親愛なるミス・モリー、お茶会に来てくださいって。あたしたちだってわからないように匿名で」

「それならモリーの昔の手紙みたいにイニシャルで送ったらどうかな？　あの手紙とは逆に、From A, To M として。モリーが当時のことを覚えているなら英子さんからの手紙には絶対に気づくはずでしょう」

「過去からの手紙か。それならミズ・守谷も足を運んでくれるかもしれない」

みんなは真剣な顔で頷きあった。日曜日まであと三日。大急ぎで準備を進めなくてはならない。


木曜日。午前中の練習が終わったところでサッコを捕まえ、日曜日の予定を尋ねた。

「日曜？　あいてる！　なに、遊びの誘い？」

嬉しそうなサッコに、知り合いの家のコートで練習させてもらえるのだとバナミは説明した。

「第二と第四の日曜だけ。今度の日曜が最初なんだ。暇ならサッコも来なよ。今回は練習のあとにちょっとしたお茶会をするから……」

「ああ、それ、あんたたちが部活抜けてやろうとしてるやつでしょ」意外なことに、サッコは顔を曇らせた。「悪いけど、あたしそういうの好きじゃないんだ。部活には残るつもりだし」

「あたしたちだって部活を抜ける気はないよ」バナミは急いで言い足した。「部活とそっちと両方できるようにって先生たちに相談してるところなんだ。人数が多くてもみんな練習できるように、メニューを変えたらどうかって」

「それ、ほんと?」サッコは周囲を気にして声を潜めた。「カッキーたち許してくれたの?」

「まだ保留。引退式が終わって新しい体制になるときにどうするか決めるって」

「そうなんだ。もしだめだったら、三人は部活抜けるつもりなんでしょ」

「そうだけど、まだわかんないよ。部長が後押ししてくれたし、カッキーも副部長も前向きに検討するって言ってくれた。だからきっと……」

「うまくいくといいね。でもごめん、まだ結論出てないんだったらあたしのことは誘わないで。あたしまで仲間だと思われたら困るんだ。お昼一緒に食べるとかは全然できるからさ。ごめんね」

サッコは最後まで聞かず、早口に断って逃げるように離れていった。

バナミは驚いて立ち尽くした。戻ってきたユリもまた「断られた」と渋い顔をした。

「高田と新藤に声かけてみたんだけど。サッコも?」

「そういうの好きじゃないから誘わないでって言われた。うちら、警戒されてるみたいだね」

「しょうがないんじゃない、今は」

ユリはさばさばと言って、「いちおう酒井に声かけてみる」と、再びスカウトに向かっていった。入れ替わりにやってきた志田っちは、携帯電話を持った手を振りながら「はるか、来れるってー！」と満面の笑みで叫んだ。

コート練習ができるなら一緒にやりたい。そう言ってくれる人がもっといるかと思ったけれど、意外にそうでもないのだろうか。今のように五人でやるのも楽しいが、顧問の前で見栄を切った手前、もう二、三人仲間がほしかった。いざとなればクラスの友達に声をかけようと考えながらその場をユリと志田っちに任せ、バナミは職員室に向かった。

ポケットの中には小さな白い紙がある。古式ゆかしい手紙折り。表には、もちろんFrom A. To M. と記されている。

《親愛なるM

五十年ぶりのお茶会を開きます

次の日曜日　午後三時にお越しください

夏の終わる前に会いましょう

待っています　A》

光井くんが英訳し、優太が筆記体で清書したその手紙にはイラストはなかったけれども、モリーの手紙と姉妹のように似通っていた。枠の飾り線には波頭のようなひだ模様。モリーは必ず自分のしるしに気づくはずだ。その瞬間を思い浮かべて、バナミはいてもたってもいられないような気持ちになった。

先生たちはおおかた出払っていた。席にモリーの姿はない。ラッキー！　バナミはモリーの机に駆け寄った。書きかけのプリント原稿の上に招待状をそっと置き、すぐにその場を立ち去ろうとした。しかし扉の前まで歩いたところで引き返し、机の上にあった付箋に手近なペンで単語をいくつか書き込んだ。デスクマットをぺらりとめくり、挟んであった落書きの上に貼りつけて、一目散に逃げだした。

やってしまった。

バナミは速足で下駄箱に向かいながら呟いた。モリーがどう思うかはわからない。またお説教をくらうかもしれない。しかし、ようやく胸の重しが取れたような、すっきりした気持ちだった。

金曜日。自主練に向かおうとした三人を、柴田歩美が呼び止めた。

「あのさ、井上さんたちがやってるっていう練習のことなんだけど」

「うん？」

三人は少し身構えた。柴田との付き合いはほとんどない。黙々と課題をこなすタイプのようで、酒井と横尾がしゃべっているのをじっと聞いている姿が印象的な子だった。

柴田は切れ長の目を内気そうにうつむけたまま、小さな声で言った。

「日曜日のこと、聞いて。私ちょっと興味があって。よかったら一度、みんなの自主練にまぜてほしいと思っているんだけど」

「ほんと？　いいよ、いいよ」

三人は嬉しくなって、熱心に誘った。

「今日も裏の公園で二時からやるよ。今日から来る？」

「あ、ううん、今日はこっちで三人でやることになってるから。私まだ全然うまくないし、ちゃんと打てるかもわかんないんだけど、できたらコート練に参加してみたいんだ。日曜、入れてもらってもいいかな」

「もちろんだよ」

「ありがとう」

ほっとしたように微笑んで、柴田は小走りに戻っていった。

三人は喜びのあまり叫びだしてしまいそうになりながらダッシュで学校を飛び出して、いつもの待ち合わせ場所で優太と光井くんに会ったときには仲間が増えたことを我先に報告した。


土曜日。いよいよ前日だ。五人は昼食後に待ち合わせ、二組に分かれて買い出しに出かけた。むろんバナミは志田っちと優太と一緒だ。ユリは光井くんとお菓子を選びに行っている。

「テーブルクロスはぼくがうちから持ってくるよ」と優太が言った。「それらしいのがあったから」

「わかった。食器は紙のでいいかなあ。あんまり素敵じゃないけど、ティーセットなんて持ってこられないもんね」

「リボン貼りつければいいよ。うちのお母さんが手芸でたくさん持ってるから、あたしうちで作ってくる」と志田っちが申し出た。

「お手拭きもいるよね。あと、かわいい紙ナプキン探しに行こうよ」

「いいね！　あたし売ってるところ知ってる」

三人はわいわいと相談しながら雑貨店を回った。高いものは買わないし、みんなで出し合えば一人数百円ですむ。毎回のことではないので気前よく買い込んだ。

「英子さんも楽しんでくれるかな。あたしたちだけ大騒ぎしないように気をつけなきゃね」と志田っちが思い出したように言った。「なんたってサプライズの主役は英子さんなんだから」

「でも、ミズ・守谷、ちゃんと来てくれるかな。バナミ、招待状はちゃんと渡せたんだよね？」

「ちゃんと机の上に置いてきたよ。あとはモリー次第。来てくれるといいんだけど」

「それと天気だよね。夕方から雨になってるのがちょっと気になるんだよな。お茶会、三時からって書いちゃったよね。降られたら中止にするしかないかなあ」

「テニスは無理でも、小雨ならあの東屋でできるんじゃない？　本降りになる前にどうにかなればいいけど」

三人は曇り空を見上げた。雨の少ない夏だった。明日だけ降るなんてことに、どうかなりませんように。バナミは何にともなく祈った。


そしてついに日曜日がきた。五人は十二時半に待ち合わせ、英子さんの屋敷に向かった。むきだしの腕が強い日差しにちりちりと焼ける。雨どころか、目のくらむほどの青天だ。

「お邪魔します。今日はよろしくお願いします」

一時ぴったりにベルを押す。出迎えてくれた英子さんは、山のような荷物に目を丸くした。

「どうしたの、ずいぶん荷物が多いわね」

「今日は最初なので、ちょっとしたセレモニーをと思って。英子さん、コートの奥のあの東屋もお借りしていいですか？」とバナミは尋ねた。

「かまわないけど、いったい何をするつもり？」

「顔合わせを兼ねてささやかなお茶会を開くことにしたんです。ほかのメンバーは後から来ます。みんなから英子さんにご挨拶させてもらいたいので、英子さんにもぜひ参加してほしいんです」

優太がすらすらと言った。

「いいでしょうか？」

「ええ、まあ」英子さんはネットの包みを抱えたまま、困惑顔で頷いた。「好きにしてかまわないけど、私に挨拶なんていらないわよ。みんなで楽しくおやりなさいよ」

「いえ、英子さんは今日の主賓(しゅひん)です。ぼくらは自由な活動をするぶん、こういうことはちゃんとしたいと思っているので」優太はうやうやしくお辞儀をした。「お茶会は三時からです。お待ちしています」

「そういうことなら――ええ、わかりました」

英子さんはどこか浮かない顔で答えた。

庭に回った五人はきびきびと動き始めた。二時にみんなが来るまでに、準備を進めておかなくてはならない。コート周りは光井くんに任せ、バナミたちは東屋の支度にとりかかった。

「あ、これ、まあちゃんの花台にかけてあった布でしょ。うちらが小一のときにおじさんがイタリアで買ってきた」

「そうだっけ？　バナミよく覚えてるね」

ベンチの拭き掃除を終えたバナミは優太を手伝い、丸テーブルにクロスをかけた。レースかがりの白いクロスは昔と変わらず美しく、東屋の雰囲気によく合った。

「そうだよ、あのときあたしおみやげにこれと同じようなハンカチもらったんだ。まだ大事にしまってあるんだよ。今日持ってくればよかったな、せっかくのお茶会なのに」

「そうだよ。あたしもどうせならお茶会らしくおしゃれしてくればよかった」

そう言いながら、ユリは持参した花束をいくつかに分け、紙コップに挿してテーブルに飾った。向日葵（ヒマワリ）にダリアに千日紅（センニチコウ）。一気にテーブルが華やいだ。

「うちの庭の花だけど、こうしてみるとなかなかよくない？」

「うん、すごくいい。お茶会って感じ」

称賛した志田っちは、荷物の中から小さなポーチを取り出した。

「ねえ見て、これリボンの残りなんだけど、髪につけたらそれっぽいかなって思って持ってきたんだ。みんなでつけようよ」

「わあ、いい考え。貸して、結んであげる」

バナミは志田っちのおだんごを幅広のピンクのリボン、ユリのポニーテールを細めの群青色のリボンで飾った。

「バナミはどうする？　前髪結ぶ？」

「あたしも実は持ってきた。これと一緒につけようかな」

ポケットから取り出した白い小鳥のブローチを水色のリボンと一緒に留めた。

「それ、かわいい！　いいなあ」

「えっへっへ。でしょう」

はしゃぐ女子たちを横目に黙々と掃き掃除をしていた光井くんが「ちぇっ、おれもネクタイくらいしてくればよかった」とぼやいた。

「ネクタイは暑いよ」と優太が淡々とつっこんだ。「それにTシャツにネクタイは変だよ」

「だな。あ、優太、ネット持ってきて」

「うん。うわ、まぶしい」

東屋から出てきた優太は眼鏡の奥の目をぎゅっとつぶる。

「この暑さだから、食べ物はまだ出しておかないほうがいいよね」

「そうだな。悪くなったらいけない」言いかけて、光井くんはふとバナミのほうを振り返った。

「井上さん、買ってきた飲み物どこ置いたの」

「離れの冷蔵庫に入れさせてもらったよ。直前まで冷やしておこうと思って」

「冷蔵庫あるの？　それじゃあおれらの荷物も入れさせてもらっていいかな。おばさんが差し入れ持たせてくれたんだ」

「いいと思うよ。なに？」

「チーズケーキって言ってた。昨夜焼いてくれたって」

「やったあ。あれおいしいんだよね」

バナミは飾りつけの手を止めて東屋を出た。

「光井くん場所わかる？　あの建物。竹の後ろに玄関があるから」

「あ、悪い、優太頼む」光井くんはネットの取り付けをやってしまいたい様子で荷物を示した。

「オッケー」

離れに向かう優太を見送って東屋に戻ろうとすると、芝生の向こうから英子さんが歩いてくるのが見えた。

「英子さん」

「汚いでしょう。あんまり使っていないから」英子さんはそわそわと東屋をのぞきこんだ。

「先に言ってくれればきれいにしておいたのに。悪かったわね」

「なに言ってるんですか。埃を拭いたくらいです」

バナミは東屋を振り仰いだ。八本の柱に支えられたドーム屋根。腰高の壁は透かしになっていて、開放された上部と合わせて涼しげな造りだ。真ん中に据え付けられた丸テーブルを壁沿いのベンチが囲んでいる。美術館の絵の中に入ったみたいだ。

「ここ、すごく素敵」

「でもやっぱり暑いわよね」と英子さんがすまなそうに言った。「日陰といっても今日は風もないし……。母屋のほうでやったらどう？」

「ここがいいです！」とベンチから志田っちが叫んだ。

「本当に？　遠慮しなくていいのよ。母屋があれなら、離れでやる？」

「あたしたち、ここがいいんです。多少暑くても我慢します。だってここ、お茶会にぴったりなんだもん」とユリも熱心に言った。

「そう？　まあいいけど……。それなら物置にパラソルがあるし、庭用の椅子もいくつかあったはずだから、必要なら持ってくるといいわ。あとは何か入り用なものはあるかしら。お皿やなんか、貸しましょうか？」

「大丈夫です。英子さんは心配しないで。今日はお客さんのほうなんですから」

「じゃあ、何かあったら声をかけてね」

心配そうな英子さんを押し出すように母屋に帰して、バナミは作業に戻った。コースターを並べ、お皿を出して、光井くんを捕まえて物置からパラソルと椅子を運んできた。

「暇なら先にストレッチやっちゃってー」

ユリのかけ声でコートに回り、軽く柔軟を始めたところに聞きなれた着メロが鳴り響く。携帯を耳に当てた志田っちが「はるか着いたって」と言いながら小走りに門まで迎えに行った。

「え、もうそんな時間？」と慌てているうち、中丸はるかが「久しぶりー！」と駆け込んできて、ユリと抱き合って再会を喜んだ。

「呼んでくれてありがとう。これ、少しだけど」

差し入れてくれたオレンジジュースを持って離れに走る。

「あ、バナミ」

戸口ですれ違ったのは優太だ。大量のクッションを抱え、よろよろと歩いてきた。

「どうしたの、それ」

「これベンチに置きなさいって、英子さんが貸してくれた」

「もう……」

靴を投げ出してキッチンに上がると、英子さんが「ちょうどよかった」と顔を上げた。「こんなものしかなくて悪いけど一緒にお出ししようと思って。どうせ一人じゃ食べきれないから」

ぱちんぱちんとハサミで小房に分けているのは大ぶりのマスカットだ。いくつかの紙コップにつめこんで、高級そうなチョコレートの詰め合わせも同様に紙コップにざらざらとあけてしまった。

「あーあ」

「このほうが場所を取らないでしょう。予備のテーブルセットもあるから、後で男の子たちに頼みましょうね」

英子さんはジュースを受け取り、紙コップの載ったお盆を差し出した。ありがたいけれど、これでは役割があべこべだ。

「お部屋で待っててくれていいのに」

ちゃっかりお盆を受け取りつつ、バナミはぶつぶつ文句を言った。

「じっとしていたって落ち着かないもの。この家でパーティーなんて何十年ぶりなのよ」

英子さんは口をつぐんで、庭から聞こえるみんなの声に耳を澄ました。

「父は人を呼ぶのが好きでね。昔はここでもしょっちゅうやったものだけど、私が出て行ってからはすっかりご無沙汰だったみたい。生きてるうちに今日みたいなことも一度くらいやってあげればよかったのかもね」

「お庭でもパーティーをしたんですか？」

「したわよ、花見やら月見やら理由をつけては人を集めて。最後はもう偏屈でどうしようもなくなってしまっていたけれど、もともとは社交的な人だった。東京の実家を譲ってこっちに引っ込んだのも、ここを売らないためだったらしいわ。叔父たちはさっさとここを処分したがっていたのだけれど、父は自分が死んだらここを公園にするつもりでいたのよ。死んでからも人を集めようなんておかしな願いだと思うけれど」

「にぎやかなのが好きだったんだ」

「そうみたいね。私は親孝行してやれなかったから、せめてそれくらいは叶えてあげようかと思って。いつになるか知れないけれどね」

「公園かあ。素敵な夢だな」

そう言いながら、バナミは気づいた。英子さんは、だからあの叔父さんたちの要求を突っぱねたのかもしれない。自分の財産を叔父さんの孫に全部継がせてしまったら、それができなくなってしまうから。

「バナミー、そろそろ練習始めちゃっていいかな。その間にテーブル作っちゃおう」

駆け込んできたユリが玄関口で叫んだ。

「わかった、そうしよう！」

大声で返したバナミに、英子さんは「あなたも行っていいわよ」と親切に申し出た。

「ここは私がやっておくから」

「だめ、今日はあたしたちがホストですから。手伝ってくれるのはかまわないけど」

バナミはお盆をユリに預け、えらそうに言った。

ぽーん、ぽーん。ボールの行き来する乾いた音が聞こえてくる。いいよー、と励ますようなはるかの声。誰か転んだのか、男子の悲鳴のあと爆笑が起こり、すぐにまた打ち合いが始まる。

　和やかな雰囲気にほっとしながら、バナミたちはお茶会の準備を急いだ。ケーキを切り分け、お菓子を盛りつけ、氷水を張ったワインクーラーに飲み物のボトルを突っ込む。離れで準備したものをユリと優太がせっせと運び、志田っちが東屋でセッティングするという流れだ。

「これは二人で持ったほうがいいわ。だいたいあなたフラフラじゃないの、中で少し休んだら」

　英子さんが心配して声をかけた。

「大丈夫です」と優太は気丈に答えたけれど、明らかに疲れて見えた。体を動かすことに慣れていない彼には、この程度でもじゅうぶん堪えるのだ。

「これあたし運んでおくから、優太は休ませてもらいなよ」と、追いついてきたユリも勧めた。

優太とは違って涼しい顔だ。ワインクーラーを両手で持ち上げると、慎重に歩きだした。

「いいって、藤井さん。ぼくも持てるって。貸して、半分。危ないから」

　優太は必死な様子で後を追い、無理やり取っ手を片方奪った。

「いいから」

「いいって」

　ゆっくりと遠ざかっていく言い合いを聞きながら、二人は呆れ顔を見合わせた。

「……ユリが向こうで休ませてやると思います」

「そうね」

キッチンに戻って再び手を動かし始めた英子さんに、バナミは「あいつ、この前ここに初めて来たとき、英子さんのお父さんに会いに来たつもりだったんです」と言った。「英子さんが介護のために戻ってきたってあたしが言っちゃったから。にぎやかなのが好きな人なら、お客さんが来ると喜ぶじゃないですか。あの子のお姉ちゃんがそうだったから喜ばせようと思ったみたいで」

「お姉さんがいらしたの？」と英子さんが聞いた。「その、介護の必要な？」

「はい。だいぶ年上の。その人もにぎやかなのを喜んだんです。自分ではほとんど動けないけどあたしたちが笑うと一緒になって笑うから、しょっちゅうそばで遊んでた。もう死んじゃったんですけど」

「そう」

自分が何を打ち明けようとしているのかわからないまま、バナミはぽつぽつ話し始めた。

「お姉さんが死んだ頃にはほとんど交流がなくなっていたんですけど、お葬式には行くじゃないですか。大人は忙しそうだったけど、あたしたちはだいたい待ち時間みたいなものだった。だから二人でいたんです。あたしはちょっと泣いたけど優太は泣かなかった。泣かずに、自分のせいだと言った」

あのときの白い部屋をバナミは不意に思い出した。壁も床もつるつるとした、清潔で、妙にたいらな場所だった。光井くんはあのときどこにいたのだろう？　葬儀には来ていたはずだが。

「お出かけの予定だったんだそうです。ゲームのイベントが抽選で当たって、半日くらいならってお姉さんをデイサービスってとこに預けて親と三人で行くことになった。すごく楽しみにしていたら、案の定お姉ちゃんの発作がきたって電話がきて到着前に中止になった。あそこんち、いつもそうだったんです。優太は慣れていたし、全然恨んだりしてなかったけど、どうしてかそのときだけはどうしようもなく腹が立ったと言ってた。

発作はそれほどひどくなくて、いつもの病院に何日か入院して帰ってくる予定だった。お父さんとお母さんが先生と話をしに行って、お姉さんと二人きりになったとき、優太は生まれて初めて言ったそうです。死んじゃえって」

バナミは英子さんの顔を見た。英子さんは無表情に手を動かしていた。

「あれからずっと、優太はおかしい。なんでも人にあげちゃうし、誰かの犠牲になろうとする。たぶん償いのつもりなんだと思います。そんなの償いになんかならないって自分でもわかってるはずなのに、優太のせいで死んだんじゃないってあたし何度も言ったのに。なのにあいつは許されようとしないんです。だから他人の罰まで受けたがる。親切でいいやつだってみんな言います。でもあたしはあいつが変になったとしか思えない」

「それはいつのこと？」と英子さんが聞いた。「お姉さんを亡くしたのは」

「四年生のときだから、三年前くらいです。お姉さんは十七歳だった。わかりますか？　優太は、英子さんが一人で十年介護をしたって聞いてすごく驚いてた」

「彼はすごいわね。一度しか口に出さなかったなんて」

英子さんはお菓子を触った手をざあざあと洗い流しながら言った。

「私に言えることはそれくらい。でも、許されないでいたい気持ちを、できたらそっとしてあげてほしいと思うわ。たぶんどうしようもないのよ、自分にも誰にも」

「でもあたしは優太に元気になってほしい。許されないままでも。それってできると思いますか」

「さあね。でも、人の心っていやになるほど頑丈で、本人の気持ちがどうあれ勝手に回復するようにできているものよ。どんなに悲しくてもお日さまを浴びると気分が明るくなったり、きれいなものを見ると慰められたり……。一緒に楽しく過ごすだけでもじゅうぶん力になると思う。彼のように友人に恵まれているなら、きっと大丈夫よ」

「そうだったらいいいな」

バナミは英子さんに向かってにっと笑って見せた。


すべての支度が整ったのは、三時になる直前だった。東屋の丸テーブルは、たくさんの差し入れのおかげで予定よりずいぶん豪華になった。テニスを楽しんでいたお客さんたちは、今は東屋のベンチに並んで腰かけ、ごちそうに目を輝かせている。

「うわあ、すごいね。お茶会っていうから何をするのかと思ったら、こんなパーティーが始まるなんて」と、長身の男の子が驚きをあらわにした。「コップにリボンまでついてる。凝ってるなあ」

「それ、あたしが考えたんだよ」と、志田っちが嬉しそうに教えた。「鳥羽くんのはあたしとお揃いの色にした！」

「なんか夢みたい、こんな素敵なお茶会」と小声で呟いたのは柴田歩美だ。「横尾さんもくればよかったのにな」

「また誘えばいいじゃない。といっても、これは最初だけなのか」と隣で酒井雫が言った。

「まさか酒井が来てくれるなんて思わなかったよ」とバナミはユリと言い合った。「しかもブラウニーを焼いてきてくれるなんて、ねえ」

「あんたたち、あたしをなんだと思ってるのよ」酒井はふてくされたように返した。「あんたたちが自分勝手すぎなきゃ、あたしだって毎日怒ったりしなかったのよ」

「それについてはちょっと責任感じてる。ごめんね」とはるかが笑って謝った。

「まあ許す」と酒井も笑った。「そのかわり、たまには相手して」

「酒井さんって経験者？　さっきうまかったよね」

「小五からときどきやってた。鳥羽くんは初めて？」

「ラケット持ったのも初めてだよ」

盛り上がっているみんなの様子を確かめて、バナミたちは東屋からそっと離れ、コート脇に設えたパラソルの下に集まった。光井くんと優太は何気ない風を装いながら、門のほうを監視している。

「来た？」

「まだ」

ユリがしきりに時計を気にした。

「英子さん、どうしたのかな。もうすぐ時間だけど」

「さっきまで離れで手伝ってくれてたよ。時間になったら来るでしょ」とバナミは言った。

「それよりモリーだよ。来てくれるか、あたし心配になってきた」

「迷子になってたりしないよね。考えてみたら五十年ぶりでしょ、大丈夫かな」

「それにあの招待状、いたずらだと思われてたらどうしよう。読まないで捨てられてたりしないかな」

「来る気があるのかどうかだって確認したわけじゃないもんね」

　五人はひそひそとささやきあった。あと二分で三時だ。緊張と不安でのどがからからになっていた。

「でもこうなったら待つしかないよ。ミズ・守谷が来なかったら、しょうがないから予定通り英子さんへの挨拶の会に切り替えればいい」

「その英子さんもまだ……」そわそわと母屋を振り返ったユリが目を丸くした。

　深緑色のワンピースに身を包んだ英子さんが庭を突っ切って歩いてきた。くるぶしまでを覆う細身のスカートにハイヒール。アクセサリーはシンプルながら華やかで、パーティーに慣れた人らしい貫禄があった。もちろん、あの日のように華やかにお化粧している。

「わあっ、素敵！」

　さっきまでとは異なる装いに沸き立ち、駆け寄った三人に、英子さんは「お招きにあずかったからにはちゃんとしないとと思って」と言い訳した。

「そろそろ時間よね？」

「はい、じゃあ……」

　東屋に向かって歩き出したところで、パラソルの下の二人が勢いよく立ち上がるのが見えた。英子さんが不思議そうに振り返り、凍りついたように立ち止まった。

門から続く庭の入口。そこに、小柄な女性の姿があった。コツコツ、聞きなれた足音とともに、花柄のスカートをふわりと揺らしてやってくる見慣れた大きな笑顔。

「モリー」英子さんが確かめるように呼んだ。「モリーよね」

「そうよ、私よ」とモリーは言った。「お招きありがとう、エイミー。また会えてすごく幸せ」


こうして五十年ぶりのお茶会が無事に開催された。思わぬ人物の登場に東屋の中では大混乱が起こったけれど、挨拶に立った英子さんが友人として紹介すると困惑は歓声に変わった。

「まさかあなたが先生だなんて」と英子さんがけらけらと笑った。「しかも、学校でもモリーと呼ばれているなんて！」

「どうしてか、いつのまにかね。あなたこそ、まだこんなところにいたなんて思ってもいなかったわ。海の向こうで悠々自適かと思っていたのに」とモリーが拗ねたように言う。

「夢破れたのはお互いさまよ。でもこうして会えたんだから、戻ってきてよかったと思うわ」

「わたしの優秀な生徒たちのおかげでね」モリーは招待状を英子さんに示し、茶目っけたっぷりに片目をつぶった。「妙なことを聞きにきたと思ったら、まさかこういうことだったとはね。みなさんに一本取られるなんて思ってもいませんでした」

「喜んでもらえて何よりです」と光井くんがうやうやしく一礼した。

「ミス・モリーもテニス、するんですか」はるかが聞いて、「一緒にやりましょう。英子さんも」と鳥羽くんがにこにこ誘った。

「とてもそんな暇はないわ。五十年分の話がたまっているから」とモリーはそっけなく答えた。

「まあそう言わずに」

「私は顧問じゃないのよ。ここには友人として遊びに来る以外のことはしたくありません」

「じゃあ、ぼくたちの友人として……」

「はいはい、考えておきます」

　モリーらしくない、つれない返事がおかしくて、みんなは遠慮なく笑った。それを合図にしたように空気は急速に緩み、お茶とお菓子をお供にしてあちこちで気楽な会話が花開いた。志田っちと鳥羽くん、ユリと光井くんをうまいこと隣に座らせ、英子さんとモリーの昔話は上手に聞こえないふりをして、酒井と話しこむはるかの隣で柴田歩美と初心者トークに盛り上がる……。楽しい時間は瞬く間に過ぎていき、気がつけばテーブルの上は空になったお皿であふれていた。木立の向こうの街灯がいつのまにかともっている。

「そういえば、ミス・井上に言わなければいけないことがあったわ」

　英子さんが席を外した一瞬に、モリーがバナミに向き直った。

「なんでしょう」

　バナミはどきりとして聞いた。

「これなんですけど」モリーはハンドバッグの中から小さな紙を取り出した。

　あの落書きだ。モリーによく似た人物が、やけっぱちみたいに歓喜を叫んでいるイラスト。

　モリーは桜色に塗った爪でオールド・ミスの吹き出しの上に貼られた付箋を指さした。

　I'm a happy Forever!!!

「内容は大正解なんだけれど、この場合はaはいらないのよ」

モリーはそう言ってにっこりと笑った。

17　次はきみだ

夏休みが終わろうとしていた。最終日の練習の後、引退式がコートの上で行われた。寄せ書きの色紙と花束を受け取った三年生たちはもれなく泣いていて、部長は何度も鼻をかんでから「後は頼むね」としっかりした声で残ったみんなに声をかけた。

「強くなりたい子たち。厳しい練習についてきてくれてありがとう。今年は県大会ベスト８に届かなかったけど、来年は優勝目指して戦ってほしい。あんたたちならきっとできるとあたしたちは信じてる」

　はいっ、と二年生を中心に声が揃った。部長は頷いて続けた。

「楽しくやりたい子たち。楽しくなかったのに残ってくれてありがとう。これからも厳しい練習が待っているけど、少しでも部活が楽しくなるように練習のやり方を変えたいと次期部長の灰田から提案があった。九月からは新たな体制で新たな道が模索されていくことになる。不満のある子はこのチャンスにどんどん提案してやってほしい。二年は灰田へ、一年は一年リーダーへ。いろいろ試して四月に新入生を迎えるまでにはある程度の形にするつもりだそうだ。試合もそれ以外も戦って勝ち取れ。それがうちの伝統。忘れるな」

３３○

「はいっ」

一年生の中からも大きな声が上がった。ひときわ大きな声を出したのは志田っちだ。恋愛禁止ルールをなくした恩人と知り、あれから部長には格段の敬意を払っているようだった。

部長の後にスピーチを引き継いだ灰田新部長は苦虫を嚙み潰したような顔で「とのことなので、しょうがないから受け止めます。せいぜいあたしに挑んでください」と言った。

「それで先輩、一年リーダーは結局誰にするんでしたっけ？」

「ああ、酒井の後任ね。推薦により三人の候補が上がっていた。あたしとしては誰でもよかったけど、せっかくだからその中で一番打たれ強そうな子を勝手に選ばせてもらった」

部長の視線がまっすぐに飛んできた。いやな予感。ユリの後ろに隠れようとしたけれど、もう遅かった。

「井上バナミ、次はきみだ」

部長ははっきりとそう言った。


「あたし、やりたくないよう」帰り道、バナミは盛大にぼやいた。「どうして拒否権がないんだあ」

「ほしいって言った人がいなかったからでしょ。まずは拒否権を作ろうって提案しなよ」と志田っちがからかった。

「他人事(ひとごと)だと思ってさ。志田っち変わってよ、こういうことは志田っちのほうが断然向いてるんだからさ」

「あたし忙しいもん、部活に自主練に鳥羽くんでしょ。そういうのは彼氏のいない人がやってくれたら助かる」と志田っちはしれっと言った。

「ちなみに今日も待ち合わせてるから、あたしはここで失礼しまーす」

「毎日毎日よく飽きないね。じゃあまた明日、学校で」

「うん、明日ねー」

公園の入口で手を振って、ユリと一緒に歩きだす。

「なんだか怒濤の夏休みだったね。休んだ気が全然しないわ」

「本当にね。あ、宿題全部終わった？　あたしユリのワークどれか借りてるっけ」

「忘れた。どうせ明日全部持ってくるでしょ。朝返してくれればいいよ」

「そうだね。あたしの理科もまだ優太たちんとこ行ってるから、ちゃんと返せってあとで電話しておかなきゃ」

三十一日は徹夜かも、とのんきに言っていた優太の顔を思い出し、バナミは苦笑した。あの感じだと光井くんも巻き添えをくうだろう。かくいう自分も作文を残しているので帰ったら全力で取り組まなければいけないのだけど、せっかくのきれいな夕暮れを急いで帰りたくはなかった。空は煙ったような青に染まり、遠くに見える鉄塔の頂点に赤がぽつんととどまっている。

「バナミ、あたしさ、あんたに言っときたいことがある」

そう言って、ユリが足を止めた。

「なに？」

「どうせ部活に残るならさ、あたしも戦って勝ち取るをやろうかと思って。だからあんたに宣戦布告する。喧嘩したいわけじゃないけど」

「やだ。なんなの、怖いんだけど」

自分の体を抱くようにしながらふざけて距離を取ったバナミに、ユリはまじめな顔で言った。

「あたし優太に告白するから」

「え？　あんた光井くんが好きだったんじゃなかったっけ⁉」

大声を出したバナミの口を押さえようと飛びかかり、ユリは「そんな昔のことはいいのよ」と真っ赤になって言い返した。

「バナミに悪いと思って譲ってたつもりだったの。クラスだって離れたし、中学になれば男子となんかつるまないから気にしてなかった。でも最近また遊ぶようになって、いろいろ思い出しちゃったんだよ。飼育係のときかばってくれたこととか」

「えっ、あれユリだったの？」

「そうだよ。あのときから気になってて、でもあの子昔からバナミとべったりだったから……」

「あたしは本当にあいつとは何もないんだって。ただ家が近いだけ。だからユリは好きにしなよ」

「うん、そうする。今言ったこと後悔しないでよね」

ユリはいつかみたいな懸命な表情でバナミの両手をがっしり摑んだ。

「でも、もしうちらが付き合っても、勝手に遠慮して離れていったりしないでよ。あたしたち、ずっと友達なんだから。英子さんとモリーみたいに五十年経っても一緒にお茶会するんだからね」

「五十年って。いくらなんでも気が早すぎ」

笑ってしまって、「バカ。まじめに言ってるのに」と涙目で怒られる。クールなくせに情熱家のユリ。五十年後にはどんな大人になっていることやら。

バナミは痛いほどきつく握られた両手を外して、「うちらまだ十二だよ。何も始まってないんだから。五十年後なんてどうなってるのかわかんないよ」とユリをなだめた。「だからつまんないこと気にしないで、さっさと優太に告ってきなよ。五十年後どころか明日あたしの気持ちが変わっちゃうかもしれないんだから、今のうちだよ。先手必勝！　さあ、行った行った」

「なに言ってんのよ。今日じゃなくて明日言おうと思ってたのに……」

ユリは迷うそぶりを見せながら、バナミにしつこく追い立てられてしかたなさそうに駆け出した。ためらいがちな足取りが、しだいに勢いを増していく。力強く地面を蹴って、まっすぐ優太の家を目指して。

ぐんぐん遠ざかっていく背中を見ながらバナミはぶらぶらと歩き出した。

そう、まだ何も始まってはいないのだ。

まだ十二だし、中一だし、人生というものが始まるのはもっとだいぶ先のことで、自分たちがどんな大人になるのかなんて知る由もない。

バナミはまだそう思っていたかった。この夏休み、何かが始まりかけているような予感に幾度となくひやりとさせられたけれども、もう少し気づかないふりをしているつもりだった。

だって人生は長いのだ。道が続くかぎり走っていけばときには奇跡みたいな瞬間が訪れることもあるのだとバナミはもう知っているから、今はまだ期待に胸をふくらませながらまどろんでいたいのだ。

初出
「私が鳥のときは」
第4回氷室冴子青春文学賞大賞受賞作を加筆・修正
「アイムアハッピー・フォーエバー」
書き下ろし

私が鳥のときは

平戸萌（ひらと・もえ）
1983年、神奈川県生まれ。一橋大学大学院社会学研究科修士課程修了。2014年度「オーバー・ザ・カウンター」、2018年度「春の朝」（安住蕗子名義）ですばる文学賞最終候補。2022年「私が鳥のときは」で第4回氷室冴子青春文学賞大賞を受賞、2023年本書でデビュー。

2023年11月20日初版印刷
2023年11月30日初版発行

著者　平戸萌
発行者　小野寺優
発行所　株式会社河出書房新社
〒151-0051
東京都渋谷区千駄ヶ谷2-32-2
電話　03-3404-1201［営業］
03-3404-8611［編集］
https://www.kawade.co.jp/
組版　KAWADE DTP WORKS
印刷・製本　三松堂株式会社

Printed in Japan
ISBN978-4-309-03157-6

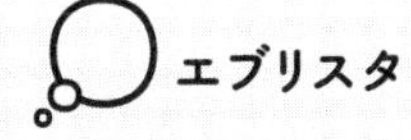